KB152150

히코리 디코리 살인

AGATHA CHRISTIE MYSTERY AGATHA CHRISTIE MYSTERY AGATHA CHRISTIE MYSTERY AGATHA CHRISTIE MYSTERY AGATHA CHRISTIE MYSTERY AGATHA CHRISTIE MYSTERY AGATHA CHRISTIE MYSTERY AGATHA CHRISTIE MYSTERY

애거서 크리스티 추리 문학 70

히코리 디코리 살인

정성희 옮김

해문

■ 옮긴이 정성희

이화여자대학교 사범대학 영문학과 졸업.
번역서로 《러브 스토리》, 《셰익스피어 이야기》, 《나의 라임 오렌지 나무》,
《폭풍의 언덕》 등.

히코리 디코리 살인

초판 발행일	1989년 02월 16일
중판 발행일	2009년 03월 25일
지은이	애거서 크리스티
옮긴이	정 성 희
펴낸이	이 경 선
펴낸곳	해문출판사
주 소	서울시 마포구 합정동 392-2 써니힐 202호
TEL/FAX	325-4721~2 / 325-4725
홈페이지	http://www.agathachristie.co.kr
출판등록	1978년 1월 28일 (제3-82호)
가격	6,000원
ISBN	978-89-382-0270-3 04840
	978-89-382-0200-0(세트)

● 등 장 인 물 ●

에르큘 포와로— 벨기에인 사립탐정
펠리시티 레몬 양— 포와로의 비서
허바드 부인— 레몬 양의 언니, 호스텔 감독관
렌 베이트선— 의과대학생이며 빨간 머리
나이젤 채프먼— 런던 대학의 학생이며 중세사 전공
발레리 호브하우스— 미용실에서 일하는 아가씨
니콜레티우스 부인— 호스텔의 주인
엘리자베스 존스턴— 자메이카에서 온 법학도
샐리 핀차— 미국인 여학생
패트리셔 레인— 30대 초반의 고고학도
실리아 오스틴— 세인트 캐서린 병원의 약제사
콜린 맥내브— 정신심리학을 공부중인 대학원생
아키봄보— 서아프리카에서 온 학생
샤프 경감— 런던경시청 경감

차 례

차   례

이 책에 등장하는 인물, 장소, 사건,
그리고 상황은 상상에 의한 것이며
어떤 사람이나 장소,
또는 실제 사건과는 아무런 관계가 없다.

제1장

에르퀼 포와로는 눈살을 찌푸렸다.

"레몬 양."

"예, 포와로 씨."

"이 편지, 철자가 셋이나 틀렸는걸."

그의 목소리에는 도저히 믿겨지지 않는다는 어조가 담겨 있었다. 얄밉도록 침착하고 능력 만점인 레몬 양으로 말하자면 도무지 실수라고는 모르는 여자였기 때문이다.

그녀는 병이 나서 결근한 일도 없고, 피곤한 기색을 보인 적도 없으며, 당황해 하거나 부정확한 실수를 저지르는 일도 절대 없었다. 말하자면 그녀는 실용성으로 따져봐서 여자라고는 절대 말할 수 없는 인물, 즉, 기계 같은 완벽한 비서였던 것이다.

그녀는 뭐든지 모르는 것이 없었고 어떤 일이든지 척척 알아서 다 처리했다. 그녀는 에르퀼 포와로의 생활이 기계 톱니바퀴처럼 정확히 돌아갈 수 있도록 그를 위해서 대신 애써주었다. 덕분에 에르퀼 포와로에게는 몇 년 전부터 질서정연함이라는 말이 하나의 모토처럼 되어 있었다.

그의 완벽한 하인인 조지, 그리고 완벽한 여비서인 레몬 양─이 두 사람 덕분에 그의 생활은 그야말로 질서정연함 위주로 돌아가고 있었던 것이다. 어느모로 보나 그는 도무지 불평이나 잔소리할 필요가 없었다.

그런데, 바로 오늘 아침 레몬 양이 아주 간단한 편지를 타이프치면서 무려 세 군데에서나 철자를 잘못 친 것이다. 더욱이 기막힌 일은 그녀가 그 실수를 미처 보지 못하고 편지를 그냥 포와로에게 넘겼다는 것이다. 별들이 여전히 하늘의 제자리에 박혀 있는데도 말이다!

에르큘 포와로는 그 놀라운 편지를 레몬 양에게 내밀었다. 물론 그는 지금 화가 난 것이 아니었다. 그는 그저 당황하고 있을 뿐이었다. 도저히 있을 법하지 않은 일이 일어나고 만 것이다!

레몬 양은 편지를 받아 살펴보았다. 곧이어 포와로는 난생처음 그녀가 얼굴을 붉히는 것을 목격할 수 있었다. 그녀와는 도저히 어울리지 않는 홍조가 그녀의 얼굴을 빨갛게 물들이더니 뻣뻣한 회색 머리칼이 뒤덮고 있는 그녀의 머리 정수리까지 번져나갔다.

"어머나, 이런! 대체 왜 이런 일이……. 아, 예, 알겠어요. 제 언니 때문이에요."

"언니?"

이것 역시 충격이었다. 포와로는 레몬 양에게 언니가 있다는 것을 도저히 상상할 수 없었던 것이다. 아니, 아버지나 어머니, 심지어 할아버지, 할머니가 있는 것도 도저히 상상할 수가 없었다.

레몬 양이 너무나도 완벽한 기계 같았기 때문에(말하자면 정밀기기라고나 할까) 그녀가 무슨 애정문제로 고민한다든지 근심거리가 있다든가 집안 문제 같은 것이 있다든지 그런 생각을 하는 것만 해도 우스꽝스러웠던 것이다.

게다가 그녀가 근무를 하지 않는 여가시간에는 자기 이름으로 특허를 낼 새로운 서류보관함을 만드는 데에 온통 정열을 쏟고 있다는 것은 세상 사람들이 다 알고 있는 사실이었다.

"언니라고?"

포와로는 다시 한 번 믿을 수 없다는 어조로 물었다.

그녀는 그렇다며 강하게 머리를 끄덕였다.

"예, 제가 아마 한 번도 말씀드리지 않았죠? 사실, 제 언니는 지금까지 죽 싱가포르에 살았거든요. 남편이 그곳에서 고무 관계 사업을 벌이고 있어서……."

에르큘 포와로는 알았다는 듯이 고개를 끄덕였다.

그가 보기엔 레몬 양의 언니가 싱가포르에서 대부분 살아왔다는 것이 그럴 듯했던 것이다. 싱가포르 같은 곳이 존재하는 이유가 바로 그 때문이리라. 레몬 양 같은 여자의 언니들이란 으레 싱가포르 같은 곳에서 사업하는 남자와 결혼하는 법이다. 그래서 레몬 양 같은 여자가 기계처럼 질서정연하게 자기 고용주의 일에만 몰두할 수 있도록 해주는 법이다(물론 그 여가시간에는 서류 보관함 발명에도 몰두할 수 있도록 해주고 말이다).

"그래, 알겠어. 계속해봐요."

"그런데 언니는 4년 전에 과부가 되었답니다. 자식은 없고요. 전 언니가 살 아담한 전셋집을 하나 주선해주었지요. 적당한 값에 말이에요."

물론 레몬 양이라면 '적당한 값에 아담한 전셋집'을 얻는다는, 거의 실현 불가능한 일을 해낼 수 있을 것이다.

"언니는 그럭저럭 잘 지냈답니다. 물론 돈이야 남편이 살아 있을 때만큼은 충분하지 못했죠. 하지만 언니는 취향이 사치스럽지는 않으니까 그럭저럭 살아나갔죠. 더구나 적절하게 쓰기만 하면 꽤 안락하게 살아갈 만큼의 재산은 있었으니까요."

레몬 양은 여기서 말을 멈추고 잠깐 쉬었다가 다시 입을 열었다.

"하지만 사실 언니는 외로웠답니다. 당연한 일이지요. 영국에서 살아본 적이 없기 때문에 친구나 친지 한 사람도 없고, 더구나 할 일이 없어 시간은 남아 돌았으니까요. 그래서 언니가 여섯 달 전에 저한테 한번 말한 적이 있었어요. 직업을 가져야겠다고요."

"직업?"

"감시원이라든가—아니, 참, 객지에 나온 학생들이 묵는 호스텔의 감독이라죠. 그 호스텔은 그리스계의 어떤 여자 소유인데, 그 여자가 자기 대신 그곳을 경영해줄 사람을 찾는다는 거예요. 음식 준비하는 것을 감독하고 호스텔의 제반 일이 순조롭게 진행되는지 체크하는 일이라죠. 그 호스텔은 방이 널찍하고 고풍스럽대요. 히코리 로(路)에 있는데, 포와로 씨, 혹시 거기가 어디쯤인지 아세요?"

하지만 포와로는 그곳을 모르고 있었다.

"그곳은 한때는 꽤 좋은 주택 지구였죠. 집도 모두 근사한 것들뿐이었고요. 그 호스텔에서 제 언니는 편한 설비를 갖춘 침실과 거실, 그리고 자기 혼자 쓸 수 있는 작은 부엌까지 할당받게 되었다고 했어요."

레몬 양은 잠깐 말을 멈추었다.

포와로는 어서 말을 계속하라는 듯이 헛기침을 했다.

지금까지는 그럭저럭 이야기가 잘 진행되었기 때문에 무슨 비극적인 이야기라고는 생각되지 않았다.

"사실 저는 그 일이 별로 탐탁치가 않았어요. 하지만 언니는 그 일을 꼭 해야겠다고 강력한 어조로 절 설득하는 거였어요. 언니는 온종일 팔짱만 낀 채 빈둥빈둥 노는 걸 너무나 싫어하는 성미인데다가, 아주 유능하고 또 일을 지휘하는 일에는 수완이 있는 여자였거든요. 물론 언니가 그 일에 돈을 투자해야 한다거나 그런 것 같지도 않았고요. 봉급을 받고 일하는 일자리가 분명했으니까요. 뭐 봉급이 아주 많은 건 아니었지만 언니도 그렇게까지 많은 봉급은 필요하지 않은 처지인데다가 육체적으로 고단한 일도 아니었거든요.

또 언니는 젊은 사람들을 좋아했어요. 그리고 젊은 사람들을 잘 다루었고요. 게다가 동양에서 오래 살았기 때문에 인종적인 차이점이며 사람들의 감정도 잘 이해했고요. 그 호스텔에 묵는 학생들은 국적이 다양하거든요. 대부분 영국 사람들이기는 했지만 개중에는 흑인도 있다는 것 같았어요."

"그렇겠지."

포와로가 맞장구쳤다.

"요즘은 우리나라 병원에 있는 간호사들도 반은 흑인인 것 같더군요."

레몬 양은 자신 없다는 투로 말했다.

"게다가 제가 듣기로는 영국인 간호사들보다 훨씬 명랑하고 친절하대요. 어머, 엉뚱한 소리를 하고 있네. 어쨌든 언니하고 저는 그 일자리에 대해 의논을 한 뒤에 마침내 그 일자리를 맡기로 결정했지요. 우린 그 호스텔의 경영주인 니콜레티스 부인한테는 별로 신경 쓰지 않았답니다. 좀 성질이 괴팍하다고는 했지만, 어떤 때는 아주 사람이 좋고 상냥하다가도 어떤 때는—이렇게 말하는 걸 용서하세요, 포와로 씨. 아주 정반대로 끔찍하대요. 인색하고 쩨쩨하기 짝이 없는데다가 고집이 세기가 이루 말할 수 없다더군요. 사실 그 여자가 정말 유능한 여자라면 다른 사람의 도움을 받을 리가 있겠어요? 그런데 언니는 다른 사람의 괴팍한 성미 같은 것에 구애될 사람이 전혀 아니었어요. 언니는 어떤 사람을 만나건 자기 소신대로 하는 사람이고 남이 터무니없는 이야기를 하면 못 참는 성미니까요."

포와로는 고개를 끄덕였다.

그는 레몬 양의 언니를 설명하는 그 말에서 어딘지 그 언니가 레몬 양을 닮았다는 인상을 받았던 것이다. 즉, 레몬 양의 언니는 결혼이며 싱가포르의 기후 때문에 레몬 양보다는 조금 부드러워지긴 했지만 근본만은 레몬 양이나 다름없이 꼿꼿하고 강한 여자임이 틀림없었던 것이다.

"그래, 언니는 그 일자리를 맡았단 말이지?"

"예, 그래서 언니는 6개월 전에 히코리 로 26번지로 거처를 옮겼어요. 그리고 대체로 그곳 일을 맘에 들어 하는 듯싶어요. 재미있다고도 생각하는 것 같았고요."

에르퀼 포와로는 참을성 있게 듣고 있었다. 지금까지 들은 바에 의하면 레몬 양 언니의 모험담도 따분하기 그지없는 것이었기 때문이다.

"그런데 요즘 와서 언니는 불안에 휩싸여 있답니다. 그것도 아주 심한 불안에 말이에요."

"그건 또 왜?"

"그러니깐 그게 말이에요, 포와로 씨, 요즘 일어나는 일이 탐탁지 않다는 거예요."

"거기 묵는 학생들은 남녀가 같이 오나?"

포와로는 조심스럽게 물었다.

"아, 아니에요, 포와로 씨. 제 말은 그런 뜻이 아니에요! 그런 종류의 말썽이라면 으레 대비가 되어 있고, 또 거의 당연하게 생각하니까요. 아뇨, 제 말은 그게 아니라 물건들이 사라져 버리기 시작한다는 거예요."

"사라진다?"

"예. 그것도 아주 뜻밖의 것들이 말이에요. 게다가 그 사라지는 방식이 아주 희한하다는 거예요."

"물건들이 사라진다고 하는 건, 그러니까 말하자면 도둑을 맞는다는 이야긴가?"

"예, 그렇답니다."

"그래, 경찰은 불러보았고?"

"아뇨, 아직. 언니는 경찰의 도움 없이 해결하길 바라고 있답니다. 언니는 젊은이들을 아주 좋아하거든요. 말하자면 젊은이들 중에서도 훌륭한 젊은이들만을 이야기하는 거지만. 그래서 언니는 모든 일을 경찰에 알리지 않고 혼자서 해결하고 싶은 거예요."

"저런."

포와로는 신중한 어조로 대답했다.

"무슨 말인지 알겠구먼. 하지만 그렇다고 해도, 이렇게 말하면 어떨지 모르겠지만, 당신이 왜 언니의 근심까지 덩달아 맡아서 걱정해야 하는지 그 이유를 모르겠는데."

"저도 지금 그 상황이 마음에 들지 않아서예요, 포와로 씨. 전혀 마음에 들지 않아요. 뭔가 제가 알 수 없는 일이 일어나고 있다는 느낌을 지울 수가 없거든요. 그냥 상식적인 설명 갖고는 지금 일어나는 사실을 설명할 수가 없어요. 게다가 제 생각엔 그 일에 대해선 어느 누구라도 별다른 설명을 해낼 것 같지도 않고요."

포와로는 다시 한 번 신중한 태도로 고개를 끄덕였다.

레몬 양의 아킬레스건은 상상력 문제였다. 그녀에게는 도무지 상상력이라곤 있지 않았던 것이다.

사실상의 문제를 놓고 따져볼 때는 그녀를 대적할 사람이 없었다. 하지만 무언가 추측하고 상상하는 문제에 대해서만은 천하무적의 그녀도 꼼짝할 수가 없었다. 다리엔 언덕을 정복한 코르테스(1485~1547, 스페인의 멕시코 정복자)의 부하들같이 용감한 그녀도 상상력의 언덕 앞에서는 꼼짝을 못했던 것이다.

"그냥 장남삼아 하는 절도가 아니란 말이지? 혹시 도벽증이 있는 사람 짓은 아닐까?"

"제 생각엔 그렇지 않아요. 저도 그것에 대해선 찾아서 읽어봤어요. 브리태니커 대사전에서요. 의학서적도 읽어봤고요. 하지만 아무런 확신도 못 얻었어요.”

고지식한 레몬 양의 대꾸였다.

에르큘 포와로는 잠시 말 없는 가운데 생각을 더듬어 보았다.

그는 정녕 레몬 양 언니의 고민에 휩싸이길 원하는 것일까? 여러 국적을 가진 젊은이들이 모이는 호스텔에서 벌어지는 정열과 슬픔의 무대에 휩싸이기를 바라는 것일까?

하지만 일이야 어쨌든 레몬 양이 이처럼 편지 타이프를 치면서 계속 오자(誤字)를 내게 하는 것은 괴롭고 불편한 일이다.

포와로는 마음속으로 만일 자신이 이 문제에 개입할 생각이라면 그 이유는 바로 그 오자 때문이라고 다짐을 두었다. 그는 요즈음 자신이 좀 따분하다는 사실, 그리고 그 일이 별것 아닌 사건인데도 마음이 끌렸다는 사실을 결코 자기 자신에게 인정하고 싶지가 않았던 것이다.

“더운 날 파슬리를 버터에 넣는 거나 마찬가지 일이지.”

그는 혼잣말처럼 중얼거렸다.

“파슬리요? 버터라고요?”

레몬 양이 어리둥절한 눈으로 그를 바라보았다.

“고전적인 추리소설에서 인용한 말이라오. 당신도 셜록 홈스의 ‘모험편’은 읽었겠지. ‘업적편’은 물론이고.”

“베이커 가(街)의 협회 같은 것 말씀이시죠? 참, 어른이라고 하는 남자들이란 우습다니까! 하지만 세상에는 그런 남자들이 수두룩하니까. 그런 쓸데없는 이야기를 재미있게 읽고 또 읽다니! 저는 그런 시시한 이야기들을 읽을 틈이 없어요. 만일 어쩌다가 틈이 나서 독서를 한다고 해도 좀 쓸모 있는 책을 읽겠어요.”

에르큘 포와로는 경의를 표하는 의미에서 그녀에게 머리를 숙였다.

“자, 그럼, 레몬 양, 당신 언니를 기분 전환 겸 이곳에 초대하면 어떨까? 오후의 차를 마시러 오라고 한다든지. 나라면 그녀에게 조금 도움이 될 만한 이야기를 해줄 수 있을 것도 같은데.”

“정말 친절하세요, 포와로씨. 정말 너무너무 친절하세요. 제 언니는 오후에는 언제나 한가하답니다."

"그럼 내일로 약속을 하면 어떨까?"

이어 당연한 순서로서 충실한 조지는 내일 오후에 차를 대접하기 위해 버터를 많이 바른 핫케이크와 샌드위치, 그리고 그 밖의 것들을 준비하라는 명령을 전달받았다.

제2장

허바드 부인이라고 하는 레몬 양의 언니는 그야말로 자기 여동생을 꼭 빼어박은 여자였다. 사실 자세히 보면 동생보다 피부도 훨씬 노랗고 좀더 통통했으며 머리는 더 촌스럽게 가꾸고 있었다. 그리고 태도 면에서는 동생보다는 조금 덜 활달한 편이었다. 하지만 그 둥글고 사람이 좋아 보이는 얼굴에서 내다보이는 눈은 레몬 양의 코안경 너머로 빛나는 것과 똑같은 민첩하고 날카로운 눈 그대로였다.

그녀가 입을 열었다.

"저를 초대해 주시다니 정말 자상하시군요, 포와로 씨. 정말 친절하세요. 게다가 이 맛있는 차도 정말 잘 마셨습니다. 이렇게 많이 먹어선 안 되는데 너무 많이 먹은 것 같아요. 저, 샌드위치 하나만 더 들어도 되겠죠? 차요? 글쎄, 반 잔만 더할까?"

"자, 우선……." 포와로가 말문을 열었다.

"음식을 드시고 그다음에 일에 대한 이야기를 하기로 하십시다."

포와로는 그녀를 향해 점잖게 미소를 짓고는 콧수염을 쓰다듬었다. 그러자 허바드 부인이 다시 입을 열었다.

"정말이지, 선생님은 펠리시티한테서 들은 그대로군요."

펠리시티라는 이름이 다름 아니라 빈틈없는 레몬 양의 세례명이라는 것을 알고는 포와로는 조금 놀란 뒤에, 레몬 양이 능률적인 사람이라는 것을 생각하면 자기 인상착의를 정확히 묘사해준 것도 놀랄 일은 아니라고 답변했다.

"물론 그래요"

허바드 부인은 무심결에 두 번째로 샌드위치에 손을 가져가며 대답했다.

"펠리시티는 사람들에 대해 별로 마음을 쓰지 않는답니다. 하지만 전 그렇지 않거든요. 제가 지금 이렇게 불안한 것도 다 그 때문이죠."

"그래, 왜 그렇게 불안하신지 제게 정확히 설명해 주실 수 있습니까?"

"예, 해 드릴 수 있고말고요. 물론 돈이야 도난당하는 일이 흔히 있을 수 있지요. 여기저기서 조금씩 없어지는 일이야 으레 있는 일이니까요. 그리고 그게 보석이라고 하더라도 말은 역시 간단한 거지요. 아니, 간단하다고 하면 좀 우습지만, 어쨌든 만일 보석문제라고 한다면 도벽증 환자나 못된 인간의 소행이라고 간단히 처리할 수 있는 거지요. 하지만 제가 종이에 적어 온 이 없어진 물품 리스트를 한번 들어보세요."

말을 마친 그녀는 가방을 열고는 작은 수첩을 꺼내어 읽었다.

야회용 구두(새로 산 한 켤레 중 한 짝)
팔찌(고급보석상에서 산 것)
다이아몬드 반지(수프 접시에서 발견되었음)
가루분 콤팩트
립스틱
청진기
귀걸이
담배 라이터
낡은 면바지
전구
초콜릿 상자
비단 스카프(갈기갈기 찢겨진 채 발견되었음)
배낭(위와 같은 상태로 발견되었음)
붕산 가루
목욕용 소금
요리책

포와로는 길고 깊게 숨을 몰아쉬었다.

"놀랍군요. 그리고 퍽이나, 퍽이나 흥미 있군요."

그의 얼굴은 재미가 나서 죽겠다는 표정이었다. 그는 레몬 양의 엄격하고 비난하는 듯한 얼굴에서 허바드 부인의 친절하고도 다소 실망한 얼굴로 차례차례 시선을 옮겼다.

이윽고 그가 다정한 어조로 허바드 부인에게 입을 열었다.

"축하드립니다."

"축하라뇨, 뭣 때문이에요, 포와로 씨?"

"그렇게 진기하고 멋진 문젯거리를 안게 되셨으니 축하드린다는 겁니다."

"그렇다면, 포와로 씨, 선생님한테는 일의 진상이 파악되신 모양인데, 하지만 저로서는……."

"아니, 나도 전혀 모릅니다. 이건 꼭 내가 얼마 전 크리스마스 휴가 때 젊은 친구들이 졸라서 해본 원탁 게임하고 비슷하군요. 내 기억으로는 그 게임은 '뿔이 셋 달린 여인'이라는 이름이었던 듯싶은데. 어떻게 하느냐 하면 빙 둘러앉은 사람들이 차례로 다음 같은 말을 하는 겁니다. '나는 파리에 가서 ___를 샀어.'라고요. 빈자리에는 물건 이름을 하나 넣는 겁니다. 그러면 다음 사람이 그 문장을 반복하고는 거기에다가 새 물건 이름을 하나 더 집어넣는 거지요. 이 게임의 목적은 물건들이 등장한 순서대로 기억해 내서 말하는 겁니다. 그런데 그 물건들 중 어떤 것은 전혀 앞뒤가 안 맞는 엉뚱하고 기발한 이름이 나올 수도 있어요. 비누 조각, 하얀 코끼리, 접었다 폈다 하는 책상, 사향 오라—뭐 이런 식이죠.

물론 이 게임에서 물건 이름을 다 기억해 내기 어려운 건 그 물건들이 서로 연결되지가 않고 얼토당토않은 것들이 뒤죽박죽으로 나오기 때문이랍니다. 즉, 말하자면 질서가 결핍되었다고나 할까요. 허바드 부인께서 방금 나한테 보여주신 물건 목록처럼 말입니다. 한 열두 개 정도 물건 이름이 나오게 되면 그때는 그 물건들 순서를 제대로 기억하기가 불가능해집니다. 만일 누가 물건을 틀리게 기억하면 그 사람은 종이로 된 뿔을 하나 달고 나서 그다음 순서가 되면, '나, 뿔 하나 달린 여자는 파리에 가서 ___를 샀어.' 하는 식으로 다시 그 문장을 외어야 하는 거지요. 그리고 나서도 또 자꾸 틀려서 뿔을 세 개까지 얻게 되면 자동적으로 탈락이 되고 맙니다. 이렇게 해서 맨 마지막까지 남는 사람이 승자가 되는 거지요."

"그야 물론, 포와로 씨, 선생님이 승자가 되셨겠군요."

레몬 양이 충실한 피고용인다운 신뢰를 내보이며 말했다.

포와로는 흐뭇한 미소를 지었다.

"사실은 그랬다오." 그는 기분이 좋아 대답했다.

"제아무리 얼토당토않은 물건 이름이 나와도 교묘하게 그것들을 연결하면 문제없지. 예를 들어 이런 거요. 물건 이름을 들으면서 속으로는 이야기를 만드는 게지. '비누 조각으로 커다란 하얀 대리석 코끼리의 먼지를 씻는다. 접고 펴는 테이블 위에 서있는……' 이런 식으로 말이오."

허바드 부인이 경탄해 마지않는 어조로 입을 열었다.

"그럼 제가 조금 아까 보여 드린 물건들을 갖고도 똑같이 해내실 수가 있겠군요."

"그야 물론이죠. '한쪽 야회용 구두를 신은 숙녀가 왼팔에 팔찌를 낀다. 그러고 나서 가루분과 립스틱을 바른 다음에 저녁을 먹으러 내려갔다가 반지를 수프 속에 빠뜨리고 만다……' 등등으로 계속하는 거죠. 그런 방식을 써서 부인이 말한 그 물건 목록을 기억 속에서 정리하는 겁니다. 하지만 우리 목적은 지금 그게 아니지요. 대체 왜 그렇게 서로 연관성도 없는 물건들이 도난을 당했을까? 혹시 그 물건들 배후에 어떤 조직적인 체계가 있는 것은 아닐까? 어떤 고정관념을 발견할 수 있지는 않을까? 그것을 알아내야 하는 거죠. 이 대목에서 우리는 분석학의 기초단계를 실험하게 됩니다. 우선 제일 먼저 할 일은 그 물건들 목록을 주의 깊게 연구해보는 일이죠."

이어 포와로가 목록을 훑어보느라 잠시 방 안에 정적이 흘렀다.

허바드 부인은 마치 어린 소년이 토끼나, 적어도 기다란 색색가지의 리본이 튀어나올 것을 기대하면서 마술사를 쳐다보는 것 같은 열띤 눈길로 포와로를 지켜보았다. 레몬 양은 그런 것쯤이야 늘 보는 풍경이라는 듯한 얼굴로 자기 서류정리함 발명 생각에 골똘히 빠져 있었다.

포와로가 마침내 느닷없이 입을 열자 허바드 부인은 깜짝 놀라 펄쩍 뛰었다.

 "우선 이 목록을 보고 제일 먼저 떠오른 생각은 여기 있는 이 도난물품 중 대부분이 한두 개 예외는 있긴 하지만 별로 비싸지 않고 없어져도 큰 탈은 없는 물건들이라는 사실입니다. 청진기하고 다이아몬드 반지 말고는 말이죠. 난 청진기는 우선 논외로 치고 그 반지에 대해 중점적으로 생각해보고 싶습니다. 부인은 비싼 반지라고 하셨는데, 값이 얼마나 나가는 겁니까?"

 "글쎄요, 정확히는 말씀드릴 수 없어요, 포와로 씨. 진짜 단단한 다이아몬드인데, 작은 다이아몬드가 위아래로 빙 둘러싸고 있는 반지랍니다. 듣기로는 레인 양 어머니의 약혼반지라고 하던데요. 그래서 레인 양은 그게 없어지자 당황해서 어쩔 줄을 몰랐답니다. 그런데 그게 그날 저녁에 호브하우스 양의 수프 접시에서 나오는 바람에 우리는 모두 안도의 한숨을 내쉬었죠. 그때 우리는 누가 짓궂은 장난을 한 거라고 생각했답니다."

 "그래요, 그렇게 보일 수도 있겠군요. 하지만 내가 보기엔 그 반지가 도둑맞았다가 되돌아왔다는 사실은 명백합니다. 립스틱이나 가루분 콤팩트나 책이 없어진 거라면 사람들이 구태여 경찰을 부를 필요가 없지요. 하지만 값비싼 다이아몬드라면 경우가 다릅니다. 그때는 경찰을 부를 가능성이 농후해지는 거죠. 반지가 돌아온 것은 그 때문입니다."

 "하지만 반지를 돌려줄 거라면 애초에 왜 가져갔을까요?"

 레몬 양이 얼굴을 찌푸리며 말했다.

 "사실 그게 좀 이상한 일이지. 하지만 그 문제는 잠시 보류해 두기로 합시다. 난 지금 이 도둑맞은 물건들을 분류해보려 하는데, 우선 반지를 생각해보고 있는 겁니다. 그래, 이 반지를 도둑맞은 레인 양이라는 사람은 누군가요?"

 "패트리셔 레인 말인가요? 아주 훌륭하고 점잖은 아가씨지요. 그 뭐라나, 역사학인지 고고학인지 하는 학위를 갖고 있대요."

 "그리고 부유합니까?"

 "아뇨! 그렇지 않아요. 갖고 있는 재산은 얼마 안 돼요. 하지만 그 아가씨는 그 돈을 세심하게 절약해서 쓰고 있지요. 제가 말씀드렸듯이 그 반지도 그 아가씨의 어머니 것이에요. 그 아가씨는 보석은 몇 가지 좋은 것을 갖고 있지만 새 옷은 별로 사질 않는답니다. 게다가 얼마 전에는 돈을 절약하느라 담배도 끊었는걸요."

"그 아가씨는 어떤 사람입니까? 소신껏 말씀해보세요."

"글쎄요, 용모는 뭐 그다지 밉지 않고, 또 그렇다고 빼어난 편도 아니지요. 핏기가 없달까, 색이 바랬다고 할까, 아무튼 그런 용모예요. 아주 조용하고 숙녀답기는 한데 도무지 생기가 없어요. 뭐라고 할까……, 글쎄, 건실한 타입의 아가씨라고나 할까요."

"그리고 반지가 호브하우스 양의 수프 접시에서 발견되었다고 하셨는데, 호브하우스 양은 어떤 사람인가요?"

"발레리 호브하우스 양 말이죠? 피부가 좀 까무잡잡하고 똑똑한 아가씨인데 말투가 좀 신랄한 편이죠. 그 아가씨는 미장원에서 일하고 있답니다. 사브리나 페어라는 미장원인데, 들어보신 적이 있으실 거예요."

"두 사람은 친합니까?"

허바드 부인은 잠시 생각해보고는 대답했다.

"글쎄, 그렇다고 해야겠죠. 하지만 서로 공통점은 별로 없답니다. 패트리셔는 사람들하고 두루 잘 지내고 있지요. 특히 인기가 있거나 그렇지는 않지만. 그런데 발레리 호브하우스는 좀 달라요. 그 아가씨는 적들이 꽤 많답니다. 말버릇이 신랄해서 그런 거죠. 하지만 그 반면에 그 아가씨한테 따르는 사람도 많답니다. 제 말뜻 아시겠죠?"

"알 듯하군요." 포와로가 대꾸했다.

그녀의 말을 종합해보면 패트리셔 레인은 좋은 아가씨지만 따분하고, 발레리 호브하우스는 개성이 있는 아가씨라는 말이 된다.

포와로는 다시 한 번 그 도난품 목록을 점검해보았다.

"사실 제일 알 수 없는 것은 여기 있는 물건이 하나의 범주에 넣을 수 없을 만큼 너무도 다양한 종류라는 겁니다. 이 중에는 허영기 많고 돈에 궁한 아가씨들이 슬쩍 유혹을 느낄 만한 자질구레한 물건들—립스틱이니 장신구니, 가루분 콤팩트, 목욕용 소금, 초콜릿 상자 등이 있습니다. 하지만 이와 반대로 청진기처럼 그런 것을 사거나 전당 잡히는 곳을 아는 사람이 훔칠 만한 물건도 있습니다. 그런데 이 청진기는 누구 것이죠?"

"베이트선 씨 것이에요. 체구가 크고 사람 좋은 청년이죠."

"의학도인가요?"

"예, 그래요."

"청진기가 없어져서 퍽 화를 내던가요?"

"노발대발했답니다, 포와로 씨. 그 청년은 흔히들 말하는 성질이 불 같은 사람이거든요. 화가 날 당시에는 아무 말이나 막 하지만 화가 풀리면 다 잊고 마는 그런 성격이죠. 자기 물건이 도난당한 걸 너그럽게 받아들이는 타입의 청년이 아니에요."

"아니, 그걸 너그럽게 받아들이는 사람이 어디 있겠습니까?"

"왜요, 고팔 람이라고, 인도에서 온 학생이 있답니다. 그 학생은 그저 만사에 허허거리고 웃기만 하지요. 무슨 일이 생겨도 손을 내젓기만 하면서 물질적인 소유란 중요한 게 아니라고 한답니다."

"그 학생한테는 뭐 없어진 게 있나요?"

"아뇨, 없어요."

"그래요! 그럼 그 면바지는 대체 누구 겁니까?"

"맥내브 씨 거지요. 아주 낡은 거라 다른 사람들이 모두 제발 갖다버리라고 하지만 맥내브 씨는 자기 낡은 옷에 꽤 집착하는 성격이라서 무엇 하나 버리는 법이 없거든요."

"그럼 이제 훔칠 값어치가 없는 물건으로 이야기가 바뀌었군요. 낡은 면바지, 전구, 목욕용 소금, 요리책 등등. 이런 물건들은 중요한 의미가 있을지도 모르지만 대개는 그렇지가 않아요. 붕산 가루는 실수로 없어진 것일 수도 있고, 또 누군가가 갈아 넣으려고 낡은 전구를 꺼내갔다가 잊어버린 것일 수도 있는 거지요. 그리고 요리책에 대해선 누가 보려고 빌려갔다가 돌려주지 않았을 수도 있고 바지는 청소하는 잡역부 아주머니가 가져갔을 수도 있지요."

"우리 호스텔에서 일하는 청소부 아주머니들은 모두 믿을 만한 사람들이에요. 그 사람들이 묻지도 않고 그런 짓을 했으리라고는 절대 생각되지 않아요."

"부인 말이 옳을지도 모르겠군요. 자, 그러면 다음에는 야회용 신발이 있습니다. 그것도 새로 산 신발 한 짝이라지요? 그건 누구 신발입니까?"

"샐리 핀치 양이에요. 미국인 아가씨인데 풀브라이트 장학금을 받고 여기서 공부하고 있지요."

"그 신발을 주인이 어디다 잘못 둔 건지도 모르잖습니까? 대체 한쪽 구두짝을 뭐에 쓰려고 가져가겠느냐는 겁니다."

"잘못 둔 게 아니에요, 포와로 씨. 우리도 구석구석 안 찾아 본 곳이 없어요. 핀치 양은 정장 드레스를 입고(우리는 이브닝드레스라고 하죠) 파티에 가려던 중이었거든요. 그래서 그 야회용 신발이 꼭 필요했지요. 게다가 그 신발은 그 아가씨가 단 하나밖에 안 갖고 있는 것이었거든요."

"그렇다면 신발이 없어져서 퍽 불편했겠군요—화도 났겠고 그래요……, 정말 이상한 일이로구먼. 아마 무슨 다른 이유가……."

여기서 그는 잠시 말을 멈추고 생각에 잠겼다가 다시 입을 열었다.

"그리고 또 두 가지 물건이 있지요. 갈기갈기 찢어진 배낭하고, 역시 찢겨진 스카프하고 이 부분에서는 누구의 허영심이라든가 이익에 관계되지 않은 물건들이 등장하는 겁니다. 그 대신 이 물건들은 누가 악의를 품고 그 지경으로 만들어 놓았다고 할 수도 있지요. 그 배낭은 누구 것이었나요?"

"배낭은 학생들 거의가 하나씩 갖고 있었어요. 학생들이라 히치하이킹을 자주 가니까요. 게다가 배낭들도 거의가 다 같은 것이었어요. 모두 같은 가게에서 산 거라 구별하기가 힘들었죠. 하지만 그 찢어진 배낭은 레너드 베이트선이나 콜린 맥내브 학생 것이 거의 틀림없어요."

"그럼 찢어진 스카프는 누구 것입니까?"

"발레리 호브하우스 양 것이지요. 크리스마스 선물로 받은 것이라는데 에메랄드그린 색의 고급 스카프였어요."

"호브하우스 양 것이라……, 알겠습니다."

포와로는 눈을 감았다. 그가 마음속으로 생각하는 것은 다름 아니라 만화경이었다. 그렇다, 그야말로 만화경이었다. 찢어진 스카프 조각들, 배낭, 요리책, 립스틱, 목욕용 소금. 그리고 아직 본 적이 없는 학생들의 이름과 상상 속에서 그려본 그들의 얼굴. 일관성도, 뚜렷한 형태도 없다. 서로 연관성이 없는 사건과 사람들이 허공에서 빙빙 돌고 있었다……

하지만 포와로는 그 어딘가에 분명히 어떤 하나의 도식이 숨겨져 있음을 잘 알고 있었다. 아니, 몇 개의 도식일는지도 모른다. 원래 만화경이란 흔들 때마다 다른 무늬가 생기는 법이니까. 하지만 이 경우 그 무늬 중 하나가 분명할 것이다. 문제는, 어디서 출발해야 하는지 그것이 문제다……

이윽고 포와로가 감았던 눈을 떴다.

"이건 생각을 좀 해봐야 하는 문제군요. 그것도 아주 깊이 생각해야 하는 문제겠는데."

"아, 물론 그럴 거예요, 포와로씨."

허바드 부인이 열렬하게 맞장구를 쳤다.

"그리고 전 결코 선생님을 번거롭게 해 드리려고 한 것이……."

"아뇨, 번거로울 것 없습니다. 나도 역시 흥미를 느꼈으니까. 하지만 내가 생각해보는 동안 우선 실용적인 면에서부터 따져보기로 하십시다. 우선……, 그 신발, 야회용 신발 말씀인데요. 아, 그래요, 거기서부터 출발하면 되겠군요, 레몬 양?"

"예, 포와로 씨?"

레몬 양은 서류정리함 문제를 머릿속에서 지워버리고 자세를 더욱 꼿꼿이 편 채 자동적으로 메모지와 연필 쪽으로 손을 뻗었다.

"허바드 부인에게서 그 남은 한 짝 구두를 얻어오도록 해요. 그런 다음에 베이커 스트리트 역으로 가서 분실물 센터를 찾도록 해요. 그런데 그게 없어진 게 언제였지요?"

허바드 부인은 잠깐 생각을 더듬어 보았다.

"글쎄요, 정확하게는 기억이 안 나는군요. 아마 두 달쯤 전이었을 거예요. 더 정확하게는 말씀드릴 수가 없군요. 하지만 샐리 핀치 양에게 물어보면 그 파티가 있었던 날짜를 알아낼 수 있을 거예요."

"좋습니다. 그러면……." 그는 다시 레몬 양을 돌아보았다.

"당신, 조금 멍청한 표정쯤은 지을 수 있겠지. 가서 순환열차 안에서 신발을 잃어버리고 왔다고 하는 게요. 그게 제일 그럴듯하겠지. 아니면, 어디 딴 열차에 두고 내린 것 같다고 하던가. 버스도 좋겠구먼. 그런데 히코리 로(路) 근처에는 버스 노선이 몇 개 있습니까?"

"두 개뿐이에요, 포와로 씨."

"좋아요. 만일 베이커 가(街)에서 별 소득을 못 얻으면 런던경시청에 가서 택시 안에 신발을 두고 왔다고 해봐요."

"램베스 경사한테요?" 레몬 양이 능수능란하게 꼭 집어 말했다.

포와로는 손을 내저었다.

"당신은 여하튼 모르는 게 없구먼."

"하지만, 선생님, 어째서 그런 생각을……." 허바드 부인이 입을 열었다.

포와로가 그녀의 말을 잘랐다.

"우선 결과가 어떻게 나올는지 지켜보기로 합시다. 그런 다음에 그 결과가 쓸 만한 것이냐 아니냐에 따라서 부인과 나, 그리고 레몬 양이 만나서 다시 상의해보기로 하지요. 그런 다음에 부인께서는 내게 필요한 일들을 모두 들려주시는 겁니다."

"제가 말씀드릴 수 있는 건 모두 말씀드린 것 같은데요?"

"아뇨, 내 생각에는 그렇지 않습니다. 자, 여기 기질도 다르고 남녀 성별도 다른 젊은이들이 모여 있습니다. 그러니 'A는 B를, B는 C를 사랑하고, D와 E는 A 때문에 서로를 증오하고 있다.' 이런 것을 알아야겠다는 겁니다. 인간의 감정이 어떻게 얽혀 있느냐 하는 문제지요. 다툼, 질투, 우정, 악의(惡意), 그리고 그 모든 잔인함."

허바드 부인이 약간 거북한 표정으로 대답했다.

"하지만, 전 그런 것에 대해서는 아무것도 아는 게 없어요. 젊은이들 문제에는 끼어들지 않거든요. 전 그저 호스텔을 운영하고 식사문제며 그런 것들만 관리하고 있을 뿐이니까요."

"하지만 부인은 사람들에게 관심을 가지고 계시지 않습니까. 아까 그렇게 말씀하셨죠, 젊은이들을 좋아하신다고. 부인이 그 일자리를 맡으신 것도 경제적인 이유에서라기보다는 사람들을 많이 만나볼 수 있기 때문이 아닙니까? 아마 그 호스텔에는 부인이 좋아하는 젊은이들도 있을 것이고, 별로 탐탁지 않은—아니, 전혀 맘에 들지 않는 젊은이들도 있을 겁니다. 그런 것을 이야기해 주셔야 한다는 겁니다. 꼭 필요한 일이지요! 왜냐하면 부인이 걱정하고 계시는 건 지금까지 일어난 일이 아니라—그런 거야 경찰에 알리면……."

"니콜레티스 부인은 경찰을 개입시키려 하지 않을 거예요, 분명해요."

하지만 포와로는 그녀의 말을 무시하고 자기 말만 계속했다.

"그게 아니라 부인은 누군가에 대해서 걱정하고 있는 겁니다. 부인 생각에 이 일의 범인이라든가, 아니면 최소한 이 일에 관계되어 있다고 여겨지는 그 누군가를 말입니다. 그 사람은 부인이 좋아하는 사람이겠죠."

"예, 바로 그래요, 포와로 씨."

"예, 그렇습니다. 그리고 나 역시 부인의 그러한 우려가 당연하다고 생각합니다. 갈기갈기 찢어진 스카프, 그건 무척 좋지 않은 징조거든요. 그리고 역시 찢어진 배낭, 그것도 역시 좋지가 못합니다. 나머지 물건들이야 어린애 같은 짓이지요. 아, 물론 아직 그렇게 확신하고 있지는 못합니다만. 아니, 솔직히 말씀드리면 전혀 확신이 서질 않습니다!"

제3장

　허바드 부인은 조금 서둘러 계단을 올라간 뒤 히코리 로 26번지의 현관 자물쇠에 열쇠를 집어넣었다. 문을 여는 순간 불꽃처럼 빨간 머리칼을 한 커다란 체구의 청년이 허겁지겁 계단을 올라와 그녀 옆에 섰다.

　"안녕하세요, 아주머니."

　렌 베이트선은 평소에 부르는 식으로 그녀를 부르며 인사했다.

　그는 호인 타입의 청년으로 런던 토박이 억양을 쓰는데, 자신감투성이고 도무지 열등감이라고는 없어 보였다.

　"데이트하러 나가셨습니까?"

　"차를 마시러 나갔댔어요, 베이트선 씨. 늦었어요, 자꾸 말시키지 말아요."

　"전 오늘 아주 사랑스러운 시체를 해부했답니다. 굉장했어요!"

　"그런 끔찍한 소리 하지 말아요, 이 악동 같으니! 사랑스러운 시체라니, 정말! 어떻게 그런 생각을! 토할 것만 같아."

　렌 베이트선은 웃음을 터뜨렸다. 홀 안은 그의 커다란 웃음소리로 가득 찼다.

　"실리아에 비하면 아무것도 아니에요. 약국에 가는 길에 그녀에게 얘기했죠. '시체 이야기를 하러 왔어.'라고요. 그랬더니 얼굴이 종잇장처럼 하얘지는데 전 꼭 그녀가 숨이라도 넘어가는 줄로만 알았죠. 어떻게 생각하세요, 허바드 아주머니?"

　"별로 놀랄 일도 아닌데, 뭘 생각해봐요! 실리아는 당신이 진짜 시체를 이야기한 줄 알았을 거야."

　"그게 무슨 말씀이세요, 진짜 시체라니? 우리가 쓰는 시체가 그럼 모조품이라는 말씀이세요?"

　그때 몸매가 늘씬하고 별로 깔끔하지 못한 장발의 청년이 오른쪽 방에서 나오며 까다로운 표정으로 입을 열었다.

"아, 자네뿐이로군. 난 또 건장한 사내들이 떼를 지어 들어온 줄 알았지. 목소리가 한 사람 것 같지가 않고 열 사람 목소리같이 요란해서 말이야."

"신경 거슬렸다면 미안한데."

"뭐 특히 심했던 건 아냐."

나이젤 채프먼은 이렇게 말하면서 다시 방 안으로 들어갔다.

"예민하기 짝이 없는 친구로군." 렌이 말했다.

"그래도 싸우지는 말아요. 성격들을 좀 죽여요. 난 그게 좋으니까. 서로 양보하는 게 좋잖아."

체구가 큰 그 청년은 친근한 미소를 띤 얼굴로 그녀를 내려다보았다.

"나이젤 같은 녀석한테는 신경 쓰지 않아요, 아주머니."

그때 한 아가씨가 계단을 내려오며 입을 열었다.

"어머나, 허바드 부인, 니콜레스티 부인이 돌아오시는 대로 방에서 좀 뵙자고 하시던데요."

허바드 부인은 한숨을 내쉬고는 계단을 올라가기 시작했다. 그 이야기를 전한 키가 크고 까무잡잡한 아가씨는 계단 옆 벽에 붙어 서서 허바드 부인이 지나가도록 해주었다.

레인코트를 벗고 있던 렌 베이트선이 말했다.

"무슨 일이지, 발레리? 우리들 행동에 대한 불평을 허바드 부인에게 대신 털어놓으려는 건가?"

젊은 아가씨는 우아한 모양의 작은 어깨를 으쓱해 보였다. 그러고는 계단을 내려와 홀을 가로질러 가기 시작했다.

"이곳은 매일매일 정신병원처럼 되어간다니까!"

그녀는 어깨너머로 내뱉듯이 말했다. 그렇게 말하면서 그녀는 오른쪽에 나있는 문을 열고 들어갔다. 그녀의 움직임은 직업 모델에게서 흔히 볼 수 있는 그런 날렵하게 우아한 움직임이었다.

히코리 로 26번지는 사실상 두 개의 집—즉, 24번지와 26번지가 연결되어 있었다. 두 집은 1층이 하나로 통해 있기 때문에 1층에는 두 집에서 함께 쓰는 거실과 커다란 식당이 있었고, 그 밖에도 집 뒤편으로 목욕탕 두 개와 작은 사무실이 하나 있었다.

그리고 두 개의 따로따로 떨어진 계단이 각각 2층을 향해 나 있었다. 아가씨들은 집 오른쪽에 난 침심들을 사용하고 있었고, 청년들은 반대편 쪽, 즉 24번지 집에 있는 침실들을 사용하고 있었다.

허바드 부인은 계단을 올라가며 코트 깃을 내렸다. 그러고는 니콜레티스 부인의 방이 있는 쪽으로 걸음을 내딛으며 자신도 모르게 한숨을 내쉬었다.

"다른 때처럼 흥분해 있겠지?"

그녀는 속으로 중얼거리고는 문을 열고 안으로 들어갔다.

니콜레티스 부인의 응접실은 매우 더웠다. 전기난로는 뜨겁게 불이 켜져 있었고 유리창은 꼭꼭 닫아놓았으니 그럴 만도 했다.

니콜레티스 부인은 때가 꼬질꼬질한 비단 쿠션과 벨벳쿠션이 어질러진 소파 위에 앉아 담배를 피우고 있었다. 그녀는 체격이 크고 피부는 가무잡잡하지만 아직도 젊었을 때의 미모가 남아 있었다. 그녀의 특징은 거친 입버릇과 커다란 갈색 눈동자였다.

"아! 이제 오는군!"

니콜레티스 부인의 말은 처음부터 비난조였다.

허바드 부인은 레몬 가(家) 사람답게 침착했다.

"예, 지금 왔습니다. 나를 좀 보자고 하셨다지요?"

"그래요, 그랬어요. 이건 정말 끔찍해요, 끔찍하다고요!"

"뭐가 끔찍하다는 겁니까?"

"이 청구서를 좀 보라고요! 당신이 올린 계산서 말이에요!"

니콜레티스 부인은 마치 솜씨 좋은 마술사처럼 순식간에 쿠션 뒤에서 서류 한 뭉텅이를 꺼냈다.

"대체 그 학생들을 뭐로 먹이는 거예요? 푸아그라하고 메추리 요리라도 먹이는 거예요? 여기가 뭐 리츠 호텔이라도 되는 줄 알아요? 대체 그 학생들이 누구라고 생각하는 거예요?"

"식욕이 왕성한 젊은이들이라고 생각하지요!"

허바드 부인이 대꾸했다.

"그 학생들을 훌륭한 아침식사에 적절한 저녁식사를 들고 있습니다. 수수하지만 영양가 있는 음식이지요. 아주 경제적으로 해나가고 있답니다."

"경제적? 경제적이라고? 어떻게 감히 나한테 그런 소릴 할 수 있지? 그럼 이제 내가 빈털터리가 될 날은 대체 언제지?"

"니콜레티스 부인, 지금 이곳을 운영해서 꽤 괜찮은 수익을 올리고 있잖아요? 학생들한테는 요금이 조금 비싼 편이고요."

"그래도 항상 방이 꽉 차지 않느냔 말이에요? 언제나 방이 비었다 하면 후보가 서너 명씩은 몰리지 않던가요? 게다가 영국 교육위원회니 런던 대학숙박연합회니 대사관이니 하는 데에서도 우리한테 학생들을 보내지 않던가요? 프랑스 리세(국립고등학교) 같은 데서도 그렇고! 방만 비게 되면 언제나 세 명씩은 후보가 몰리지 않았느냔 말이에요?"

"그건 이곳에서 음식을 맛있게, 충분히 주기 때문이에요. 젊은이들이란 무엇보다 충분히 먹어야 하니까요."

"쳇! 아무리 그래도 이 총액 좀 봐요, 엄청나잖아요! 이건 다 그 이탈리아 요리사하고 그 여자 남편 때문이라고. 그 사람들이 분명히 당신한테 식품 구입비를 속여먹는 거라고요."

"어머나, 절대 그럴 리가 없어요, 니콜레티스 부인. 분명히 말씀드리는데 외국인이라고 해도 나를 속이지는 못해요."

"그럼, 허바드 부인, 당신 짓인가 보군. 당신이 날 속여먹는 거야!"

허바드 부인은 눈썹도 까딱하지 않았다.

"그런 말씀을 하시면 안 되죠."

허바드 부인의 어조는 옛 시대의 내니(유모와 비슷한 가정부)가 성질이 나쁜 아이를 타이를 때 쓰는 말투였다.

"그런 말을 함부로 하면 안 돼요. 그러다가는 언젠가 벌을 받게 되지요."

"하!"

니콜레티스 부인은 청구서 더미를 홱 허공에 뿌렸다. 서류는 온통 흩어져 바닥 위에 떨어졌다. 허바드 부인은 허리를 굽혀 서류를 주웠다. 그녀의 입술이 자신도 모르게 비뚤어졌다.

"당신이 날 화나게 했어!"

여주인이 소리쳤다.

"내, 말하지만, 흥분하는 건 당신한테 해로워요. 화를 내는 건 고혈압에 안 좋으니까."

"어쨌든 이번 주 청구서 금액이 지난주 것보다 더 많다는 건 당신도 인정할 테지?"

"그건 사실이에요. 하지만 이번 주에 램슨 상점에서 특별히 할인 판매하는 물건들을 많이 사들였기 때문에 내주 청구서는 다른 때보다 훨씬 금액이 적을 거예요."

하지만 니콜레티스 부인의 표정은 여전히 뾰로통했다.

"언제나 설명은 근사하지."

허바드 부인은 청구서를 말끔히 챙겨 테이블 위에 올려놓으면서 말했다.

"자, 그럼, 또 다른 볼일이라도?"

"그 미국인 아가씨, 샐리 핀치, 그 아가씨가 떠나려고 해요. 하지만 난 그 아가씨를 놓치고 싶지 않아. 그 아가씨는 풀브라이트 장학생이니 다른 풀브라이트 장학생들을 더 데리고 올 수 있을 거라고. 그러니까 그 아가씨가 떠나선 안 돼요."

"떠나는 이유가 뭐라고 하던가요?"

니콜레티스 부인은 어이가 없다는 듯이 어깨를 으쓱해 보였다.

"그걸 내가 어떻게 기억해요? 어차피 거짓말인데. 분명해요, 난 알 수 있다고."

허바드 부인은 심각하게 고개를 끄덕였다. 그 점에 있어서만은 니콜레티스 부인을 믿고 싶었다.

이윽고 그녀가 말했다.

"샐리는 나한테 아직 아무 이야기도 하지 않았어요."

"하지만 그 아가씨하고 이야기는 해볼 테지?"

"예, 물론이죠."

"그럼 만일 그 아가씨가 떠나려는 이유가 인도 학생이니 흑인이니 하는 유색인종 학생들 때문이라면, 그 학생들을 모두 내보내겠다고 하세요. 알겠어요? 미국인들에게는 인종 구분이 너무도 중요하다고요. 그리고 내게는 미국 학생들이 중요하고, 유색인종 따위들은, 전부 꺼지라지!"

그녀는 극적인 몸짓을 해보였다.

"내가 여기 업무를 맡고 있는 한은 안 됩니다."

허바드 부인이 냉정하게 대꾸했다.

"그리고 부인은 생각을 잘못하고 계세요. 여기 묵는 학생들 중에는 그런 인종차별 감정을 갖고 있는 학생은 없으니까요. 그리고 샐리 역시 그런 여학생이 절대 아니에요. 그 아가씨는 아키봄보하고도 자주 점심을 같이 먹는걸요. 아키봄보야말로 정말 새까맣잖아요!"

"그럼 공산주의자들이 싫어서 그러는군. 당신도 알잖아요, 미국 사람들이 공산주의자들에 대해서 어떻게 생각하는지. 그 나이젤 채프먼이라는 학생, 그 학생은 공산주의자야!"

"난 그런 것 같지 않던데."

"아니, 그렇다니까! 당신도 어떤 날 저녁에 그 학생이 하는 말을 직접 들었잖아요."

"나이젤은 사람들을 화나게 하는 말이라면 무슨 말이든지 하는 학생이에요. 그 점에 있어선 다소 성가신 사람이죠."

"아주 학생들에 대해서 잘 아시는군! 허바드 부인, 정말 당신 대단한 사람이야! 난 언제나 내 마음속으로 말하곤 하는데, 당신, 허바드 부인이 없었으면 내가 무슨 일을 할 수 있었겠는가 하고 말이에요. 난 당신한테 전적으로 의지하고 있어. 정말 당신은 대단하고 대단한 여자예요!"

"병 주고 약 주는군."

허바드 부인이 중얼거렸다.

"뭐라고 했죠?"

"아니, 신경 쓰지 마세요. 난 내가 할 수 있는 일을 할 뿐이에요."

그녀는 니콜레티스 부인이 수다스럽게 늘어놓는 말을 무시하고 방을 나섰다.

"내 시간만 잡아먹다니, 정말 제정신이 있는 여자인지 모르겠어!"

그녀는 이렇게 중얼거리면서 서둘러 복도를 지나 자기 거실로 들어갔다.

하지만 아직도 허바드 부인에게 평안이 찾아든 것은 아니었다. 허바드 부인이 방에 들어서자 누군가 키 큰 사람이 일어서며 입을 열었던 것이다.

"잠깐 얘기 좀 했으면 좋겠는데요."

"물론이지, 엘리자베스"

허바드 부인은 좀 놀랐다.

엘리자베스 존스턴은 서인도제도에서 온 아가씨인데 법학도였다. 그녀는 공부벌레에다가 야심만만했고, 남들과 별로 터놓고 지내지 않는 성미였다. 그녀는 언제나 안정되어 있고 유능해 보였다. 그 때문에 허바드 부인은 그녀를 이 호스텔에서 가장 쓸 만한 학생 중 하나로 꼽고 있었다.

지금도 엘리자베스 존스턴의 모습은 매우 안정되어 있었다. 하지만 허바드 부인은 그 가무잡잡하고 무표정한 얼굴에도 불구하고 그녀의 음성이 어딘지 모르게 긴장하여 떨리고 있다는 것을 알았다.

"무슨 일이라도 있어요?"

"예, 그래요. 잠깐 제 방으로 좀 가주시지 않겠어요?"

"그래요. 잠깐만 기다려요."

허바드 부인은 코트와 장갑을 벗어던지고는 그 아가씨를 따라 방을 나서서 계단을 올라갔다. 그 아가씨 방은 꼭대기 층이었다.

엘리자베스는 자기 방에 닿자 문을 연 뒤, 방을 가로질러 창문 옆에 놓은 책상을 향해 다가갔다.

"여기 보세요, 제가 공부한 것을 적은 노트들이 있지요. 이 노트들은 몇 달 동안 열심히 공부해서 적은 것들이에요. 그런데 이게 어떻게 되었는지 좀 보시겠어요?"

노트를 흘끗 본 허바드 부인은 숨을 멈추었다.

탁자 위에 잉크가 엎질러져 있었다. 계속 그 잉크는 노트를 속속들이 적셔놓고 있었다. 허바드 부인은 손가락 끝으로 노트를 만져 보았다. 그것은 아직도 축축하게 젖어 있었다.

그녀는 우스꽝스러운 질문인 줄 알면서 얼떨결에 물었다.

"설마, 아가씨 자신이 엎지른 건 아니겠지?"

"아뇨! 제가 방 안에 없을 때 일어난 일이에요."

"빅스 부인이 혹시……."

빅스 부인이란 꼭대기 층의 침실을 청소하고 관리하는 여자였다.

"빅스 부인이 한 일도 아니에요. 게다가 이건 제가 쓰는 잉크도 아닌걸요. 제 잉크는 침대 옆 선반에 있어요. 아직 손도 대지 않은 새것이에요. 누군가가 잉크를 가져와서 일부러 그런 거라고요."

허바드 부인은 충격으로 몸이 얼어붙었다.

"그런 나쁜 짓을……."

"정말 악독하고도 잔인한 짓이에요."

엘리자베스의 말투는 조용하고 침착했다. 하지만 허바드 부인은 그녀의 그 말투 뒤에 숨겨진 감정을 결코 놓치지 않았다.

"이봐요, 엘리자베스, 정말 무슨 말로 위로를 해야 할지 모르겠어. 이건 충격이에요. 정말 심한 충격이야. 대체 누가 이런 비열하고 악독한 짓을 저질렀는지 내 있는 힘껏 알아내고 말 테야. 혹시 누구 생각나는 사람이라도 있어요?"

엘리자베스는 즉석에서 대답했다.

"보시다시피 이건 녹색 잉크예요."

"그래요, 봤어요."

"이런 녹색 잉크는 흔히 쓰는 색깔이 아니에요. 전 이 색깔의 잉크를 쓰는 사람을 한 명 알고 있어요. 나이젤 채프먼이에요."

"나이젤? 나이젤이 저런 짓을 할 사람이라고 생각하는 거예요?"

"그렇게 생각할 수는 없겠죠. 하지만 그 사람이 이런 녹색 잉크로 편지나 노트를 쓰는 건 분명한 사실이거든요."

"우선 좀 여러 가지 물어봐야겠어. 그리고 엘리자베스, 미안해요, 이런 일이 우리 호스텔에서 생기다니. 내 최선을 다해서 캐보겠다는 것만은 분명히 말할 수 있어요."

"고맙습니다, 허바드 부인, 그동안 다른 일도 몇 가지 있었지요?"

"그래요, 저 그래요."

허바드 부인은 방을 나서서 계단을 내려가기 시작했다. 그러다가 문득 계단을 내려가던 발걸음을 멈추고 복도로 다시 올라가 복도 끝에 있는 방 앞에 섰다. 노크를 하자 샐리 핀치 양의 응답이 있어서 그녀는 안으로 들어갔다.

그 방은 유쾌한 분위기를 풍기고 있었다. 그리고 그 방의 주인인 샐리 핀치 역시 명랑한 성격을 가진 빨간 머리 아가씨였다.

그녀는 메모지 위에 뭔가를 쓰고 있다가 툭 불거진 볼을 들어 허바드 부인을 쳐다보았다. 사탕을 먹고 있었던 모양인지 사탕 상자를 꺼내어 권했다.

"집에서 부쳐온 거예요. 좀 들어보세요."

"고마워요, 샐리. 하지만 지금은 안 되겠어요. 흥분해 있어서."

그녀는 잠깐 사이를 두었다가 다시 입을 열었다.

"엘리자베스 존스턴 양한테 무슨 일이 있었는지 들었어요?"

"블랙 베스한테 무슨 일이 있나요?"

엘리자베스를 흑인이라는 뜻의 '블랙' 베스라는 별명으로 부르는 샐리의 말투는 아주 다정했고, 듣는 사람 역시 그 말을 하는 샐리를 다정한 사람으로 생각하는 것과 마찬가지로 그 별명을 그저 다정한 것으로 받아들였다.

허바드 부인이 일어난 일을 설명하자 샐리는 몸 전체로 동정심 어린 분개의 표시를 보였다.

"정말 비열한 짓이군요. 우리 베스한테 누가 감히 그런 짓을 저질렀을까? 모두들 그 애를 좋아하는데. 그 애는 조용하고, 남의 일에 참견하기도 싫어하고, 다른 사람들하고 어울리지도 않지만, 그 애를 싫어하는 사람이 있으리라고는 상상도 못하겠어요."

"내 말이 그 말이라니까."

"그러고 보면 이번 일도 다른 일하고 관계가 있는 일이네요, 그렇죠? 그 때문에……."

"그 때문에 뭐지?"

허바드 부인은 샐리 양이 허겁지겁 말을 끊자 궁금한 듯이 물었다.

샐리는 천천히 말했다.

"제가 여기서 나가려는 것도 그 때문이에요. 닉 부인이 말씀드렸지요?"

"그래요. 그래서 아주 화가 나 있더군요. 그 부인은 아가씨가 자기한테 여길 떠나려는 진짜 이유를 밝히지 않았다고 생각하는 것 같았어요."

"예, 그랬지요. 그 여자를 화나게 한다고 무슨 소용이 있겠어요? 그 여자가 어떤 사람인지 잘 아시잖아요. 물론 제가 여길 떠나려는 데에는 그럴 만한 이유가 있어요. 요즈음 여기서 일어나고 있는 일이 별로 마음에 들지 않아서예요. 처음에는 제 신발이 없어지더니 그다음에는 발레리의 스카프가 갈기갈기 찢어지고, 그다음엔 렌의 배낭이…… . 사실 그런 물건들은 누가 도둑질해 갈 것도 아닌데…… . 물론 도둑질이야 언제 어디서든 일어날 수 있는 일이죠. 좋은 일은 아니지만 흔히 있을 수 있는 일이니까요. 하지만 이번 일들은 그게 아니에요."

샐리는 미소를 지으며 잠깐 말을 멈추었다가 갑자기 싱긋 웃었다.

"아키봄보는 아주 겁을 먹었더군요. 원래는 아주 능력 있고 교양 있는 사람인데. 하지만 서부 아프리카인답게 미신에 대한 믿음은 어쩔 수 없나 봐요."

"쳇!"

허바드 부인이 얼굴을 찡그리며 내뱉었다.

"난 미신 같은 거 절대 안 믿어. 그런 소리 들으면 참을 수가 없다니까. 그건 못난 사람들이나 만들어내는 바보 같은 소리라고요. 미신 같은 거 믿을 거 없어요. 알고 보면 아무것도 아니니까."

샐리의 입이 고양이 웃음 같은 미소를 띠면서 벌어졌다.

"중요한 건 그 '못난' 사람이라는 말에 있군요. 그런데 제 느낌으로는 이 집 안에 못나지 않은 그 누군가가 있는 것 같아요."

허바드 부인은 아래층으로 내려갔다. 그러고는 1층에 있는 학생들의 공동 휴게실로 들어갔다. 방 안에는 모두 네 사람이 있었다.

발레리 호브하우스는 늘씬하고 우아한 다리를 팔걸이 위에 걸쳐놓은 채 소파 위에 엎드려 있었다. 그리고 나이젤 채프먼은 앞에 두꺼운 책을 펼쳐놓은 채 탁자 앞에 앉아 있었다. 패트리셔 레인은 벽난로에 기대어 서 있었고, 방에 금방 들어온 듯한 레인코트를 입은 아가씨가 허바드 부인이 들어오자 털모자를 막 벗고 있는 중이었다.

담배를 입에서 떼던 발레리가 나른하고 졸린 듯한 목소리로 입을 열었다.

"안녕, 아주머니. 그래, 우리의 존경하는 경영주이신 그 늙은 마귀를 잘 구슬리셨나요?"

그러자 패트리셔 레인이 나섰다.

"얼굴이 울긋불긋해서는 싸울 태세였지요?"

"그 모습 상상 좀 해봐!"

발레리는 이렇게 말하며 킬킬거렸다.

"불쾌한 일이 일어났어요." 허바드 부인이 불쑥 말했다.

"나이젤, 나한테 협조 좀 해줘요."

"저요, 아주머니?"

나이젤은 고개를 들면서 읽고 있던 책을 덮었다. 그의 홀쭉하고 심술궂은 얼굴에 갑자기 짓궂으면서도 또 한편으로는 깜짝 놀랄 만큼 달콤한 미소가 떠올랐다.

"제가 무슨 짓을 저질렀나요?"

"아무 일도 아니길 바라요. 엘리자베스 존스턴 양의 노트에 누군가가 고의적으로 짓궂게도 잉크를 온통 쏟아부었는데, 그게 녹색 잉크였어요. 나이젤, 당신도 녹색 잉크를 사용하죠?"

그는 그녀를 뚫어지게 바라보았다. 그의 얼굴에서 미소가 사라졌다.

"예, 녹색 잉크를 씁니다."

"꼴불견 색깔이지." 패트리셔가 말했다.

"나이젤, 제발 그런 잉크 좀 쓰지 말아요. 내가 늘 그랬잖아요, 녹색 잉크를 쓰는 건 꼭 잘난 체하는 것 같다고."

"난 잘난 체하는 걸 좋아한다고. 하지만 연한 보라색 잉크도 괜찮을 거야. 이젠 그런 색 잉크를 구해 써야겠어. 어쨌든, 아주머니, 그 말 진심입니까? 제가 그 아가씨 노트를 망쳐놓았단 말씀입니까?"

"그래요, 진심이에요. 나이젤, 당신 짓이었어요?"

"아뇨, 물론 아닙니다. 사실 전 사람들을 골리길 좋아합니다. 하지만 결코 그렇게 비열한 짓은 안 합니다. 특히나 남의 일에 참견 안 하고 묵묵히 자기 일만 하는 모범적인 블랙 베스 같은 아가씨한테는 더구나요. 그런데 제 잉크 병은 어디 있던가요? 제 기억으로는 어제저녁에 만년필에 잉크를 채웠습니다. 그리고 여느 때나 마찬가지로 선반 위에 놓아두었지요!"

그는 자리에서 벌떡 일어나 방 안을 가로질러 성큼성큼 걸어갔다.

"여기 있습니다."

그는 잉크병을 집어올렸다. 그러고는 휙 하고 휘파람을 불었다.

"아주머니 말씀이 맞군요. 병이 거의 다 비어 있는데요. 거의 다 차 있었는데……"

레인코트를 입고 있던 아가씨가 숨이 막히는 듯이 짧게 비명을 질렀다.

"아아, 이런! 이럴 수가, 정말 불쾌하군요!"

나이젤이 비난하는 듯한 얼굴로 그녀를 향해 돌아섰다.

"실리아, 당신은 알리바이가 있소?" 그가 사뭇 짓궂은 어조로 물었다.

그러자 실리아가 숨을 몰아쉬며 말했다.

"난 그런 짓 안 했어요. 정말이라고요! 게다가 난 오늘 종일 병원에 있었어요. 그런 짓을 하려 해도 할 수가……"

"자, 나이젤, 실리아를 괴롭히지 말아요." 허바드 부인이 나섰다.

패트리셔가 분개한 어조로 입을 열었다.

"난 나이젤이 왜 의심을 받아야 하는지 모르겠어요. 누군가가 저 사람 잉크를 가져갔다고 해도……"

발레리가 교활한 미소를 띠고서 입을 열었다.

"잘한다, 얘, 그래, 애인을 감싸야지."

"하지만 이건 불공평해."

"난 정말 모르는 일이야. 나하고는 아무 관계없어!"

실리아가 애타게 부르짖었다.

"이봐, 네가 그랬다고는 아무도 생각하지 않아!"

발레리가 짜증이 난다는 듯 쏘아붙였다. 그녀의 눈이 허바드 부인의 눈과 마주치자 의미심장한 시선을 교환했다.

"그리고, 알겠어? 이제 이 일은 웃음거리로 넘길 일이 아니야. 무슨 조치를 취해야 한다고"

"그래요, 무슨 조치를 취해야 해요."

허바드 부인이 엄숙하게 말을 맺었다.

제4장

"여기 있습니다, 포와로 씨."

레몬 양이 포와로 앞에 작은 갈색 꾸러미를 내밀었다. 그는 종이를 벗기고는 잘 디자인된 은색 이브닝 구두 한 켤레를 감정하는 듯한 눈길로 바라보았다.

"말씀하신 대로 베이커 가(街)에서 발견되었어요."

"이게 우리 수고를 덜어주었군. 그리고 내 생각을 확인시켜 주었어."

"예, 그래요."

원래 천성적으로 무관심하기가 둘째가라면 서러울 레몬 양의 무뚝뚝하고 간단한 대답이었다. 하지만 그녀는 가족들에 대한 애정에는 약했다.

"저, 포와로 씨, 번거로우시지 않다면, 제 언니한테서 편지가 왔는데요, 그 사건에 진척이 있었대요."

"내가 좀 읽어봐도 괜찮겠소?"

그녀는 편지를 그에게 건네주었다. 그러자 그는 편지를 읽은 다음, 레몬 양에게 즉시 언니에게 전화를 하라고 했다. 레몬 양이 곧 전화가 연결되었다고 알려왔다.

포와로는 수화기를 건네받았다.

"허바드 부인이십니까?"

"아, 예, 포와로 씨, 이렇게 빨리 전화를 걸어주시다니 정말 자상하시군요. 전 정말이지 너무 겁이……."

포와로가 그녀의 말을 잘랐다.

"지금 계신 곳이 어디시죠?"

"왜요? 물론 히코리 로 26번지죠! 아, 무슨 말씀을 하시는지 알겠어요. 여긴 제 거실이에요."

"그 전화선이 연결되어 있습니까?"

"예, 이 집 전화는 다 연결되어 있어요. 중앙 전화는 아래층 홀에 있고요."

"지금 그 집에서 누구 엿들을 만한 사람 없나요?"

"이맘때쯤이면 학생들은 모두 밖에 나가 있어요. 요리사는 장을 보러 나갔고, 요리사 남편인 제로니모는 영어를 거의 알아듣지 못해요. 그리고 청소부가 한 명 있는데, 그 여자는 귀가 먹어서 절대로 남의 말을 엿듣지 못해요."

"좋아요. 그렇다면 마음 놓고 말할 수 있겠군. 부인은 저녁에 무슨 강연 같은 걸 자주 마련하십니까, 아니면 영화라도? 무슨 소일거리 같은 게 있으십니까?"

"종종 강연 같은 걸 듣기도 해요. 탐험가인 볼트라우트 양도 얼마 전에 다녀갔어요. 천연색 슬라이드를 구경시켜 주었지요. 그리고 극동지역 선교의 모금 강연회도 가졌답니다. 하지만 그날 밤에는 외출한 학생들이 많았던 것 같아요."

"아, 그렇습니까. 그렇다면 오늘 밤 부인은 여동생의 고용주인 에르큘 포와로가 와서 학생들에게 재미있는 사건 이야기를 들려준다고 알리는 겁니다."

"그거 멋진 생각이시군요. 하지만, 포와로 씨, 선생님 생각에……."

"이건 생각하고 말고 할 문제가 아닙니다. 분명히 다들 얘기를 들으러 올 겁니다!"

그날 저녁, 호스텔의 학생들은 공동 휴게실에 들어서다가 문 바로 안쪽에 있는 게시판 위에 다음과 같은 공고가 나붙은 것을 보았다.

'저명한 사립탐정인 에르큘 포와로 씨가 친절하게도 오늘 저녁에 이곳에 오셔서 성공적인 탐정 수사의 이론과 실제에 대해 강연해주신다고 합니다. 아울러 유명한 범죄사건에 대한 해설도 덧붙여 들려주신다고 합니다.'

호스텔에 돌아오는 학생들은 그것을 보고 다 한마디씩 했다.

"포와로 탐정이 누구야?"

"들어본 적이 없는데?"

"아, 난 들어본 적 있어. 어떤 여자 청소부를 살해했다는 죄로 사형을 선고받은 남자가 한 명 있었는데, 포와로 씨가 진범을 잡아 그 사람을 풀려나게 해주었지."

"난 별로 신통치 않을 것 같은데요?"

"아냐, 난 재미있을 것 같아."

"뭐 꼭 그렇지도 않을 것 같은데. 하지만 범죄자들하고 접촉해 온 사람이니까 한번 연구해볼 만한 재미는 있을 거야."

저녁식사는 7시 30분에 있었다. 식당에는 대부분의 학생들이 벌써 자리에 앉은 가운데 허바드 부인이 거실에서 나왔다(그곳에서 그녀는 그 유명한 손님에게 셰리 주를 대접했다). 뒤이어 키가 작고 나이가 지긋한 남자가 허바드 부인의 뒤를 따라 들어왔다.

그의 머리는 염색을 한 게 아닐까 하고 의심을 할 만큼 검었다. 그는 정확하게 양쪽으로 갈라진 콧수염을 아주 흡족한 표정으로 가끔 비비꼬고 있었다.

"포와로 씨, 여기는 저희 집 학생들이에요. 학생들, 이분은 저녁식사가 끝난 뒤에 우리들에게 강연을 베풀어주실 무슈 에르큘 포와로이십니다."

서로 인사를 나눈 뒤 포와로는 허바드 부인 옆에 앉았다. 그러고 나서 키 작은 이탈리아 하인이 커다란 접시에서 덜어준 맛있는 네스트로네(야채 등을 넣은 진한 수프)에 행여 수염이 잠길까 하여 손으로 수염을 잡느라 분주한 모습이었다.

수프 다음에는 맵고 뜨거운 스파게티와 미트볼이 나왔는데, 바로 그때 포와로 오른쪽에 앉은 아가씨가 수줍게 말을 걸어왔다.

"허바드 부인의 여동생 되시는 분이 선생님 밑에서 일한다는 것이 사실인가요?"

포와로는 그녀에게 고개를 돌렸다.

"예, 그럼요. 레몬 양은 내 밑에서 일한 지 여러 해 된답니다. 세상에서 제일가는 유능한 여자죠. 어떨 때는 무섭기조차 하답니다."

"아, 예, 선생님 말씀 알겠어요. 그런데 궁금한 게……."

"그래, 뭐가 궁금한가요, 마드모아젤?"

그는 아버지 같은 자애로운 태도로 그녀에게 미소를 지으면서 속으로 그녀에 대해 점검해 나갔다.

'예쁘지만 근심이 있는 얼굴. 이해력이 빠르지 않고, 뭔가에 겁을 먹고 있어⋯⋯.'

이윽고 그는 다시 입을 열었다.

"성함과 전공을 물어봐도 되겠소?"

"실리아 오스틴이에요. 전 학생이 아니에요. 세인트 캐서린 병원의 약국에서 조제사로 일하고 있어요."

"아, 그렇군요. 일은 재미있나요?"

"글쎄요, 잘 모르겠어요. 재미있다고도 할 수 있겠죠."

그녀는 별로 자신이 없는 목소리로 말했다.

"다른 학생들은 어떤가요? 학생들에 대해 얘기 좀 해줄 수 있겠죠? 듣기로는 이곳이 외국인 학생들 기숙사 같은 곳이라던데, 여기 있는 학생들은 거의가 영국 학생들인 것 같군요."

"외국인 학생들 몇몇은 밖에 나가 있어요. 찬드라 랄하고 고팔 람은 인도인이고, 레인지어 양은 네덜란드인이고요. 아메드 알리는 이집트인인데 정치가 타입이에요."

"그럼 여기 있는 학생들은요? 여기 있는 학생들에 대해서 얘기 좀 해주시지요."

"예, 저기 허바드 부인 왼쪽에 앉아 있는 사람은 나이젤 채프먼이에요. 저 사람은 런던 대학에서 중세사(中世史)와 이탈리아어를 전공하고 있어요. 그리고 그 사람 옆에 앉은 아가씨가 패트리셔 레인, 안경 쓴 아가씨 말이에요. 그 아가씨는 고고학 학위를 따려고 공부하고 있어요. 그리고 그 옆에 커다란 빨간 머리의 청년이 렌 베이트선인데 의학도예요. 그 옆에 머리가 검고 살갗이 가무잡잡한 아가씨가 발레리 호브하우스인데, 화장품 회사에 다니고 있어요. 그 아가씨 옆에 있는 학생이 콜린 맥내브인데, 정신심리학 대학원 과정을 밟고 있어요."

콜린에 대해 설명하는 그녀의 음성에 미세한 변화가 있었다.

포와로는 날카로운 눈길로 그녀를 뚫어지게 바라보았다. 그러자 그녀의 얼굴에 홍조가 피어오르는 것이 보였다.

그는 속으로 중얼거렸다.

'자, 그러면, 이 아가씨는 저 학생을 사랑하고 있다. 그리고 그 사실을 숨기질 못한다.'

그러고 나서야 그는 맥내브가 식탁 건너편에 있는 그녀를 한 번도 보지 않는 듯싶다는 것, 그리고 자기 옆에 앉아 웃고 있는 빨간 머리 아가씨와 이야기하느라 딴 데에 정신을 팔 여유가 없다는 것을 알아차렸다.

"저 아가씨는 샐리 핀치예요. 미국인 아가씨인데 폴브라이트 장학금을 받고 여기 유학 왔어요. 그리고 그 옆이 주느비에브 마리코드, 저 아가씨는 영문학을 전공하고 있어요. 그 옆에 앉아 있는 르네 할도 마찬가지고요.

그 옆에 있는 키가 작고 금발에다 살갗이 흰 아가씨는 진 톰린슨인데, 저 아가씨도 세인트 캐서린 병원에 있어요. 물리요법사로 일하고 있지요. 그 옆의 흑인 학생은 아키봄보예요. 서아프리카에서 왔는데, 정말 똑똑하고 멋진 사람이에요. 그리고 바로 그 옆이 엘리자베스 존스턴, 자메이카에서 왔는데 법학도예요. 제 오른쪽 옆으로 앉아 있는 두 사람은 터키 학생들인데 1주일쯤 전에 이곳에 왔지요. 영어라고는 거의 한마디도 몰라요."

"알려줘서 고맙소. 그런데 여기 학생들은 모두 사이가 좋은가요? 말다툼 같은 건?"

포와로는 짐짓 가벼운 어조로 슬쩍 떠보았지만 표정은 진지했다.

"아뇨! 모두들 공부하느라 너무 바빠서 싸울 틈도 없는걸요. 가끔……."

"가끔 뭐지요, 오스틴 양?"

"글쎄요. 나이젤이, 허바드 부인 옆에 앉은 사람 말이에요. 나이젤은 사람들을 어리둥절하게 하고 성나게 하는 걸 좋아해요. 그리고 렌 베이트선은 아주 성을 잘 내서 문제예요. 어떤 때는 노발대발 난리가 난답니다. 하지만 알고 보면 아주 상냥한 남자예요."

"그럼 콜린 맥내브는, 그 사람 역시 화를 잘 내나요?"

"아니에요! 콜린은 그냥 눈썹을 흘끗 올리고는 놀란 표정을 짓고 만답니다."

"알겠습니다. 그럼 젊은 숙녀분들 이야기인데, 저분들은 어떤가요, 말다툼이라도 합니까?"

"아뇨, 그런 일 없어요! 우린 아주 사이가 좋은걸요. 주느비에브가 가끔 신경질을 부리긴 하지만. 제 생각엔 프랑스 사람들은 좀 예민한 듯싶어요. 어머나, 나 좀 봐. 죄송해요."

실리아는 그야말로 당황해서 어쩔 줄 모르는 모습이었다.

"아니, 난 벨기에 사람입니다." 포와로가 엄숙하게 말했다.

그는 재빨리 말을 계속했다. 덕분에 실리아는 자기혼란을 수습할 수 있었다.

"그럼 이제 아까 말하던 것을 설명해주시지요, 오스틴 양, 뭔가 이상하다고 한 것 말입니다. 대체 무엇이 이상하다는 겁니까?"

실리아는 신경질적으로 빵을 베어 물었다.

"아, 예, 그거요, 아무것도 아니에요. 그저 요즘, 짓궂은 장난이 좀 있어서요. 제 생각엔 허바드 부인이……, 아니, 바보 같은 생각일 거예요. 아무것도 아니에요."

포와로는 억지로 재촉하지 않았다. 그러고 나서 허바드 부인에게 고개를 돌린 그는 곧 그녀와 나이젤과 함께 대화에 몰두했다.

나이젤 채프먼은 포와로에게 범죄란 창의적인 예술 활동의 한 형태라는 말을 함으로써 논쟁의 씨앗을 던졌다. 아울러 그는 사실상 이 사회의 진짜 부적응아는 사디즘을 숨기고 경찰이라는 직업을 택한 경찰관이라는 논리를 펴보기도 했다.

포와로는 자기 옆에 앉은 이 서른대여섯 되어 보이는 걱정스러운 표정의 안경잡이 아가씨가 나이젤의 말에 곧장 변명을 늘어놓는 것을 보고 재미있어 했다. 하지만 나이젤은 그녀를 전혀 의식하지 않았다.

허바드 부인도 재미있다는 듯이 온화한 미소를 띠었다.

"요즘 젊은이들은 만사를 정치니 심리학 같은 것으로만 생각한다니까. 내가 젊었을 때는 젊은이들 모두 근심 없고 명랑했었는데, 댄스도 실컷 즐기고 사실 공동 휴게실에 양탄자만 깔면 근사한 플로어가 되니까 라디오에 맞추어서 춤을 출 수도 있는데 여기 학생들은 통 그러질 않아요."

실리아는 웃음을 터뜨리면서 조금 원망스러운 듯한 어조로 말했다.

"나이젤, 당신은 춤을 곧잘 추잖아요. 저번에도 한번 당신하고 추어봤더니, 당신은 기억 못할 테지만……."

"나하고 춤을 추었다고?" 나이젤이 못 믿겠다는 어조로 말했다.

"그게 어디지?"

"케임브리지에서죠. 5월 축제 기간에요."

"아, 5월 축제!"

나이젤은 젊은이들이 벌이는 그런 시시한 짓거리는 아무것도 아니라는 듯이 손을 내저었다.

"사람은 누구나 그런 사춘기를 지나게 마련이지. 다행히도 그런 시기는 곧 끝나게 되지만."

그러는 나이젤은 아무리 보아도 스물다섯 이상으로는 보이지 않았다. 포와로는 그의 콧수염 속에 슬쩍 미소를 감추었다.

이어 패트리셔 레인이 고지식하게 말했다.

"허바드 부인, 아시잖아요, 우린 공부할 게 많거든요. 강의도 들어야 하고 노트도 정리해야 해요. 그러다 보면 진짜 쓸모 있는 것 말고 딴 일에는 신경 쓸 여가가 없어요."

"하지만, 이봐요, 젊음은 두 번 오는 게 아니라고."

허바드 부인의 말이었다.

스파게티에 이어서 초콜릿 푸딩이 나왔다. 식사를 마친 뒤 그들은 모두 공동 휴게실로 들어가 탁자 위에 놓인 커피 주전자에서 커피를 한 잔씩 따라 마셨다.

이윽고 포와로가 강연을 시작하기 위해 안내를 받아 좌중 앞으로 나섰다. 터키 학생 두 사람은 영어를 알아들을 수 없어 실례한다면서 자리를 떴다. 하지만 자리에 남은 학생들은 기대에 찬 표정이었다.

포와로는 자리에서 일어나 여느 때와 마찬가지로 침착하게 말문을 열었다. 포와로는 자신의 음성에 대해 언제나 흡족하게 생각하며 자만에 빠지곤 했는데, 지금도 그는 45분간 가볍고도 유쾌한 어조로 자기 경험담을 지나치지 않을 만큼 과장을 좀 섞여가며 풀어놓았다. 게다가 그는 무슨 의도에선지 은근히 자신이 허풍쟁이라는 암시도 풍겨놓았다.

그는 결론짓듯 말했다.

"그래서, 나는 그 런던 신사분에게 말했답니다. 리에지에 있는 비누제조업자가 생각난다고요. 그는 아름다운 금발의 비서 아가씨와 결혼하기 위해 자기 아내에게 독을 먹여 죽였지요. 난 그저 슬쩍 가볍게 말해본 것뿐인데 즉각 반응이 오더군요. 그 사람은 내가 찾아준 그 훔친 돈에 대해서 마구 추궁을 하는 겁니다. 그러고는 얼굴이 창백해지며 눈 속에 겁먹은 표정이 가득하더군요. '난 이 돈을 자선단체에 기부할 거요.' 내가 그랬죠. 그랬더니 그 남자 말이, '뭘 하든 마음대로 하시오.'라는 것이었습니다. 그래서 그때서야 내가 의미심장하게 말했죠. '충고하겠는데, 무슈, 신중을 기하는 게 좋을 게요.'

하지만 그는 말없이 고개를 끄덕였습니다. 그러고 나서 나는 나가면서 그 남자가 이마에 땀을 닦는 것을 보았지요. 그는 퍽이나 놀랐던 겁니다. 그렇게 해서 나는 그의 생명을 구한 거지요. 그가 금발머리인 자기 여비서와 사랑에 빠져 있는 것은 사실이지만, 앞으로 그가 비록 바보 같고 꼴 보기 싫은 자기 아내지만 그녀를 독살하려 하지는 않을 것이 틀림없는 사실이니까요. 언제나 그렇지만 예방이 치료보다 더 났습니다. 우리는 모두 살인자를 예방하고 싶어 합니다. 그들이 범죄를 저지르기 전에 말입니다."

말을 마친 포와로는 미안하다는 듯이 양손을 펴보였다.

"이런, 두서없는 이야기로 여러분들을 지루하게 한 것 같군요. 이만 줄여야겠습니다."

모인 학생들은 열띤 박수갈채를 보냈다. 포와로는 그 박수갈채에 고개를 숙여 답례했다. 바로 그때였다.

포와로가 자리에 앉으려는 순간 콜린 맥내브가 입에서 파이프를 떼더니 입을 열었다.

"그럼 이젠 선생님이 진짜 이곳에 오신 목적을 이야기해주시죠!"

좌중에 숨 막힐 듯한 침묵이 잠시 흘렀다.

이윽고 패트리셔가 책망하는 어조로, "콜린!" 하고 불렀다.

"아니, 이건 능히 짐작할 수 있는 일 아니오?"

콜린은 경멸을 담은 눈초리로 좌중을 둘러보았다.

"포와로 씨께서는 우리들에게 퍽 재미있는 이야기를 들려주셨소. 하지만 겨우 그런 이야기를 하러 여기 오신 건 분명히 아닐 거 아니오? 지금 포와로 씨는 직업상 임무를 수행하는 겁니다. 포와로 씨, 설마 우리가 그런 것도 모를 만큼 어리석다고 생각하시는 건 아니시겠죠?"

"콜린, 당신은 지금 당신 멋대로 생각한 것을 이야기하는 거예요."

샐리가 말했다.

"어쨌든 사실 아니야?" 콜린이 대꾸했다.

포와로는 다시 한 번 손을 펴보였다. 그의 말이 옳다는 듯한 정중한 태도였다.

"예, 인정하겠습니다. 사실 여기 계신 친절한 부인께서 요즘 이곳에서 일어나는 사건 때문에 좀 불안하시다며 내게 의뢰를 해오셨습니다."

렌 베이트선이 자리에서 벌떡 일어났다. 극도로 화가 난 딱딱한 표정이었다.

"이럴 수가! 그럼, 이게 다 뭐야? 우리를 겨누고 꾸민 일인가?"

"그걸 이제야 알았단 말이야, 렌?"

나이젤이 사뭇 다정한 척하는 어조로 물었다.

실리아는 놀라서 숨을 훅 들이쉬고는 입을 열었다.

"그럼 내 말이 옳았군요!"

그러자 허바드 부인이 위엄 있는 목소리로 결론을 내리듯이 입을 열었다.

"내가 포와로 씨께 강연해 달라고 부탁했어요. 최근에 일어난 일에 대해 조언을 부탁한 것도 사실이고요. 요즘 일어나는 사건은 이제 무슨 조치를 취해야 할 지경에 이르렀으니까. 안 그러면, 경찰을 불러야 할 것 같았거든요."

그 말이 떨어지자마자 요란한 소동이 벌어졌다.

주느비에브는 흥분하여 불어로 외쳤다.

"경찰까지 끌어들이다니 정말 수치스럽고 모욕적인 일이에요!"

그러자 그 말에 찬성하는 말소리며 또 반대하는 말소리가 한꺼번에 터져

나왔다.

마침내 말소리들이 조금 뜸해지자 레너드 베이트선의 고조된 목소리가 단호하게 울려 퍼졌다.

"자, 그럼, 포와로 씨께서 우리 사건에 대해 뭐라고 이야기하실지 들어봅시다!"

허바드 부인이 나섰다.

"포와로 씨에게 모든 사실을 다 말씀드렸어요. 그러니까 포와로 씨가 질문을 하실 경우 아무도 반대 못 할 거라고 믿어요."

포와로는 그녀에게 목례를 보냈다.

"감사합니다, 부인."

그러고 나서 그는 마술사와 같은 태도로 한 켤레의 야회용 신발을 꺼내어 그것을 샐리 핀치에게 건네주었다.

"아가씨 구두죠, 마드모아젤?"

"어머나, 예, 그래요! 두 쪽 다네요? 잃어버린 한쪽을 대체 어디서 찾아내셨죠?"

"베이커 스트리트 역에 있는 분실물 신고 센터에서죠."

"그런데 대체 왜 이것이 거기 있을 거라고 생각하셨죠, 포와로 씨?"

"아주 간단한 추론에 의해서죠. 누군가가 아가씨 방에서 한쪽 구두를 훔쳐 갑니다. 왜? 물론 신으려고 그런 것도 아니고 내다 팔려고 그런 것도 아닙니다. 그리고 이 신발이 없어진 뒤에 모두 집을 이 잡듯이 뒤졌지만 나오지 않았습니다. 그러니 이 신발은 집 밖으로 나갔거나 망가져 없어진 것이 분명하죠. 하지만 신발 한쪽을 망가뜨리는 것은 그렇게 쉬운 일이 아닙니다. 그러므로 그것을 처리하는 가장 쉬운 방법은 러시아워에 버스나 열차를 탄 뒤 꾸러미에 싼 신발을 좌석 밑에 내버리는 겁니다. 내가 이 신발이 없어졌다는 이야기를 듣고 제일 먼저 추측한 것이 그것이었는데 내 생각이 들어맞았지요. 그래서 난 그때 내 추리가 맞아떨어졌음을 알았습니다. 그 신발은 누군가 훔친 겁니다. 당신네 영국 시인이 이야기했듯이, '누군가를 괴롭히기 위해, 그것이 애인을 골라는 일임을 알기 때문에' 말입니다."

그러자 발레리가 짤막하게 웃음을 터뜨렸다.

"당신 얘기로군요, 나이젤, 바로 당신을 가리키고 있어요."

나이젤은 능글맞은 웃음을 띠고서 대꾸했다.

"우선 그 신발이 맞나 신어나 봐요."

"얼토당토않은 소리." 샐리가 말했다.

"나이젤은 내 신발을 훔치지 않았어요."

"물론이야, 훔치지 않았어. 그런 바보 같은 생각이 어디 있어!"

패트리셔가 분개해서 소리쳤다.

"바보 같은 생각인지 어쩐지는 모르겠지만, 어쨌든 난 그런 짓은 안 했어요. 다른 학생들도 다 그렇게 말할 거야." 나이젤이 말했다.

포와로는 마치 영화배우가 연기 시작 신호를 기다리는 것처럼 바로 그 말을 기다리고 있었던 것 같았다. 렌 베이트선의 붉어진 얼굴을 뚫어지게 응시하던 그의 눈이 그 말을 필두로 하여 갑자기 다른 학생들을 향해 탐색하는 듯한 눈길을 던지기 시작했던 것이다.

이윽고 그는 일부러 외국사람 같은 손짓을 하며 말했다.

"내 입장이 참으로 미묘하군요. 나는 여기 손님 자격으로 왔습니다. 나는 허바드 부인의 초대를 받고 유쾌한 저녁 시간을 보내기 위해 이곳에 온 겁니다. 그게 다예요. 아, 물론 마드모아젤에게 그 예쁜 야회용 구두를 돌려드리기 위한 목적도 있었지요. 그 밖의 것에 대해선⋯⋯."

그러다가 말고 그는 문득 말을 멈추었다.

"베이, 베이트선 씨라고 했나요? 그래, 베이트선, 내가 이곳에서 일어난 그 사건들에 대해 어떻게 생각하느냐고 물었지요? 하지만 나는 당신 혼자뿐 아니라 여기 계신 모든 분들이 얘기를 해달라고 하기 전엔 성급하게 말을 꺼내고 싶지 않습니다."

그러자 아키봄보가 어서어서 이야기하라는 듯이 검고 꼬불꼬불한 머리를 힘차게 끄덕이는 것이 보였다. 그가 입을 열었다.

"당연히 그래야 하지요. 그게 옳은 절차예요. 진짜 민주주의 방식은 그처럼 모여 있는 사람들의 표결에 맡기는 겁니다."

샐리 핀치의 목소리가 초조한 듯이 한층 높아졌다.

"아이, 이런! 지금 이 자리는 친구들이 모인 파티 같은 거예요. 그러니 더 이상 소동피우지 말고 포와로 씨의 말씀이나 그냥 듣기로 해요."

"샐리, 당신 말에 전적으로 동감이야." 나이젤이 말했다.

포와로는 고개를 끄덕거렸다.

"좋습니다. 여러분들 모두가 내게 대답하길 바라시니까 내 간단한 답변을 들려드리지요. 허바드 부인은, 아니, 니콜레티스 부인은 즉시 경찰을 부르시는 게 좋을 겁니다. 꾸물거릴 시간이 없어요."

제5장

포와로의 말이 듣는 사람들에게 전혀 예상 밖이었다는 것은 의심할 여지가 없는 사실이었다. 그 때문에 그의 말이 떨어지자 좌중에는 반대의 외침이나 의견 대신 갑작스럽게 어색한 침묵만이 흘렀다.

좌중이 그렇게 침묵 상태에 빠져 있는 동안 포와로는 방을 나서면서 작별 인사로, '모두들 안녕히 주무십시오.'라고 짧지만 정중하게 인사를 던진 뒤 허바드 부인의 안내를 받아 그녀의 거실로 올라갔다.

허바드 부인은 방 안의 불을 켠 뒤 문을 닫고는 포와로에게 벽난로 옆에 있는 팔걸이의자에 앉으라고 권했다. 평소에는 친절하고 유머에 넘치던 그녀의 얼굴이 지금은 의심과 불안으로 찌들어 있었다.

그녀는 포와로에게 담배 한 대를 권했지만 포와로는 자기 것을 피우겠다며 정중히 거절했다. 그러고 나서 그가 자기 담배를 그녀에게 한 대 내밀자 그녀는 멍한 음성으로 자기는 담배를 피우지 않는다고 거절했다. 그러고 나서 그녀는 포와로의 맞은편에 앉아 잠시 망설인 끝에 입을 열었다.

"물론 선생님 말이 맞아요, 포와로 씨. 경찰을 불러야 하겠지요. 특히 이번에 일어난 잉크 사건처럼 악의에 찬 사건이 있은 뒤라면요. 하지만 그래도 그렇게, 그렇게 단도직입적으로 발설하시는 게 아니었어요."

"아—하!"

포와로는 이렇게 짧게 대꾸한 다음 가는 담배 끝에 불을 붙이고는 연기가 스르르 퍼져나가는 것을 물끄러미 지켜보았다.

"내가 시치미를 떼는 편이 낫지 않았겠느냐는 말인가요?"

"저, 물론 공명정대하게 다 밝히고 하시는 것도 좋지만, 그래도 제 생각엔 비밀을 지키고 있다가 경찰관을 조용히 불러서 몰래 사정을 설명하는 게 더 낫지 않았을까 해요. 즉, 제 말씀은 누가 그런 어리석은 일들을 저질렀는지는 몰라도, 결국 그 범인에게 경고를 던져준 게 되고 말았다는 거예요."

"예, 아마 그럴 테죠."

"아니, 분명히 그래요!" 허바드 부인이 다소 날카로운 어조로 말했다.

"'아마 그럴 테죠'라뇨, 그럴 리 없어요! 범인이 하인들 중 한 사람이거나, 오늘 그 자리에 있지 않은 학생들 중 한 사람이라고 해도 말이 금방 전해질 텐데요, 뭘. 언제나 그렇듯이요."

"예, 옳은 말입니다. 언제나 그렇듯이."

"그리고 니콜레티스 부인 문제도 남아 있어요. 그 사람이 이번 일에 대해 뭐라고 하고 나설지 참으로 난감해요. 그 부인의 행동에 대해선 아무도 짐작 못하니까요."

"그걸 두고 보는 것도 재미있겠군요."

"만일 그 사람이 찬성하지 않으면 우리는 경찰을 부를 수가 없어요. 어머나, 누굴까?"

누군가 위압적으로 문을 세게 두드리는 소리가 났다. 그리고 다시 문을 두드리는 소리가 나더니 허바드 부인이 초조한 목소리로, '들어와요.' 하고 미처 말을 다 끝내기도 전에 콜린 맥내브가 파이프를 이빨 사이에 단단히 물고 이맛살을 잔뜩 찌푸린 채 방 안으로 들어섰다.

방 안으로 들어오는 그는 파이프를 떼고 뒤로 문을 닫은 뒤 입을 열었다.

"실례합니다만, 포와로 씨와 꼭 한마디 나누고 싶습니다."

"나와 말이오?"

포와로가 전혀 뜻밖이라는 듯이 고개를 돌리며 물었다.

"예, 선생님과 말입니다."

콜린은 엄숙하게 말했다. 그러고 나서 그는 조금 딱딱해 뵈는 의자를 끌어 당겨 에르큘 포와로의 정면에 마주앉았다.

"오늘 밤 선생님의 말씀 정말 재미있었습니다."

그는 사뭇 관대함이라도 베푼다는 듯한 어조로 말했다.

"그리고 선생님께서 다양하고 오랜 경륜을 갖고 계신 분이라는 것도 부인하지는 않겠습니다. 하지만 이렇게 말씀드리는 것을 용서하신다면 선생님이 쓰시는 방법과 생각은 둘 다 똑같이 낡아빠진 것입니다."

"어머나, 저런, 콜린!" 하버드 부인이 낯을 붉히며 말했다.

"너무 무례하지 않아!"

"전 선생님께 모욕을 드리려는 것이 아닙니다. 하지만 명확히 밝힐 것은 밝혀야겠습니다. 범죄와 처벌은, 포와로 씨, 지평선만큼이나 까마득히 사이가 먼 것입니다."

"내 생각엔 두 가지가 자연스러운 연결인 듯싶은데."

포와로가 말했다.

"그렇다면 선생님은 법에 대해 아주 편협한 시각을 갖고 계시는군요. 게다가 아주 케케묵은 사고방식을 말입니다. 하지만 요즘에는 법률도 범죄의 동기에 관한 극히 최신의 이론을 계속해서 수용하고 있습니다. 중요한 것은 그 '동기'입니다. 무슈 포와로."

"아니, 이보시오……." 포와로가 외쳤다.

"젊은이들이 잘 쓰는 요즘 말로 난 당신에게 더 이상 동의할 수 없어요!"

"그렇다면 지금 이 집에서 일어나고 있는 사건의 동기를 생각해보십시오. 대체 왜 그런 일들이 일어나고 있는지 생각해보시란 말입니다."

"그 말만은 동감이오. 예, 그것이 가장 중요하지요."

"왜냐하면 범죄에는 언제나 이유가 있게 마련이기 때문입니다. 그리고 그것은 그 범죄와 관련된 당사자에게는 아주 썩 그럴 듯한 이유일 수도 있습니다."

바로 그때 허바드 부인이 참다못해 날카로운 목소리로 끼어들었다.

"바보 같은 소리!"

"바로 그 점이 틀렸다는 겁니다."

콜린은 이렇게 말하면서 그녀 쪽으로 약간 몸을 돌렸다.

"심리학적 배경을 고려해야 한다는 말씀입니다."

"심리학 따위는 개에게나 주라지!" 허바드 부인이 내쏘았다.

"난 그런 식의 이야기 정말 못 참겠어!"

"그건 아주머니가 심리학에 대해서 아무것도 모르기 때문이에요."

콜린은 엄격하게 꾸짖는 어조로 대꾸했다. 그러고 나서는 다시 포와로에게 시선을 돌렸다.

"저는 이 주제에 관심이 많습니다. 현재 정신의학과 심리학 대학원 과정을 밟고 있거든요. 공부하다 보면 아주 복잡하고 깜짝 놀랄 만한 경우를 많이 보게 된답니다. 그래서 말인데, 포와로 씨, 제가 선생님께 지적해 드리고 싶은 것은 범죄자에 대해 원죄(原罪)의 교리나 악질적인 법률위반과 같은 생각을 버리지 못하실 거라는 사실입니다. 만일 선생님께서 이번 사건의 젊은 범죄자를 치료해보실 생각이라면, 이런 말썽이 일어나게 된 근본 배경을 우선 이해하셔야 합니다. 이런 개념은 선생님이 활동하시던 시절에는 알려져 있지 않았고, 또 그 당시의 보편적인 생각도 아니었죠. 그러니깐 선생님께서 이런 생각을 받아들이시기가 어려우시리라 생각합니다만……."

"어떻게 말해도 훔친 건 훔친 거지!"

허바드 부인이 여전히 고집스럽게 말했다.

콜린은 짜증이 난다는 듯이 이맛살을 찌푸렸다.

이때 포와로가 참을성 있게 입을 열었다.

"그야 물론 내 생각은 구식이지요. 하지만 당신 말을 들을 준비는 충분히 되어 있소, 맥내브 씨."

콜린은 깜짝 놀라면서 기뻐했다.

"그게 공정하신 말씀이죠, 포와로 씨. 그럼 이 일에 대해 분명히 말씀드리죠, 아주 간단한 용어를 써서 말입니다."

"고맙소"

포와로가 역시 겸손하게 대답했다.

"우선 편의상 오늘 밤에 선생님이 가져와서 샐리 핀치에게 돌려주신 야회용 구두 이야기부터 하지요. 기억하시겠지만 이번에 없어진 구두는 한쪽뿐입니다. 한쪽 구두뿐이라는 말씀입니다."

"그 이야기를 듣고 난 아주 놀랐었다오"

콜린 맥내브는 몸을 앞으로 기울였다. 그의 엄격하지만 잘생긴 얼굴에 진지한 빛이 번득였다.

"아, 하지만 선생님은 그 사건이 가진 특이한 의미를 알아차리지는 못하셨군요. 이번에 구두가 없어진 사건이야말로 이런 것을 연구하는 사람이라면 누구나 맞닥뜨려 보고 싶은 근사하고 흡족한 본보기랍니다. 이 사건에는 분명히 신데렐라 콤플렉스가 개재되어 있습니다! 신데렐라 동화는 잘 알고 계시겠죠?"

"프랑스에서 전래된 거지요, 그렇고말고."

"돈도 안 받고 온갖 일을 해야 하는 가엾은 소녀 신데렐라는 배다른 언니들이 모두 멋진 옷을 입고 왕자님의 무도회에 간 뒤에 난롯가에 앉아 있었습니다. 그때 요정의 여왕이 나타나 신데렐라를 그 무도회에 보내줍니다. 하지만 시계가 12시를 치자 그녀의 화려한 옷은 누더기가 되죠. 그녀는 서둘러 자리를 빠져나가다 그만 한쪽 구두를 잃어버리게 됩니다. 이번 사건 역시 누군가가 신데렐라와 같은 심정으로(물론 무의식중이긴 하지만) 저지른 겁니다. 이번 사건의 범인에게서 우리는 절망과 질투심, 열등감을 읽을 수 있는 거지요. 한 아가씨가 한쪽 구두를 훔친다, 왜 그랬겠습니까?"

"아가씨라고?"

"그야 물론 아가씨지요." 콜린이 비난조로 대꾸했다.

"아무리 머리가 나쁜 사람이라도 그 정도야 알 것 아닙니까!"

"아니, 이봐요, 콜린!" 허바드 부인이 외쳤다.

"아마 그 아가씨는 자신이 왜 그런 짓을 저질렀는지 모를 겁니다. 하지만 그녀가 마음속으로 품은 소원은 명백합니다. 그녀는 공주가 되고 싶었던 겁니다. 그래서 왕자가 자신을 발견하고 구애를 해주길 바라는 거지요. 또 하나 이 사건에서 의미심장한 사실은, 그 구두를 잃어버린 아가씨는 그때 막 무도회에 가려고 한 아가씨였다는 점입니다."

콜린은 입에서 파이프를 뗀 지 이미 오래였다. 그러고는 지금 그것을 맹렬한 기세로 흔들어대고 있었다.

"자, 이제 다른 일들 몇 가지를 들어보기로 하지요. 항상 예쁜 것만 주워다 모으는 까치처럼 이번에 없어진 것들은 모두 여자다운 매력과 연결되어 있는 것들입니다. 가루분 콤팩트, 립스틱, 귀걸이, 팔찌, 반지 등등. 여기에는 이중(二重)의 의미가 숨겨져 있는 겁니다. 범인인 아가씨는 자신이 발각되길 바라고 있어요. 심지어 그녀는 벌을 받기까지 원하고 있는 겁니다. 이런 것은 어린 소년 범죄자들에게서도 흔히 볼 수 있는 경우이지요. 이런 물건들은 보통 말하는 범죄성 절도의 대상이 되지 않는 물건들입니다. 범인이 원한 것은 그 물건들의 가격이 아닙니다. 이번 것은 아주 부유한 여자가 백화점에 들어가 자기 돈으로도 충분히 살 수 있는 물건들을 훔치는 것과 비슷하지요."

"쓸데없는 소리."

허바드 부인이 싸움이라도 걸려는 듯한 어조로 말했다.

"그저 좀 정직하지 못한 누군가가 저지른 짓이라고 그게 전부야."

"하지만 훔친 물건 중에는 다이아몬드 반지처럼 값진 것도 있잖소."

포와로는 허바드 부인의 참견을 무시한 채 콜린을 향해 말했다.

"그건 돌아왔잖습니까."

"그리고, 맥내브 씨, 설마 당신은 청진기도 여성 장신구라고 하지는 않겠죠?"

"거기엔 더 깊고 의미심장한 뜻이 숨어 있습니다. 자신에게 여자다운 매력이 모자란다고 생각하는 여자들은 일이나 직업의 성취에서 자신의 불만을 순화시키곤 하죠."

"그럼 요리책은?"

"가정생활, 즉, 남편과 가족 등을 상징하는 거죠."

"그럼 붕산은?"

그러자 콜린이 짜증난다는 듯이 소리쳤다.

"아니, 이보세요, 포와로 씨, 붕산 따위를 훔쳐갈 사람이 대체 어디 있다는 말씀 입니까! 대체 왜 그런 걸……."

"나도 그 점에 대해 자문해보았소. 어쨌든, 맥내브 씨, 당신이 모든 문제에 해답을 가진 듯하다는 것은 인정해야겠군요. 그렇다면 낡은 면바지가 없어진 것에는 어떤 특이한 의미가 숨겨져 있는지 설명해주시지요. 내가 알기로는 당신 것이라고 하던데."

그때서야 비로소 콜린은 조금 거북한 표정을 지었다. 그는 얼굴을 확 붉히더니 헛기침을 했다.

"물론 설명이야 할 수 있지만, 그게 좀 복잡한 일이라서, 아마……, 그리고, 저, 좀 말하기가……."

"아, 그럼 그만둬요."

포와로는 갑자기 몸을 앞으로 기울여 청년의 무릎을 다정하게 툭툭 건드렸다.

"그리고 다른 학생 공책에 잉크를 쏟아붓고 비단 스카프를 갈기갈기 찢은 일도 있지요. 그런 일을 보면 마음이 편하진 않겠지요?"

그러자 지금까지 콜린의 태도에서 보이던 자만하여 뽐내는 듯한 구석이 갑자기 사라지고 그리 보기 나쁘지 않은 섬세한 표정이 되살아났다.

"사실 그렇습니다. 예, 정말이에요. 이건 심각합니다. 그 여자는 뭔가 조치를 취해야 합니다. 하루라도 빨리요. 하지만 의학적인 조치여야 합니다. 이건 경찰이 관여할 만한 사건이 아니에요. 그 가련한, 악마 같은 아가씨는 그런 일들이 무슨 의미를 띠고 있는지도 모르고 있어요. 지금 그 아가씨는 곤경에 처해 있는 겁니다. 만일 제가……."

그때 포와로가 그의 말을 잘랐다.

"그럼 당신은 그게 누구인지 안다는 겁니까?"

"아, 예, 꼭 의심 가는 점이 있습니다."

포와로는 콜린에게서 들은 것들을 요약해 보려는 듯이 중얼거렸다.

"남자한테 그다지 인기를 끌지 못하고 있는 아가씨, 수줍고 내성적이기는 하지만 정이 많은 아가씨. 거기에다 머리 회전이 조금 느린 아가씨. 절망과 외로움을 느끼고 있는 아가씨. 그리고……."

그때 누군가가 문을 두드리는 바람에 포와로는 말을 멈추었다. 또다시 문을 두드렸다.

"들어와요." 허바드 부인이 말했다.

문이 열리고 실리아 오스틴이 들어왔다.

포와로는 고개를 끄덕였다.

"아, 그렇군요. 실리아 오스틴 양이시죠?"

실리아는 괴로운 듯한 눈길로 콜린을 바라보았다.

"난 당신이 여기 와 있는 줄은 몰랐어요." 그녀는 숨 가쁘게 말했다.

"저, 내가 온 건……, 내가 온 건……"

이렇게 말하다 말고 그녀는 심호흡을 한번 하더니 허바드 부인에게 달려갔다.

"제발, 제발 경찰은 부르지 말아주세요. 제가 한 짓이에요. 그 물건들을 훔친 건 바로 저예요. 왜 그랬는지 저도 모르겠어요. 그러고 싶지 않았는데 갑자기, 갑자기 그러고 싶은 생각이 드는 거예요."

그러고 나서 그녀는 몸을 돌려 콜린을 바라보았다.

"이봐요, 이제 내가 어떤 여잔지 알았겠군요. 다시는 나한테 말을 걸지 않겠죠. 나도 알아요, 내가 정말 못난……"

"아, 아냐. 절대 그렇지 않아."

콜린이 허겁지겁 말했다. 그의 윤택한 목소리는 따스하고 친절했다.

"당신은 단지 좀 머리가 혼란스러워진 것뿐이야. 그건 당신이 만사를 명확하게 보지 않은 데서 오는 일종의 병 증세 같은 거야. 날 믿어요, 실리아, 내가 곧 당신을 고쳐줄 수 있을 테니까."

"어머, 콜린, 정말이에요?"

실리아는 연모의 정을 감추지 않은 채 그를 바라보며 말했다.

"난 정말 불안해 죽을 뻔했어요."

그러자 콜린은 마치 다정한 친척 아저씨 같은 태도로 그녀의 손을 잡았다.

"자, 이젠 걱정할 필요 없어요."

그는 그녀의 손을 자기 팔에 끼고서 일어나 엄숙한 눈길로 허바드 부인을 바라보았다.

"이젠 경찰을 부른다느니 하는 어리석은 말은 하시면 안 됩니다. 값나가는 것은 아무것도 없어진 게 없고, 또 없어진 물건은 실리아가 다 돌려줄 테니까요."

"팔찌하고 가루분 콤팩트는 돌려줄 수가 없어요."

실리아가 걱정스러운 어조로 말했다.

"하수도로 흘려보냈거든요. 하지만 새것을 사서 돌려줄 거예요."

"그럼 그 청진기는? 그건 어디에 두었죠?" 포와로가 입을 열었다.

실리아는 얼굴을 붉혔다.

"전 청진기 같은 건 훔치지 않았어요. 그 낡은 청진기를 대체 뭣에다 쓰겠어요?" 그녀의 얼굴이 더욱 붉어졌다.

"그리고 엘리자베스의 공책에 잉크를 엎지른 것도 제가 아니에요. 전 그런 짓, 그런 악의에 찬 짓은 절대 하지 않아요."

"하지만 호브하우스 양의 스카프를 찢은 것은 당신이지요, 마드모아젤."

실리아는 편치 않은 표정을 지었다. 그러고는 다소 모호하게 중얼거렸다.

"그건 달라요. 제 말은, 발레리는 별로 그 일에 신경 쓰지 않았으니까요."

"그럼 그 배낭은?"

"어머나, 그건 제가 그런 게 아니었어요. 누가 괜히 성질이 나서 한 짓이지."

포와로는 허바드 부인의 작은 수첩에서 베낀 물품 목록을 꺼내 들었다.

"자, 이제 솔직히 얘기해봐요. 꼭 사실만을 얘기해야 합니다. 여기 적혀 있는 일들 중 아가씨가 저지른 일은 무엇이고, 아닌 것은 뭔가요?"

실리아는 그 목록을 내려다보더니 즉각 대답했다.

"전 배낭이나 전구, 붕산, 목욕용 소금은 모르겠어요. 전혀 아는 바가 없어요. 그리고 그 반지는 실수로 가져간 거예요. 그게 진짜 값나가는 것이라는 걸 나중에 알고 곧 돌려주었어요."

"그랬군요."

"전 나쁜 짓을 하려고 한 게 아니었거든요. 그저 좀……."

"그저 뭡니까?"

실리아의 눈에 조심스러운 빛이 살짝 비쳤다.

"모르겠어요. 정말, 정말 모르겠어요. 정말 제 머리가 어떻게 되었나 봐요."

그때 콜린이 위압적으로 끼어들었다.

"이 아가씨를 심문하듯 하지 마십시오! 약속드리겠습니다. 이런 일은 다시는 없을 겁니다. 이제부터는 제가 이 아가씨를 분명하게 책임지지요."

"어머, 콜린, 정말 친절하기도……."

"실리아, 나한테 당신 자신에 대한 이야기를 몽땅 해줬으면 좋겠소. 예를 들어 당신의 어렸을 적 가정생활이라든지, 당신 부모님의 관계는 원만했소?"

"아, 아니에요, 끔찍했어요. 우리 집은……."

"그렇군, 그리고 말이오……."

이번에는 허바드 부인이 끼어들었다. 그녀의 음성에는 거역할 수 없는 힘이 깃들어 있었다.

"자, 이제 두 사람 다 그만하면 됐어요. 실리아, 와서 고백해줘서 기뻐요. 하지만 그동안 우리한테 큰 불안을 안겨주고 심려를 끼쳤으니 그 점에 대해서는 부끄럽게 생각해야 해요. 그래도 이것만은 말해 두겠어요. 실리아가 엘리자베스의 노트에 일부러 잉크를 쏟지는 않았다는 말, 믿기로 하겠어요. 나도 실리아가 그런 못된 짓을 저질렀으리라고는 믿지 않으니까. 자, 이제 콜린하고 실리아는 나가줘요. 오늘 밤 얘기는 이걸로 충분하니까."

그들이 등 뒤로 문을 닫고 나가자 허바드 부인은 깊은 한숨을 들이쉬었다.

"자, 포와로 씨, 이 일을 어떻게 생각하세요?"

에르퀼 포와로의 눈빛에서 뭔가 반짝였다. 그러고 나서 그는 이윽고 입을 열었다.

"내 생각엔, 우리가 현대 스타일의 사랑의 장면에 조연 역을 한 것 같소."

그러자 허바드 부인은 못마땅하다는 듯이 혀를 찼다.

"오트르 탕, 오트르 모에(Autres temps, autres moeurs; 시대가 바뀌면 풍속도 변한다)."

포와로가 불어로 중얼거렸다.

"내 젊은 시절에는 청년들이 아가씨들에게 신지학(神知學)에 대한 책을 빌려주거나 마테를링크의 '파랑새'에 대해 토론을 벌였지요. 그 당시 젊은이들은 감정이 풍부하고 이상이 높았지. 요즘 젊은 남녀를 결합시키는 것은 사회부적응이나 무슨 콤플렉스 같은 것들뿐이니……."

"죄다 바보 같은 헛소리들뿐이죠." 허바드 부인이 대꾸했다.

포와로는 그녀의 말에 반대했다.

"아니, 꼭 그렇게 헛소리로만 볼 게 아닙니다. 그 저변에 깔려 있는 원리는 건전한 것이니까. 하지만 콜린처럼 고지식한 젊은 탐구가일 경우에는 모든 것을 콤플렉스 탓으로 돌리기 쉽죠. 그리고 모든 사건을 피해자의 불행했던 가정환경 탓으로 보는 겁니다."

"실리아는 네 살 때 아버지를 잃었대요." 허바드 부인이 설명했다.

"그 아가씨 어머니는 마음이 곱긴 했지만 머리가 약간 모자랐는데, 그래도 실리아는 아주 즐거운 어린 시절을 보냈다더군요."

"아하, 하지만 그 아가씨는 똑똑해서 맥내브 청년한테는 그렇게 얘기하지 않을 겁니다. 그가 듣고 싶어 하는 대로 얘기해주겠죠. 그 아가씨는 그 청년을 아주 사랑하고 있으니까요."

"그 어리석은 이야기를 전부 믿으세요, 포와로 씨?"

"나는 실리아가 신데렐라 콤플렉스를 지녔다든가, 자기가 무슨 짓을 하는지도 모르고 이것저것 물건을 훔쳤다고는 믿지 않습니다. 내 생각엔 그 아가씨가 별로 중요하지 않은 사소한 물건들을 훔치는 모험을 한 것은, 범죄학에 열심인 콜린 맥내브의 주의를 끌려고 그런 것 같습니다. 만일 그 아가씨가 그저 얼굴만 예쁘고 수줍은 보통 아가씨로 계속 남아 있었다면 그는 그녀를 거들떠보지도 않았을 겁니다. 내 개인적인 의견으로는 아가씨들이란 자기가 좋아하는 남자를 얻기 위해선 약간 수단을 부려도 크게 탓할 것은 못 된다고 생각하지요."

"하지만 전 그 아가씨가 그런 일을 생각해 낼 만한 머리가 있는지 몰랐어요."

그러자 포와로는 대답을 하지 않고 이맛살을 살짝 찌푸렸다.

하지만 허바드 부인은 자기가 할 말을 계속했다.

"그럼 결국 이번 사건은 아무것도 아니었군요! 포와로 씨, 정말 사과드리겠어요. 별것도 아닌 일에 귀중한 시간을 빼앗다니. 그래도 끝이 좋으면 다 좋지 않아요?"

"아니, 아닙니다." 포와로는 고개를 내저었다.

"아직 다 끝난 게 아닙니다. 우리는 지금 사건의 맨 앞부분, 사소해 보이는 부분만을 해결했을 뿐입니다. 하지만 아직 명확하게 설명되지 않은 일이 몇 개 있어요. 그리고 내가 받은 인상으로는 이번 일은 중대한, 그것도 아주 중대한 일인 것 같아요."

허바드 부인의 얼굴이 다시금 어두워졌다.

"어머나, 포와로 씨, 정말 그렇게 생각하세요?"

"아니, 내가 받은 인상이 그렇다는 것뿐입니다. 그런데 부인, 패트리셔 레인 양하고 이야기를 좀 나눌 수 있을지 모르겠습니다만, 잃어버린 반지에 대해 좀 살펴보고 싶어서요."

"예, 물론이죠, 포와로 씨! 내려가서 그 아가씨를 올려 보낼게요. 전 렌 베이트선하고 얘기할 게 좀 있어서요."

곧이어 패트리셔 레인이 무슨 일인가 하는 표정으로 방에 들어섰다.

"번거롭게 해드려서 미안합니다, 레인 양."

"아뇨, 괜찮아요. 바쁘지 않았는걸요. 허바드 부인이 그러는데 제 반지를 좀 보자고 하셨다면서요?"

그녀는 손가락에서 반지를 빼 그에게 내밀었다.

"정말 큰 다이아몬드죠. 하지만 세팅이 좀 구식이에요. 우리 엄마의 약혼반지랍니다."

포와로는 그 반지를 들고 살펴보다가 서서히 고개를 끄덕였다.

"어머니는 아직 살아 계신가요?"

"아뇨, 부모님은 두 분 다 돌아가셨어요."

"그거 안됐군요."

"예, 두 분 다 너무나 좋은 분이었어요. 그런데 전 그분들하고 가깝게 지내질 못했어요. 그러지 말았어야 하는 건데. 원래 자식이란 부모님이 돌아가시고 나서야 후회하기 마련이잖아요. 우리 엄마는 옷이나 좋아하고 사교 생활을 즐기는, 명랑하고 예쁜 딸을 원했어요. 그래서 제가 고고학 공부를 하겠다고 하자 아주 실망하셨죠."

"당신은 항상 진지한 자세를 갖자고 마음먹은 편이겠죠?"

"예, 그렇다고 생각해요. 인생이란 그지없이 짧은 거니까 살아 있는 동안에 뭔가 가치 있는 일을 해야 하지 않겠어요?"

포와로는 깊은 생각에 잠긴 눈길로 그녀를 바라보았다.

그가 보기에 패트리셔 레인은 30대 초반 정도로 보였다. 아무렇게나 바른 립스틱만 제외하고는 화장기라곤 없는 맨 얼굴이었다. 회색 머리는 이마에서부터 몽땅 뒤로 벗겨져 있었으며 별로 손질하지 않은 듯한 모습이었다. 안경 너머로는 유쾌한 듯한 푸른 눈동자가 상대를 진지하게 바라보고 있었다.

'맙소사, 이리도 매력이 없는 아가씨일까!'

포와로는 속으로 중얼거렸다.

'게다가 저 옷이라니! 그 뭐라고 하더라? 자루에서 빠져나온 것 같다고 하던가? '하나님, 맙소사,' 아주 딱 들어맞는 표현이로군!'

그는 그녀의 외모가 별로 마음에 들지 않았다. 그리고 패트리셔의 교양은 있지만 악센트가 없는 말투가 듣기에 몹시 따분했다.

그는 다시 속으로 중얼거렸다.

'지적이고 교양이 높은 아가씨로군. 그리고 가엾게도, 아마 나이를 먹을수록 점점 더 따분해질 아가씨야. 노년에는……'

그의 마음에 갑자기 베라 로사코프 백작 부인과의 추억이 잠시 떠올랐다. 그녀가 보였던 그 이국적(異國的)인 광채, 게다가 노년에 들어서도 그 이국적인 광채는 변하지 않았던 것이다. 그런데 요즘 아가씨들이란 전부……

'하지만 이건 내가 나이를 먹어가고 있기 때문이야.'

포와로는 다시 자신에게 중얼거렸다.

'누가 아나, 이 품행 방정한 아가씨가 어떤 남자한테는 진짜 비너스 상으로 보일지.'

패트리셔는 계속 말하고 있었다.

"베스한테 생긴 일 때문에 정말 충격을 받았어요. 아, 존스턴 양 말이에요. 녹색 잉크를 쓴 건 제가 보기에, 범인이 나이젤이라고 생각하게 하기 위해서인 것 같아요. 하지만, 포와로 씨, 분명히 말씀드리지만 나이젤은 결코 그런 짓 할 사람이 아니에요."

"그런가요!"

포와로는 좀더 흥미를 가지고 그녀를 바라보았다.

그녀는 얼굴이 붉어지면서 더욱 진지하게 말했다.

"나이젤은 오해받기 쉬운 사람이지요. 아시겠지만 그 사람은 어렸을 때 불우한 가정환경에서 자랐거든요."

"저런, 또!"

"무슨 말씀이신지요?"

"아무것도 아니오. 그러니까 지금……."

"나이젤에 대해 말씀드리던 참이었죠. 그 사람은 좀 대하기가 어렵다고요. 그 사람은 어떤 권위건 일단 반항하고 보는 습관이 있어요. 아주 똑똑하고 머리가 좋은 사람이죠. 하지만 어떤 때는 좀 곤란하게 굴 때도 있어요. 예, 말하자면, 조소적이라고나 할까요. 너무 냉소적이라서 그런지 자기 행동을 설명하거나 비호할 꿈도 안 꾼답니다. 여기 호스텔에 있는 사람들이 전부 그 잉크 사건이 그 사람 짓이라고 생각한다 해도 그 사람은 자기가 한 짓이 아니라고 변명할 생각도 하지 않을 거예요. '그렇게 생각하고 싶으면 마음대로 하라지.' 뭐 그 정도로 말하고 말 거예요. 정말 너무나 터무니없는 태도지 뭐예요."

"남들의 오해를 살 여지도 많겠구먼."

"그건 일종의 자만심이에요. 그 사람은 남들의 오해를 받는 데는 이골이 났거든요."

"그 사람을 안 지가 오래 되셨소?"

"아뇨, 1년밖에 안 되었어요. 루아르 성(城) 관광 여행을 하다가 만났지요. 그런데 그곳에서 그 사람이 감기에 걸렸다가 폐렴으로 악화되는 바람에 제가 간호해주었어요. 그 사람은 성미가 아주 까다로운데다가 건강에는 전혀 신경 쓰지 않아요. 남들한테 조금도 의지하지 않으려고 하지만, 그 사람은 누가 어린애 돌보듯이 돌봐주어야 해요. 정말이에요, 누군가가 꼭 붙어서 돌봐주어야 해요!"

포와로는 한숨을 내쉬었다. 또 사랑 타령이로구나.

그는 갑자기 그들의 사랑 타령에 싫증이 났다. 처음에는 실리아가 스패니얼 종 개처럼 충성스럽고 경모하는 듯한 눈을 하고 콜린을 뒤쫓았다. 그리고 이번에는 패트리셔가 성모 마리아 흉내를 내는 것이다. 물론 젊은이들이 모이는 곳에 사랑 문제가 없을 수 없다. 젊은이들은 항상 만나고 짝을 짓게 마련이지.

하지만 포와로는 자신이 그러한 일을 이제 다 초월해 버린 것에 대해 하늘에 감사해 하고 있었다. 그는 자리에서 일어났다.

"저, 미안하지만, 마드모아젤, 이 반지를 나에게 빌려주실 수 있겠소? 내일이면 틀림없이 돌려드리지요."

"예, 원하신다면 얼마든지."

패트리셔는 이렇게 말했지만 조금 놀란 얼굴이었다.

"정말 친절하시군요. 그리고 이건 부탁인데, 마드모아젤, 부디 조심하십시오."

"조심이라고요? 뭘 조심하라는 말씀인가요?"

"나도 그걸 알았으면 좋겠습니다."

에르큘 포와로가 걱정스러운 얼굴로 말했다.

제6장

다음 날 아침, 허바드 부인은 모든 점에서 무척 만족스런 기분으로 잠에서 깼다. 그녀는 눈을 뜨자마자 물밀듯이 밀려들어 오는 안도의 감정을 느꼈다. 최근 일어나고 있던 사건에 대한 의혹이 마침내 모두 풀렸던 것이다.

범인은 요즘 젊은이들이 곧잘 저지르는 식으로(허바드 부인은 그 요즘 젊은 이들 식이라는 것이 얼마나 싫었는지 모른다) 일을 저지른 한 바보 같은 아가 씨였던 것이다. 그렇다면 이제부터는 다시 예전처럼 질서가 잡힐 것이다.

이렇게 마음이 흐뭇한 안도감 속에서 아침식사를 하러 내려가던 허바드 부 인은 자신의 안도감이 심각하게 위협받는 것을 느꼈다. 하필이면 오늘 아침에 학생들은 그녀를 화나게 하려고 결심한 듯싶었기 때문이다.

인도에서 온 찬드라 랄은 엘리자베스의 노트에 잉크가 엎질러져 있었다는 이야기를 듣고 흥분하여 그 달변을 쏟아놓고 있었다.

그가 흥분한 채 조급한 어조로 말했다.

"이건 압력이야. 이 나라 학생이 유색 인종에게 가한 고의적인 압력이라고. 경멸과 편견을 가진 사람 소행이야. 피부색에 대한 편견 말이야. 이번 사건이 그 증거예요."

"아니, 이봐요, 찬드라 랄 씨!"

허바드 부인이 날카로운 어조로 말했다.

"그런 소리 할 권리는 아직 없어요. 아직 누가 범인인지, 그리고 왜 그런 짓을 했는지 아무도 몰라요."

"하지만, 허바드 부인, 실리아가 아주머니를 찾아가서 자수하지 않았나요? 정말 훌륭한 일이라고 생각해요. 우린 모두 그녀에게 친절하게 대해야 해요."

짐 톰린슨이 말했다.

"그렇게 성인군자인 척할래요, 메스껍게?"

발레리 호브하우스가 화가 난 어조로 힐난했다.

"그런 말을 하다니 인정머리 없군."

"자수라, 아주 새롭고 기발한 말인데."

나이젤이 어깨를 으쓱하며 말했다.

"왜 그런 말을 쓰는지는 모르겠어. 옥스퍼드 그룹(1921년 부크먼이 제창한 종교 운동으로, 참회와 하나님의 가르침을 중요시함)이 그 말을 쓰는데……."

"저런, 맙소사, 아침식사를 하는데 옥스퍼드 그룹 이야기를 꼭 해야겠어?"

"그런데 도대체 어찌된 일이에요, 아주머니? 실리아가 그 물건들을 다 훔쳤단 말인가요? 그래서 오늘 아침에도 식사하러 내려오지 않은 건가요?"

"난 무슨 말들을 하는지 도무지 모르겠는데."

아키봄보가 말했다.

하지만 아무도 그에게 설명해주지 않았다. 모두들 제 할 말들만 하기에 바빴던 것이다.

렌 베이트선이 계속 입을 열었다.

"가엾은 아가씨, 혹시 경제적인 어려움이 있는 걸까?"

"난 별로 놀라지 않았어요." 샐리가 천천히 말했다.

"언제나 좀 의심을 해 왔거든……."

"그럼 네 말은 내 노트에 잉크를 쏟은 게 실리아라는 거야?"

엘리자베스 존스턴은 믿을 수 없다는 표정을 지었다.

"그건 정말 믿을 수 없는 일이야!"

"아가씨 노트에 잉크를 쏟은 건 실리아가 아니야."

허바드 부인이 말했다.

"자, 이 이야기는 나중에 하기로 해요. 나중에 모두 조용히 이야기할 테니."

"하지만 진이 어젯밤에 문밖에서 들은걸요." 발레리가 말했다.

"난 엿들은 게 아냐. 그냥 지나치다가……."

"자, 자, 베스!" 나이젤이 말했다.

"당신은 누가 잉크를 쏟았는지 잘 알고 있지. 나, 이 못된 나이젤이 작은 잉크병을 갖고 있다고 했어. 내가 잉크를 쏟아부었어."

"아니, 아니에요. 나이젤은 지금 그런 척하고 있을 뿐이에요. 아이, 나이젤, 왜 그런 바보 같은 소리를 해요?"

"난 지금, 패트리셔, 당신을 보호하고 막아주려는 거야. 팻, 어제 아침에 내 잉크를 빌려간 게 누구야. 바로 당신이잖아!"

"무슨 말인지 도통 알 수가 없어." 아키봄보가 다시 말했다.

"알 필요 없어요." 이번에는 샐리가 대꾸했다.

"내가 만일 당신이라면 그냥 입 꾹 다물고 모른 척할 거예요."

그러자 찬드라 랄이 의자에서 몸을 일으켰다.

"마우마우단(케냐에서 유럽인을 추방할 것을 목적으로 한 아프리카 원주민들의 비밀 결사)이 왜 결성되었는지, 얘기할까요? 이집트가 왜 수에즈 운하를 선물했는지 얘기할까요?"

"오, 제기랄!"

나이젤이 거칠게 소리치며 자기 잔을 받침접시 위에 탁 내려놓았다.

"처음에는 옥스퍼드 그룹에, 이제는 정치야? 더구나 아침식사 시간에! 난 가야겠어."

그는 앉아 있던 의자를 뒤로 홱 밀쳐내고서 일어나더니 방을 나갔다.

"밖에 바람이 차요. 코트를 입고 가요."

패트리셔가 허둥지둥 그의 뒤를 쫓아가며 말했다.

"꼬꼬댁 꼬꼬댁!" 발레리가 비웃듯이 소리쳤다.

"이제 저 애는 곧 암탉처럼 날갯짓도 해댈 거야!"

프랑스 아가씨인 주느비에브는 아직 빠른 영어는 못 알아듣는 터라 르네가 귀에 속삭여주는 설명을 듣고 있었다. 그러고는 갑자기 빠른 불어로 목소리를 높여 말했다. 마치 비명 같은 목소리였다.

"아니, 그럼 내 콤팩트를 가져간 사람이 그 여자란 말이야? 저런, 그럴 수가! 경찰을 부를 거야! 이런 일 용서할 수 없어……."

콜린 맥내브도 뭐라고 이야기를 하고 있었으나 그의 자만심에 가득 찬 굵직한 음성은 주느비에브의 높은 목소리에 가려지고 말았다. 그러자 그는 그

거만한 태도를 순식간에 버리고 주먹으로 테이블을 꽝 내리쳤다.

모든 사람들이 그의 갑작스러운 행동에 놀라 입을 다물었다.

그가 테이블을 내리치는 바람에 마멀레이드 단지가 테이블 아래로 굴러 떨어져 박살이 나고 말았다.

"이봐, 모두들 입 다물고 내 얘기 좀 들어! 이렇게 아둔하고 비정한 사람들은 처음 보겠네! 아니, 그래, 그렇게 심리학에 대해 아는 것들이 없어? 분명히 말하는데 그 아가씨는 별로 부끄러운 짓을 한 게 아냐! 지금 그 아가씨는 감정적으로 중대한 위기를 겪고 있어. 그러니 지금 그 아가씨에게 필요한 건 극진한 보살핌과 동정이라고. 그렇지 않으면 앞으로 평생 그 아가씨는 불안정한 정신 상태로 살 수밖에 없어. 이건 경고하는 거야. 극진한 보살핌, 그 아가씨한테 필요한 건 그것뿐이야."

그러자 진이 딱딱한 어조로 또박또박 말했다.

"물론 그 애한테 친절하게 해야 한다는 것에 대해선 찬성하지만, 그런 일을 그냥 묵과해서는 안 되는 거 아니겠어요? 도둑질 말이에요."

"도둑질이라……." 콜린이 대꾸했다.

"아니, 그렇지 않아. 이건 도둑질이 아니라고! 젠장, 정말 역겹군, 여기 있는 사람 모두 말이야."

"흥미 있는 경우죠. 안 그래요, 콜린?"

발레리가 이렇게 말하며 싱긋 웃었다.

진이 다시 말했다.

"아니, 뭐 사실 그 애가 내 것을 훔쳐간 건 없어요. 하지만 아무리 그래도 내 생각엔……."

"그렇지, 당신 것은 아무것도 가져가지 않았지."

콜린은 이렇게 말하며 그녀에게 차가운 비웃음을 흘렸다.

"그리고 그것이 무엇을 뜻하는지 알면 당신도 그다지 유쾌하지만은 않을걸."

"그래요, 난 몰라요, 그럼……."

"아니, 이봐, 진." 렌 베이트선이 말했다.

"그만 티격태격해요. 나 학교에 늦겠어, 당신도 그럴 텐데."

그들은 함께 방을 나섰다.

"실리아한테 기운을 내라고 전해줘."

렌은 밖으로 나가면서 어깨너머로 말했다.

찬드라 랄이 말했다.

"난 정식으로 항의를 하고 싶어. 붕산가루는 공부하다가 눈에 염증이 생기면 꼭 필요한 건데 없어졌단 말이야."

"당신도 늦겠어요, 찬드라 랄 씨."

허바드 부인이 단호한 어조로 말했다.

"우리 교수는 강의에 늦게 오는 일이 많아요."

찬드라 랄은 우울한 어조로 말하면서 문을 향해 발걸음을 떼어놓았다.

"게다가 내가 인간 본성 탐구에 대한 질문만 하면 성을 내고 횡설수설하기 일쑤죠."

"하지만 내 콤팩트는 꼭 변상해 줘야 해."라고 주느비에브가 다시 불어로 말했다.

"주느비에브, 영어로 말해요. 흥분했다 하면 불어로 말하다가는 절대 영어를 배우지 못해. 그리고 당신은 이번 주 일요일 저녁식사를 사먹고서 그 값을 아직 안 줬어."

"어머나, 하지만 지금은 지갑을 갖고 있지 않아요. 오늘 밤에 갚을게요. 이봐요, 르네, 나중에 꼭 갚을게요, 약속해요."

"아니, 이봐요, 제발……."

아키봄보가 간청이라도 하듯이 주위를 둘러보았다.

"대체 무슨 일이에요?"

"나랑 같이 가요, 아키봄보." 샐리가 말했다.

"강의실에 가는 동안 다 설명해줄 테니까."

그녀는 허바드 부인에게 안심하라는 듯한 고갯짓을 하고 화가 난 아키봄보를 방 밖으로 데리고 나갔다.

"아, 이런!"

허바드 부인이 깊은 숨을 들이쉬며 말했다.

"대체 내가 왜 이런 일자리를 맡겠다고 했는지, 원!"

발레리는 그때까지 방에 혼자 남아 있다가 다정하게 미소를 지었다.

"걱정하지 마세요, 아주머니. 모두 다 밝혀져서 정말 다행이에요. 모두 신경이 예민해 있어서 그래요."

"그래도 난 정말 놀랐어."

"그럼 범인은 실리아였나요?"

"그래요. 발레리는 몰랐었나?"

그녀는 좀 멍한 목소리로 대답했다.

"아뇨, 분명하게 알았었어요. 그렇게 생각할 수밖에 없었으니까."

"처음부터 그렇게 생각했었나?"

"예, 뭐 한두 가지 의심나는 점은 있었지만. 어쨌든 이제 실리아는 콜린을 손에 넣게 된 셈이죠."

"그런 방법이 옳을까 모르겠네. 난 그래선 안 될 것 같아."

"남자를 총으로 협박해 얻을 수는 없죠."

발레리가 웃음을 터뜨렸다.

"하지만 약간의 도벽증세로 수단을 부리는 것쯤이야 뭐 어떻겠어요? 걱정하지 마세요, 아주머니. 어쨌든 실리아에게 주느비에브의 가루분 콤팩트를 꼭 돌려주라고 하세요. 안 그러면 식사 때마다 조용할 날이 없을 테니까요."

허바드 부인은 한숨을 내쉬었다.

"나이젤 말이야, 받침접시에 금이 가게 하고 마멀레이드 단지를 깨뜨렸잖아!"

"정말 괴롭기 짝이 없는 아침이었죠?"

발레리는 이렇게 말하며 방을 나섰다.

뒤이어 그녀가 홀 쪽에서 명랑한 목소리로 말하는 것이 들렸다.

"안녕, 실리아, 잘 잤어? 이제 다 끝났어. 마침 좋은 때에 내려왔군. 모두 네 일에 대해선 다 알게 되었지만 다들 너그럽게 용서할 거야. 다들 신앙심 깊은 진이 내린 명령에 복종하기로 한 거지. 콜린으로 말하면 꼭 사자처럼 너를 변호해 주었고"

이윽고 실리아가 식당 안으로 들어왔다. 그녀는 울어서 눈이 새빨갰다.

"아, 허바드 부인, 안녕하세요."

"늦었군, 실리아. 커피도 식었고 먹을 것도 별로 남아 있지 않아."

"다른 학생들하고 얼굴을 마주치고 싶지가 않았어요."

"그래, 이해해요. 하지만 어차피 조만간 만나게 될 거 아니겠어?"

"예, 그렇겠죠. 하지만 오늘 저녁까지만 다른 사람들 얼굴을 안 봐도 좀 살 것 같았어요. 그리고 물론 저 여기 오래 머물지 않을 거예요. 이번 주말쯤 딴 곳으로 옮길 테니까요."

허바드 부인이 눈살을 찌푸렸다.

"난 전혀 그럴 필요는 없다고 생각해. 조금 불쾌한 일은 있을 테지. 그럴 만도 하니까. 하지만 모두들 마음이 넓은 젊은이들이야. 물론 될 수 있는 한 모두 배상은 해야겠지만."

실리아가 열띤 어조로 그녀의 말을 잘랐다.

"아, 예, 그렇고말고요. 그래서 여기 수표책을 가져왔어요. 아주머니를 뵈러 내려온 것도 그 때문이에요."

말을 마치고 나서 그녀는 자기 손에 들고 있는 수표책과 편지봉투를 내려다보았다.

"제가 내려왔을 때 아주머니가 안 계실 경우를 대비해서 편지를 썼어요. 정말 죄송하다는 말씀하고 수표를 끊겠다는 말씀을 드리려고요. 그래야만 그 사람들한테 배상할 수 있을 테니까요. 그런데 마침 잉크가 떨어져서."

"우선 목록을 만들어야겠지."

"예, 그렇죠. 되도록 빨리 해야겠죠. 그런데 잃어버린 물건을 새로 사서 주어야 할지, 돈으로 주어야 할지 모르겠어요."

"내가 한번 생각해보지. 지금 즉석에서 이야기하기는 좀 어려워."

"예, 하지만 수표는 지금 끊어 드릴게요. 그래야 기분이 훨씬 나아질 것 같아요."

그 순간 허바드 부인은 완고한 말투로, '그래? 우리가 꼭 실리아의 기분을 더 나아지게 해줘야 할 의무라도 있나?' 하고 내쏘려 했다. 하지만 다시 생각해보니 여기 학생들은 언제나 돈에 쪼들리는 형편이니 그러는 편이 일이 더 쉽게 해결되리라는 생각이 들었다.

게다가 돈으로 해결해야만 주느비에브가 말썽을 부리는 일도 없으리란 생각도 들었다. 그렇지 않았다간 니콜레티스 부인하고 한바탕 말썽을 부릴 것이 틀림없다(그건 정말 볼 만한 말썽일 것이다!).

"그래, 좋아요."

허바드 부인이 마침내 대답했다. 이어 그녀는 잃어버린 물건 목록을 한번 죽 훑어보았다.

"하지만 정확히 액수가 얼마인지는 지금 당장 이야기하기가……."

실리아가 허겁지겁 그녀의 말을 잘랐다.

"대충 예산을 잡아 수표를 끊을게요. 그러면 아주머니가 나중에 학생들한테 알아보셔서 남은 돈은 제게 돌려주시거나 모자라면 더 청구하시거나 하면 되죠."

"그래, 알았어요."

허바드 부인은 그녀에게 대략의 총액을 말했다. 약간의 여유분을 덧붙여서. 그러자 실리아는 대번에 좋다고 하면서 수표책을 여는 것이었다.

"아 참, 펜이 없지."

그녀는 이렇게 말하며 학생들이 공용으로 쓸 수 있는 일용잡화들을 모아둔 찬장 앞으로 다가갔다.

"아이, 여기도 나이젤의 그 녹색 잉크 말고는 없는걸. 그래도 써야지 어떡해요. 나이젤도 별로 뭐라고 하지 않을 거예요. 그럼 외출해서 퀸크 상표 잉크 한 병 새로 사오는 것도 잊지 말아야겠네."

이어 그녀는 펜에 잉크를 채운 뒤 되돌아와 수표에 금액과 서명을 써넣었다. 그러고 나서 그것을 허바드 부인에게 건네주면서 시계를 흘끗 보았다.

"어머, 학교에 늦겠네. 아침 먹을 시간은 없을 것 같아요."

"아냐, 그래도 뭘 좀 먹는 게 좋을 거야, 실리아, 버터 바른 빵 조금이라도 빈속으로 나가는 건 좋지 않아요. 아, 무슨 일이지?"

이탈리아 하인인 제로니모가 방 안으로 들어오더니 양손으로 호들갑스럽게 손짓을 했다. 그의 쭈글쭈글한 원숭이 같은 얼굴이 엄숙한 표정을 짓느라고 더욱 코믹해 보였다.

"파드로나(이탈리아어로 '여주인'이라는 뜻)가 오셨어요. 부인께 오시라던데요"

그러고 나서 그는 다시 한 번 손짓을 하며 덧붙였다.

"무척 화났어요"

"그래, 곧 가겠어요."

허바드 부인은 방을 나섰다. 뒤에서 실리아가 빵 덩어리에서 급히 한 조각 잘라 먹고 있었다.

니콜레티스 부인은 동물원에서 사육사가 먹이를 줄 때만 바라고 있는 호랑이를 쏙 빼닮은 모습으로 방 안을 왔다 갔다 하고 있었다.

"이게 대체 무슨 소리예요?"

그녀는 허바드 부인을 보자마자 다짜고짜 고함부터 질렀다.

"경찰을 불렀다고? 나한테는 한마디 상의도 없이? 대체 자기가 누구라고 생각하는 거예요? 맙소사, 대체 이 부인이 왜 이리 주제넘게 구실까!"

"난 경찰을 부르지 않았어요."

"거짓말 말아요!"

"그리고, 니콜레티스 부인, 나한테 그런 식의 말투를 쓰지 마세요."

"아, 물론이지! 그럼 그렇고말고. 잘못한 건 나니까. 당신이 아니고 말이야! 항상 잘못한 건 나지. 당신이 하는 건 뭐든지 완벽하고 말이야. 내 이 자랑스러운 호스텔에 경찰이라니, 원 참!"

"뭐 처음 있는 일도 아니잖아요?"

허바드 부인은 예전에 있었던 불쾌한 여러 가지 사건을 떠올렸다.

"뭔가 뒤가 구린 돈으로 살던 그 서인도제도 출신 학생 사건도 있었고, 가명을 쓰고 들어온 그 악명 높은 공산주의 운동가도 있었잖아요. 게다가……"

"아, 그러니까 지금 그 일들에 대한 누명을 나한테 뒤집어씌우겠단 말이지? 그런 사람들이 여기 거짓말을 하고 들어와서 서류를 위조하고, 또 살인사건으로 경찰의 도움을 받았던 게 다 내 잘못이란 말이지! 피해자는 오히려 나였는데 지금 당신은 오히려 나를 비난한단 말이지!"

"그런 뜻이 아니에요. 난 그저 이곳에 경찰이 온 것이 처음 있는 일이 아니라는 사실을 지적하고 싶었을 뿐이에요. 사실 그런 일은 이렇게 학생들이 여럿 모여 사는 곳에서는 불가피한 일들 아닌가요? 어쨌든 내가 말하고 싶은 건 '아무도 경찰을 부르지 않았다'는 거예요. 어제저녁에 유명한 사립탐정 한 사람이 이곳에서 내 초청으로 저녁식사를 한 끼 한 것이 고작이라고요. 범죄심리학에 대해 재미있는 이야기를 학생들에게 들려줬죠."

"범죄심리학에 대한 이야기를 무슨 일이 있어도 들려줘야 했다는 투로군 그래! 그런 거라면 여기 학생들도 이미 충분히 알고 있는 거잖아! 마음대로 훔치고 물건을 망가뜨리고 사보타주를 일으키고 말이야! 그래, 그런 강의를 들어서 해결된 게 뭐야, 아무것도 없지 않느냐고!"

"난 그래도 뭔가 조치를 취해야 할 듯싶어서 조치를 취한 거예요."

"아, 그렇겠지. 당신 친구인 사립탐정한테 우리 호스텔의 속사정까지도 몽땅 다 털어놓았겠지. 이건 진짜 배신행위지 뭐람!"

"아니, 그렇지 않아요. 난 적어도 이곳을 운영하는 데에 책임이 있는 사람으로서 할 일을 한 것뿐이에요. 그리고 운 좋게도 이젠 만사가 다 해결되었어요. 여학생 하나가 최근에 일어난 일은 거의가 자기 소행이라고 고백했으니까요."

"앙큼하고 비열한 계집애 같으니!" 니콜레티스 부인이 말했다.

"당장 내쫓아요!"

"그 아가씨도 떠나겠다고 스스로 말했어요. 또 그동안의 손해에 대해 배상도 했고요."

"그래 보았자 이제 무슨 소용이 있냔 말이야! 이 아름다운 '학생의 집'이 이제는 오명을 덮어쓰게 되어버렸잖아! 이젠 아무도 우리 호스텔에 오려고 하지 않을 거야!"

니콜레티스 부인은 말을 마치고 나서 소파에 털썩 주저앉아 울음을 터뜨렸다. 그러고는 계속 훌쩍거리며 말했다.

"아무도 내 기분은 생각해주지 않고! 날 이렇게 대접하다니 정말 너무해! 이건 날 아주 싹 무시한 거라고! 아주 한옆으로 제쳐놓은 거야! 내가 내일 죽는다고 해도 누가 눈이나 꿈쩍하겠어?"

허바드 부인은 그런 말에는 대답 않는 게 현명한 일이라고 생각하고는 방을 나섰다.

"하나님, 제발 나에게 참을성을 내려주소서."

그녀는 속으로 중얼거리며 마리아와 이야기를 나누기 위해 주방으로 내려갔다.

마리아는 뚱한 표정에다가 대답도 제대로 하지 않았다. '경찰'이라는 말이 말없이 방 안 분위기에 떠도는 듯한 느낌이었다.

"나를 꾸짖어 주세요. 나하고 제로니모 말이에요. 어쩔 수 없는 일이죠 뭐, 외국에 나온 사람이 무슨 공정한 대접을 기대하겠어요? 하지만 부인 말씀대로 리소토(파, 닭고기, 쌀 등을 넣어 만든 이탈리아 찌개)를 만들 수는 없어요. 리소토를 만들 만한 쌀을 보내오지 않았거든요. 그 대신 스파게티를 만들어야겠어요."

"스파게티는 어젯밤에도 먹지 않았어?"

"뭐, 상관없어요. 우리나라에서는 스파게티를 매일 먹는걸요. 하루도 빼놓지 않고 말이에요. 파스타야 항상 먹어도 맛있으니까요."

"그렇겠지. 하지만 여기는 영국이잖아!"

"좋아요, 그럼 스튜를 만들겠어요. 영국식 스튜 말이에요. 부인은 좋아하지 않으시지만 그걸 만드는 수밖에 없군요. 양파를 물에 푹 삶아서(기름에 튀기지 말고) 묽게 스튜를 만들어야겠어요. 잘게 썬 고기도 넣어서."

마리아의 어조가 하도 위협적이라 허바드 부인은 꼭 살인자의 위협을 듣고 있는 듯한 느낌이었다.

"아, 좋아요, 하고 싶은 대로 요리해봐요."

그녀는 분개해서 이렇게 내쏘고는 주방을 나섰다.

그날 저녁 6시쯤에야 허바드 부인은 본래의 침착한 자신의 모습으로 되돌아가 있었다. 그녀는 각 학생들의 방에 저녁식사 전에 자기를 만나러 와달라는 쪽지를 놓아두었다. 그리고 학생들이 그녀의 소환령에 한자리에 모이자 그녀는 학생들을 모이라고 한 것은 다름이 아니라 실리아가 자신에게 일 처리를 부탁했기 때문이라고 설명했다.

그녀가 보기에 학생들은 그녀의 말에 흡족해하는 것처럼 보였다. 주느비에브조차도 자기 콤팩트 값을 그렇게 후하게 쳐준 것에 흐뭇하여 불어로, "유감있어 그런 것은 아니에요."라고 명랑한 어조로 말했다. 그러고는 또 짐짓 너그러운 듯이 덧붙였다.

"다 신경이 예민하다 보면 생길 수 있는 일이죠, 뭐. 실리아는 부자니까 남의 것을 훔칠 필요도 없는 사람 아니겠어요? 그래요, 그녀의 머릿속에 괴로운 생각이 가득 차서 그런 거예요. 맥내브 씨 때문에 그런 거라고요."

허바드 부인이 저녁식사 종소리에 식당에 내려오자 렌 베이트신이 그녀를 한쪽 구석으로 끌고 갔다.

"전 바깥 홀에서 실리아를 기다리겠습니다. 그녀가 오면 좀 들여보내 주세요. 일이 잘되었다고 알려주려고요."

"렌, 정말 친절한 생각이군요."

"뭘요, 아주머니."

그 뒤 예정대로 수프가 나올 무렵에 렌의 목소리가 홀 쪽에서 우렁차게 들려왔다.

"자, 같이 들어가요, 실리아. 친구들이 다 저기 있어."

그 말을 듣고 나이젤은 수프 접시에 대고 심술궂은 소리로 말했다.

"하루라도 선행(善行)을 베풀지 않으면 못 견딘단 말이지!"

하지만 그는 곧 신랄한 말을 억누르고 식당에 들어오는 실리아에게 환영의 손짓을 해보였다. 실리아의 어깨에는 렌의 기다란 팔이 둘러져 있었다.

곧이어 식탁 위에는 이것저것 즐거운 화제가 꽃피기 시작했고, 실리아는 자기들 의견에 동조를 구하는 학생들에게 한두 마디 대답하기도 했다.

하지만 학생들의 이러한 과장된 선의의 표시도 곧 어쩔 수 없이 의심스러운 침묵으로 변해 버렸다.

바로 그때 아키봄보가 명랑한 얼굴로 실리아가 있는 쪽으로 몸을 기울이며 말했다.

"학생들이 다 얘기해주더군요. 내가 알아듣지 못한 것을 전부요. 실리아는 뭘 훔치는 데에 아주 재주 있나 봐요. 오랫동안 아무도 몰랐잖아요. 정말 기막혀요."

그러자 이번에는 샐리 핀치가 목에 뭐가 걸렸는지 숨이 막힌 목소리로 외쳤다.

"이키봄보, 그렇게 웃기다가 날 죽이고 말겠어요!"

그러다가 그녀는 숨이 막히는 것을 참지 못하고 진정하기 위해 바깥 홀로 나가야 했다. 이어 진정이 좀 되었는지 그녀의 웃음소리가 터져 나오는 것이 들렸다.

콜린 맥내브는 식사 시간에 늦게 도착했다. 그는 우울해 보였고 평소보다 더 말이 없어 보였다. 식사가 거의 다 끝나갈 무렵 다른 사람들이 포크를 내려놓으려 하자, 그는 갑자기 일어나 뭔가 당황한 듯이 중얼거렸다.

"밖에서 누굴 좀 만나느라고 우선 모두에게 먼저 얘기해 두고 싶은데, 실리아하고 난 내 대학원 코스가 끝나는 대로 결혼할 예정이야."

얼굴이 붉어져 어쩔 줄 모르는 모습으로 그는 친구들로부터 축하의 인사말 세례와 조롱하는 듯한 휘파람 소리에 파묻혀 있다가 마침내 가엾은 희생양 같은 모습으로 방 안에서 도망쳐 나갔다. 한편 실리아는 얼굴에 분홍빛 홍조를 띠우긴 했지만 침착한 모습이었다.

"좋은 사내가 또 한 인생의 막을 내렸구나."

렌 베이트선이 한숨을 내쉬며 말했다.

"정말 기뻐, 실리아." 패트리셔가 말했다.

"정말 행복하길 바라."

"자, 이제 모든 일이 다 잘 됐어!" 나이젤이 말했다.

"내일 키앤티(이탈리아 원산 포도주)를 가져와서 건배를 해야겠는데. 그런데 우리 진 양은 왜 그렇게 뚱해 있지? 두 사람 결혼이 마음에 안 드나?"

"물론이에요, 나이젤."

"하지만 소위 자유연애보다는 낫잖아요, 안 그래? 아이들한테도 좋은 일이고, 여권 같은 데도 떳떳하게 쓸 수 있고."

"하지만 여자가 너무 젊어서 어머니가 되는 것은 좋지 않나요. 생리학 강의에서는 그렇게 이야기 하던데."

주느비에브가 말했다.

"이런, 이런, 이봐요." 나이젤이 응수했다.

"설마 실라아가 부모 동의 없이 결혼할 수 있는 나이가 안 되었다는 얘기는 아니겠지, 안 그래? 그 아가씨는 자유로운 백인이며 이미 스물하나란 말이야."

그러자 찬드라 랄이 나섰다.

"그건 좀 모욕적인 발언인데."

"아니, 그게 아니에요, 찬드라 랄." 패트리셔가 말했다.

"그건 그냥 속담 같은 거예요. 아무 뜻도 없는 말이라고요."

"난 이해할 수가 없어." 아키봄보가 말했다.

"아무 뜻도 없는 이야기를 왜 해?"

그때 갑자기 엘리자베스 존스턴이 목소리를 조금 높이며 말했다.

"아무 뜻도 없는 것처럼 보여도 실은 많은 뜻을 내포한 말들이 있을 수 있어요. 아니, 내 말은 나이젤이 말한 미국인들 속담을 얘기하는 게 아니에요. 내가 말하는 건……."

그녀는 테이블을 빙 둘러보았다.

"내가 말하는 건 어제 일어난 일 얘기야."

발레리가 날카로운 어조로 말했다.

"그게 무슨 소리야, 베스?"

"아아, 제발!" 실리아가 애걸하듯이 말했다.

"내 생각엔(정말이야) 내일까지는 모든 일이 다 정리될 거야. 진짜야. 베스의 노트에 엎질러진 잉크며 그 어처구니없는 배낭 사건 말이야. 만일 누군가, 누군가가 나처럼 고백해주면 모든 일이 다 해결될 거야."

그녀는 얼굴을 붉히며 열심히 말했다. 하지만 한두 사람은 의심스러운 듯이 그녀를 바라보았다.

그때 발레리가 짧게 웃음을 터뜨렸다.

"그리고 그 뒤에는 우리 모두 '영원히 행복하게' 산단 말이지."

곧 학생들은 모두 자리에서 일어나 공동 휴게실로 갔다. 그곳에서는 실리아에게 커피를 주려고 서로 옥신각신 경쟁을 벌이기도 했다. 곧이어 라디오가 켜지자 몇몇 학생들은 약속이 있거나 일이 있어서 나갔고, 마침내 히코리 로 24~26번지에는 사람들 모두가 잠자리에 드는 시간이 다가왔다.

허바드 부인은 흐뭇한 심정으로 침대 시트 위로 오르며, 오늘이 길고 피곤한 날이었다고 생각했다.

"하지만 그래도 모든 일이 잘 끝나서 다행이지 뭐야."

그녀는 속으로 중얼거리며 잠이 들었다.

제7장

　레몬 양은 좀처럼 사무실에 지각하는 법이 없었다. 안개나 폭풍, 독감, 교통사고 그 어느 것도 이 놀랄 만한 여자에게는 아무런 영향도 주지 못했다. 하지만 오늘 아침에 그녀는 놀랍게도 10시 땡 치는 소리와 함께 사무실에 도착하는 대신 5분 늦게, 그것도 숨을 헐떡거리며 도착했다. 그러고는 포와로에게 극구 사과를 했다. 그 모습은 어수선하기 짝이 없었다.

　"정말 죄송합니다, 포와로 씨. 정말 대단히, 대단히 죄송합니다. 하지만 막 집을 나서려는데 언니한테서 전화가 와서요."

　"아 참, 언니분 건강은 좋으시겠지? 별일 없고."

　"솔직히 말씀드리면 그렇지가 못해요."

　그녀의 말에 포와로는 의아한 얼굴을 해보였다.

　"아니, 실은 지금 비탄에 잠겨 있어요. 그곳 학생 중 한 명이 자살을 했거든요."

　포와로는 뚫어지게 그녀를 응시하며 무슨 말인가를 나직하게 입속으로 중얼거렸다.

　"예? 무슨 말을 하셨죠, 포와로 씨?"

　"그 학생 이름이 뭐랍디까?"

　"실리아 오스틴이라는 여학생이래요."

　"어떻게 자살했는데?"

　"모르핀을 마신 것 같다더군요."

　"혹시 우연히 사고로 그렇게 된 것 같지는 않다고 합디까?"

　"아니에요, 유서를 남겼다나 봐요."

　포와로는 다시 나직하게 중얼거렸다.

"내가 생각한 건 이게 아닌데, 이게 아니야…… 하지만 사실 무슨 일이 일어날 줄 알긴 알았지."

그는 고개를 들어 레몬 양을 바라보았다. 그러자 레몬 양이 연필을 메모첩 위에 댄 채 그의 말을 기다리고 있는 모습이 보였다.

그는 한숨을 내쉬며 고개를 내저었다.

"아니, 오늘 아침 온 편지들은 여기 있소. 그걸 정리해서 당신이 회답 가능한 건 내 대신 회답해줘요. 난 히코리 로로 가볼 테니까."

제로니모는 포와로를 맞아들이면서 그가 이틀 전 저녁에 왔던 손님임을 알자 곧 무슨 음모라도 꾸미는 듯한 낮은 목소리로 수다스럽게 속삭이기 시작했다.

"아, 시뇨르, 선생님이셨군요. 저, 여기 말썽이 생겼답니다. 이만저만한 말썽이 아닙죠. 그 어린 시뇨리나(아가씨)가 오늘 아침 잠자리에서 시체로 발견되었답니다. 의사가 오긴 했지만 틀렸다고 고개를 내젓더군요. 그다음에는 경찰서에서 경감이 왔어요. 지금 시뇨라와 파드로나와 함께 위층에 있답니다. 대체 왜 죽을 생각을 한 걸까요? 어젯밤만 해도 모두들 유쾌했고 약혼 발표까지 했는데!"

"약혼 발표?"

"시, 시(이탈리아어로 '예, 예'라는 뜻). 콜린 씨하고 말이죠. 왜 아시죠, 키가 크고 검은 머리에 언제나 파이프를 빨고 있는"

"알고 있소."

제로니모는 공동 휴게실 문을 열어 포와로를 들여보내면서 더욱더 은밀하게 속삭였다.

"여기 좀 계세요. 경찰이 곧 갈 텐데, 그러면 시뇨라에게 선생님이 오셨다고 할 테니까요. 괜찮으시겠죠?"

포와로가 좋다고 말하자 제로니모는 물러갔다.

혼자 남겨지자 포와로는 원래 소심하거나 거리끼는 일이 없는 그답게 방 안의 물건들을 가능한 한 자세히 관찰하고 다녔다. 특히 학생들 물건은 더욱더 세심하게 주의를 기울이며 살피고 다녔다. 하지만 결과는 별것이 없었다.

학생들은 자기 소유물이나 개인적인 편지 등은 모두 침실에다 간직하고 있었기 때문이다.

2층에서는 허바드 부인이 샤프 경감과 마주앉아 있었는데, 경감은 부인에게 심문하는 것이 무슨 죄라도 되는 것처럼 나직하고 부드러운 소리로 그녀에게 질문을 던지고 있었다. 그는 키가 크고 사람 좋아 보이는 인상의 남자로, 겉으로는 온화한 태도였으나 실상은 날카로운 통찰력의 소유자였다.

"이번 일로 정말 괴로우셨겠습니다."

그는 허바드 부인을 위로하듯 말했다.

"하지만 콜스 의사 선생님이 말씀드렸듯이 어차피 심문은 꼭 거쳐야 할 절차로, 사건을 제대로 파악하기 위해 필요한 겁니다. 그러니까 이번에 죽은 그 아가씨는 요즈음 괴로움이 많았다는 말씀이지요? 기분도 우울해 있었고"

"예, 그래요."

"사랑 문제 때문에 그렇습니까?"

"꼭 그 때문만은 아니에요."

"말씀해주시는 게 좋을 겁니다." 샤프 경감이 설득하듯이 말했다.

"이미 말씀드렸듯이 우린 사건의 진상을 제대로 알아야 하니까요. 그녀가 자기 목숨을 끊을 만한 이유가 분명히 있었을 테니까 말입니다. 아니, 그녀 생각에는 적어도 이유가 있다고 여겼을 겁니다. 혹시 그녀가 임신했을 가능성은 없나요?"

"그런 일 때문이 아니에요. 샤프 경감님, 제가 말씀드리는 것을 망설인 것은 그 가엾은 아가씨가 저지른 어리석은 일들을 구태여 밝히고 싶지 않아서였어요."

샤프 경감이 점잖게 헛기침을 해댔다.

"뭐 우리가 알아내려고 하면 알아낼 수는 있습니다. 게다가 검시의(檢屍醫)도 경험이 풍부한 사람이니까요. 하지만 우선 좀 알려주시는 게 좋을 듯싶군요."

"아, 예, 그러시겠죠. 제가 잠깐 어리석게 굴었어요. 사실은 이렇게 된 거예요. 그러니까 한 석 달 전부터 이것저것 물건들이 없어지기 시작한 거예요. 제 말은 그저 사소한 것들이 없어지기 시작했다는 거지요. 별로 대단한 것들은 아니었어요."

"자질구레한 장신구니 나일론 스타킹이니 하는 그런 것 말씀이시죠? 그밖에 돈은 없어지지 않았습니까?"

"제가 아는 한 돈은 한 푼도 없어지지 않았어요."

"아, 그렇습니까. 그런데 그 일이 죽은 아가씨 짓이었다는 말씀이시죠?"

"예, 그래요."

"그 아가씨가 그런 짓을 하는 것을 직접 목격했습니까?"

"아니, 그렇지는 않아요. 그저께 저녁에 저, 제 친구 한 사람이 저녁식사를 하러 이곳에 온 적이 있었어요. 에르퀼 포와로라고 혹시 아시는지 모르겠군요."

샤프 경감은 메모를 하던 수첩에서 홱 얼굴을 들었다.

그의 눈이 화등잔만 하게 떠져 있었다. 그 표정으로 보아 그는 분명히 그 이름을 아는 듯싶었다.

"에르퀼 포와로라고 하셨나요? 정말입니까? 이거 참 흥미롭군요."

"그분이 저녁식사를 한 뒤에 우리에게 강연을 했는데, 그때 그 도난사건에 대한 이야기가 화제로 나왔답니다. 그러자 그분이 우리들 모두가 있는 앞에서 경찰에 신고를 하는 것이 좋겠다고 충고했지요."

"포와로 씨가 그랬단 말씀이죠?"

"그런데 그 일이 있은 직후에 죽은 실리아가 제 방으로 오더니 자신이 물건을 훔쳤다고 자백하는 거였어요. 그때 실리아는 무척 불안에 떨고 있었죠."

"고소하는 문제는 거론되지 않았나요?"

"아뇨, 그런 문제는 거론되지 않았어요. 실리아는 없어진 물건에 대해 충분한 보상을 하겠다고 했고, 다른 학생들도 모두 실리아를 관대하게 용서해주었으니까요."

"그 아가씨는 생활이 곤궁했나요?"

"아니, 그렇진 않았어요. 세인트 캐서린 병원에서 약제사로 꽤 괜찮은 봉급을 받고 있었고, 자기 앞으로 모아놓은 돈도 조금 있었을 거예요. 아마 우리 학생들 중에서 제일 돈도 많은 축에 들걸요."

"그렇다면 군이 남의 것을 훔칠 필요가 없었다는 이야긴데, 그런데도 훔쳤단 말이군요."

경감은 이렇게 중얼거리며 자기 수첩에 그녀의 말을 적어넣었다.

"병적 도벽증이었던 것 같아요."

허바드 부인이 중얼거렸다.

"그건 너무 진부한 표현입니다. 제가 말씀드린 건 군이 물건을 훔칠 필요가 없으면서도 물건을 훔치는 그런 사람들 중 하나라는 말이죠."

"그건 그 아가씨한테 좀 부당한 표현이에요. 솔직히 말하면 젊은 남자가 배후에 있었어요."

"그 남자가 그 아가씨에게 등을 돌린 거로군요?"

"어머, 아니에요. 그 반대예요. 그 청년은 그 아가씨를 적극적으로 감싸준 걸요. 게다가 어제저녁에 식사가 끝난 뒤에는 그 청년이 두 사람의 약혼 발표까지 했어요!"

샤프 경감은 자못 놀라운 듯이 이마에 눈썹으로 팔자를 그었다.

"그런데 그 아가씨가 그 뒤에 침실로 올라가서 모르핀을 털어 넣었단 말인가요? 그건 좀 있을 법하지 않은 일인데?"

"예, 그래요, 저 역시 이해할 수가 없어요."

허바드 부인의 얼굴이 혼란과 절망으로 주름졌다.

"하지만 사실이 명백히 드러났으니 믿을 수밖에 없죠."

샤프 경감은 두 사람 사이의 탁자 위에 놓은 종이쪽지 한 장을 고갯짓으로 가리켜 보였다. 그 쪽지에는 다음과 같이 적혀 있었다.

허바드 부인께
정말 죄송해요. 하지만 이것이 제가 할 수 있는 최선의 방법인 것 같아 이 길을 택합니다.

"사인은 되어 있지 않지만 그 아가씨 자필인 것은 틀림없겠죠?"

"예, 그래요."

하지만 허바드 부인의 말투는 좀 자신 없는 것이었다. 그러고 나서 그녀는 찢어진 종이쪽지를 바라보며 눈살을 찌푸렸다. 왜 그녀는 그 편지에 뭔가 이상한 점이 있다고 그토록 굳게 믿고 있는 것일까?

"편지 위에 그 아가씨 지문이 하나 뚜렷하게 찍혀 있던데요."

허바드 부인의 눈치를 알아챈 경감이 말했다.

"모르핀은 세인트 캐서린 병원의 마크가 찍힌 작은 병 속에 들어 있더군요. 그런데 부인께서 그 아가씨가 세인트 캐서린 병원에서 약제사로 일한다고 하셨잖습니까. 그러고 보면 그 아가씨가 독약 진열대에서 쉽게 약을 얻었으리라고 능히 짐작할 수 있는 일이죠. 추측컨대 아마도 어제 자살할 마음을 먹고 그 약을 집으로 가져왔을 겁니다."

"도저히 믿을 수 없어요. 그건 당치 않은 말이라고요. 어젯밤만 해도 그렇게 행복해 했었는데……."

"그렇다면 어젯밤 그 아가씨가 잠자리에 들었을 때 무슨 일이 생겨 마음을 바꾼 모양이로군요. 아마 부인이 아는 것보다 그 아가씨의 과거에 좀더 복잡한 일이 있었을지도 모릅니다. 그게 탄로 날까 봐 두려웠는지도 모르지요. 부인 생각엔 그 아가씨가 그 청년을(이름이 뭐라더라) 열렬히 사랑하고 있었던 것 같다고 하셨죠?"

"콜린 맥내브예요. 세인트 캐서린 대학에서 대학원 과정을 밟고 있지요."

"의사란 말이지요? 흠……, 세인트 캐서린 대학에서?"

"실리아는 콜린을 무척 사랑하고 있었죠. 콜린이 그 아가씨를 생각하는 것보다 훨씬 더. 콜린이라는 청년은 좀, 자기중심적인 사람이거든요."

"진상은 그렇게 된 거로군요. 실리아란 아가씨는 결국 자신이 그 청년에게 어울리지 않는 여자라고 생각하고 비관한 겁니다. 아니면 할 말을 끝내 하지 못하고 속으로만 끙끙 앓았거나. 그 아가씨 꽤 젊은 나이였지요, 그렇지 않습니까?"

"스물셋이었어요."

"그 나이의 젊은이란 만사를 이상(理想)에 치우쳐서 생각하기 쉽지요. 그 때문에 연애도 지나치게 진지하게 여기기 일쑤고 유감이지만 그게 진상인 듯싶습니다."

이윽고 경감은 몸을 일으켰다.

"일단은 모든 사실이 밝혀져야 하겠습니다만, 우리 역시 나름대로 최선을 다해 일을 파헤쳐 보겠습니다. 어쨌든 감사했습니다, 허바드 부인. 이로써 필요한 정보는 모두 부인에게서 전해 들었으니까요. 그 아가씨 어머니는 2년 전에 죽었고, 그 아가씨의 유일한 일가붙이는 요크셔에 사는 늙은 아주머니밖에 없다는 말씀이시죠? 일단 그럼 그 아주머니와 연락을 취해봐야겠군요."

말을 마치자 그는 실리아가 흥분하여 쓴 그 작은 종잇조각을 집어들었다.

"그 편지, 좀 잘못된 점이 있어요."

허바드 부인이 불쑥 입을 열었다.

"잘못되다뇨? 어떤 게 말입니까?"

"글쎄, 확실히는 말할 수 없지만, 뭐가 잘못되었는지 꼭 알아내야 할 것 같은……, 아아, 이런!"

"이게 그 아가씨 자필인 건 정말 확실합니까?"

"그럼요! 그건 분명해요!"

허바드 부인은 손으로 눈두덩을 누르며 마음을 진정시켰다.

"죄송해요. 오늘 아침엔 정말 정신이 없어서 바보처럼 굴기만 하는군요."

그녀가 사과하듯 말했다.

"이런 일을 겪으시고도 침착하다면 오히려 그게 이상한 일이겠지요. 이해합니다."

경감의 어조에는 따스한 동정이 어려 있었다.

"더 이상 번거롭게 해드려서는 안 되겠군요, 허바드 부인."

경감은 방문을 열었다. 그러자 밖에서 문에 귀를 바짝 대고 있던 제로니모와 부딪치는 바람에 발이 걸려 넘어질 뻔했다.

"안녕하시오." 샤프 경감이 쾌활한 목소리로 인사를 건넸다.

"문에서 엿듣고 있었소?"

"아뇨, 아뇨, 아닙니다."

제로니모는 펄쩍 뛰면서 정색을 하고 잡아뗐다.

"엿듣다니, 절대 아닙니다! 말씀 좀 전해 드리려고 들어가려던 것뿐이었지요."

"아, 그랬소? 무슨 말이오?"

제로니모는 볼멘소리로 대꾸했다.

"아래층에 '라 시뇨라 허바드(이탈리아어로 '허바드 부인'이라는 뜻)'를 뵈러 온 신사분이 계셔서 말이죠."

"아, 알았소. 좋아요, 그럼 들어가서 전하시오."

경감은 제로니모의 옆을 지나쳐 복도를 걸어가다가 그 이탈리아인 주방장을 본떠서 살짝 뒤돌아 소리없이 발끝으로 오던 길을 되돌아갔다. 조그만 원숭이 얼굴을 한 이탈리아인이 진짜 그런 일로 왔었는지를 알아봐야 하지 않겠는가!

그가 문 앞에 도착한 것은 마침 제로니모가 입을 열 때였다.

"요 전날 밤에 저녁식사를 하시러 오셨던 그 신사분 말씀입니다. 콧수염이 난 그분, 그분이 지금 시뇨라를 뵙자고 아래층에 와 계십니다."

"으—응? 뭐라고 했지?"

허바드 부인은 정신이 딴 데로 가있는 목소리로 되물었다.

"아, 그래, 고마워요, 제로니모. 곧 내려가지."

"콧수염 난 신사라, 누군지 알 것 같군."

샤프 경감은 씩 웃으며 중얼거리고는 아래층으로 내려가 공동 휴게실로 들어갔다.

"안녕하십니까, 포와로 씨, 오랜만입니다."

포와로는 벽난로 옆에 있는 선반 맨 아래 칸을 살펴보느라 무릎을 꿇고 있었지만, 거북한 내색은 일체 싹 감추고 몸을 일으켰다.

"아, 안녕하시오. 이거 우리가 만난 게……, 분명히 샤프 경감이죠? 내가 알기론 이쪽 구역은 경감 관할이 아니실 텐데?"

"2년 전에 이쪽으로 옮겨왔답니다. 크레이스 힐에서 일어났었던 사건 기억하지요?"

"아, 물론이고말고. 이젠 그것도 꽤 오래전 일이로군요. 하지만 경감은 여전히 젊으시고…….”

“원, 천만에요. 나이가 어디 갑니까.”

“나이야 내 쪽에서 먹었지. 참, 세월도!”

포와로는 짐짓 한숨을 내쉬었다.

“하지만 아직도 혈기왕성하시던데요, 뭘, 포와로 씨. 누가 보아도 분명하잖습니까?”

“그게 무슨 말이오?”

“제 말뜻은 요 전날 밤에 어쩐 일로 이곳에 오셔서 학생들에게 범죄학 강의를 하셨는지 알고 싶다는 겁니다.”

그의 말에 포와로는 방긋 웃었다.

“그건 별거 아니오. 이곳에서 일하는 허바드 부인이 우리 사무실에서 일하는 내 귀중한 비서 레몬 양의 언니인데, 나한테 부탁하길래…….”

“이곳에서 무슨 일이 벌어졌는지 한번 알아봐 달라고 하길래 오셨단 말씀이시죠? 어때요, 제 말이 틀렸나요?”

“아주 꼭 맞았소.”

“하지만 대체 왜 그런 걸 부탁했느냐 말씀입니다. 제가 알고 싶은 게 바로 그거에요. 대체 포와로 씨를 끌 만한 일이 뭐가 있었느냐는 겁니다.”

“내 흥미를 끌 만한 일이 뭐 있었느냐 말이겠지?”

“예, 그렇습니다. 기껏해야 별로 중요하지도 않은 물건들을 여기저기서 몰래 훔쳐내는 바보 같은 처녀 문제 아닙니까? 그거야 언제 어느 곳에서든 일어날 수 있는 흔한 일이지요. 무슈 포와로, 당신 같은 분이 상대하기엔 좀 좀스런 일이 아니었겠느냐 하는 겁니다. 안 그렇습니까?”

하지만 포와로는 고개를 내저었다.

“아니라뇨? 그럼 그 일이 그렇게 단순한 게 아니라는 말씀입니까?”

“그렇소, 그렇게 단순하지가 않소.”

포와로는 의자에 앉아 이맛살을 찌푸리며 바지 무릎 위의 먼지를 털어냈다.

“그 사실을 알았어야 하는데.”

“무슨 말씀이신지…….”

샤프 경감이 눈살을 찌푸리며 말했다.

"그래, 모를 거요. 나도 그러니까. 그 없어진 물건들 말이오."

포와로는 이렇게 말하며 고개를 내저었다.

"그 물건들에는 일정한 틀이나 패턴이 없소. 두서없이 없어졌다는 뜻이오. 그건 마치 여러 사람이 남기고간 발자국을 보는 것과 마찬가지 일이오. 물론 거기에는 당신이 말한 그 '바보 같은 처녀'의 발자국도 끼어 있지. 하지만 그것뿐이 아니라 누군가 딴 사람의 발자국까지도 분명 끼어 있단 말이오. 즉, 그중 몇몇 물건은 실리아 오스틴이 훔친 다른 물건들하고 연관이 된 것처럼 보이게 하려고 다른 사람이 훔친 거요. 하지만 실제로는 연관이 없지. 그 물건들은 그저 아무 의미 없이, 그리고 목적도 없이 훔친 거요. 그 대신 어떤 사악한 일이 개재되어 있다는 증거를 남기고 있소. 그런데 실리아는 사악하지는 않거든."

"그 아가씨는 절도광이었나요?"

"내 생각엔 절대 그렇지 않소."

"그럼 그저 평범한 보통 도벽꾼이란 말씀인가요?"

"경감이 말하는 그런 의미의 도벽꾼은 아니오. 내 의견을 굳이 말하라면 그 아가씨가 그런 사소한 물건들을 슬쩍한 것은 그 청년의 관심을 끌기 위해서였다는 것이오."

"콜린 맥내브 말씀입니까?"

"그렇소. 그 아가씨는 콜린 맥내브를 열렬히 필사적으로 사랑하고 있었는데 콜린은 거들떠보지도 않았어요. 그래서 그 아가씨는 예쁘고 품행 방정한 아가씨 대신에 범죄자 역할을 자청함으로써 콜린의 관심을 끌려고 한 것이고, 결과는 그야말로 성공적이었소. 콜린은 곧 그 아가씨한테 홀딱 빠지게 되었으니까. 다소 엉뚱한 관심이기는 하지만."

"그렇다면 그 청년은 멍청이 아닙니까?"

"아니, 그렇지 않소. 아주 혜안을 갖춘 날카로운 심리학도지."

"흠……." 샤프 경감은 신음 소리를 냈다.

"그놈의 심리학자라는 인간들! 이제 알겠습니다."

그의 얼굴에 엷게 미소가 어렸다.

"그 아가씨 꽤 똑똑한 처녀였군요?"

"정말 놀랄 만큼 똑똑한 아가씨였지."

포와로는 다시 한 번 그 말을 되풀이했다.

"그렇소, 놀랄 만큼 똑똑하지."

샤프 경감은 포와로의 말에서 심상치 않은 기색을 얼른 알아 차렸다.

"무슨 뜻에서 말씀하시는 거죠, 포와로 씨?"

"내가 의문을 가진 건(지금도 그게 몹시 궁금하오만), 혹시 그 계획을 누군가 다른 사람이 그 아가씨에게 암시해준 게 아닌가 하는 거요."

"그건 무슨 이유에섭니까?"

"내가 어떻게 알겠소? 이타주의(利他主義) 때문일까? 아니면 뭔가 심상찮은 저의가 있어서일지도? 어쨌든 그 누군가는 베일에 가려져 있으니 알 수가 없지."

"누가 그 아가씨한테 그런 꾀를 내주었는지 짐작되는 것은 없습니까?"

"없소 글쎄, 혹시······. 아니, 역시 없소."

"전 통 알 수가 없습니다. 만일 그 아가씨가 일부러 그런 도벽꾼 흉내를 낸 거라면, 일단 그 목적이 성취되었는데 대체 왜 자살을 한 걸까요? 그에 대한 해답은 그 아가씨는 자살을 하지 않았으리라는 거겠군요."

두 남자는 서로를 뚫어지게 바라보았다.

"그 아가씨가 자살한 게 아니라고 확신할 수 있소?"

포와로가 중얼거리듯이 말했다.

"그건 명명백백한 일입니다, 포와로 씨. 그렇지 않다면 대체 설명할 수 있는 근거가 없어요. 그래서······."

그때 문이 열리고 허바드 부인이 들어왔다. 그녀는 얼굴에 홍조를 띠고 턱은 대담하게 앞으로 쑥 내민 채 당당한 걸음걸이로 들어왔다.

"이제 알았어요!"

그녀의 말투는 개선장군 같았다.

"아, 안녕하세요, 포와로 씨. 이제야 알았어요, 샤프 경감님! 갑자기 생각이 떠올랐어요 유서가 왜 잘못된 것으로 보였는지 말이에요! 실리아는 그 유서를 쓰지 않았어요!"

"왜 그녀가 쓰지 않았다는 겁니까, 허바드 부인?"

"그 유서는 보통 흔히들 쓰는 진한 남색 잉크로 쓰여 있었어요. 하지만 실리아는 자기 만년필에 녹색 잉크를 넣었거든요. 저기 저쪽에 있는 잉크 말이에요."

허바드 부인은 선반 쪽으로 고갯짓을 했다.

"분명히 어제 아침을 먹을 때 녹색 잉크를 채워 두었다고요!"

허바드 부인의 말이 끝나자 샤프 경감은 곧 방을 나섰다가, 곧 조금 전까지와는 다르게 흥분한 얼굴로 되돌아왔다.

"부인 말씀이 맞습니다. 제가 지금 조사해보았는데, 그 아가씨 방에 있는 만년필에는 분명히 녹색 잉크가 들어 있었어요. 그리고 그 방에는 만년필이라고는 그것밖에 없었고요. 그럼 저 녹색 잉크가……."

허바드 부인은 거의 비어 버린 잉크병을 들어보였다. 이어 그녀는 그날 아침식사 식탁에서 있었던 일을 또렷하고도 상세히 설명해주었다.

"분명해요."

마침내 그녀가 결론을 내리듯이 말했다.

"그 유서 쪽지는 실리아가 어제 저한테 보낸 편지에서 찢어낸 거예요―그 편진 열어보지도 않았지만."

"그 편지를 그 아가씨는 어떻게 했을까요? 기억하실 수 있습니까?"

허바드 부인은 고개를 내저었다.

"그때 전 실리아를 이 방 안에 혼자 남겨두고 집안일을 돌보러 갔었어요. 그래서 생각해본 건데, 아마 그 편지를 여기 어디 놓아두고 나가고 나서는 잊어버린 것 같아요."

"그런데 그걸 누가 발견해서……, 열어보곤 다시……."

그러다가 말고 그는 말을 멈추었다.

"이게, 무슨 뜻인지 아시겠지요?"

이윽고 그가 다시 말문을 열었다.

"사실 전 이 찢어진 쪽지 때문에 내내 마음 한구석이 꺼림칙했었습니다. 그 아가씨 방에는 강의 노트가 굉장히 많았지요. 그러니 만일 유서를 쓰고 싶었다면 그중 한 장을 찢어 그 위에 쓰는 것이 자연스러운 일이었겠죠. 그렇다면 이것은 누군가가 그 아가씨가 허바드 부인에게 쓴 편지의 첫 문장을 이용해서 무슨 일을 꾸몄을 가능성을 엿볼 수도 있다는 뜻입니다. 즉, 실리아가 쓴 것과는 다른 뜻을 의미하게끔 만드는 거지요. 자살을 의미하는 글귀가 되도록 ……."

그는 잠시 멈추었다가, 이윽고 천천히 말문을 열었다.

"그렇다면 이것은……."

"살인이오."

에르큘 포와로가 그 뒤를 이어 말했다.

제8장

'르 파이브 어클락le five o'clock'이라고 하는 오후의 차 마시는 습관이 있는
데, 이것에 대해 포와로는 하루 중 가장 멋진 식사인 저녁식사의 진가를 맛볼
수 없게 된다고 하여 개인적으로는 반대 입장을 갖고 있긴 하지만, 이제는 오
후의 차를 남에게 대접하는 일에 꽤 익숙해져 있었다.

언제나 기략이 풍부한 조지가 이번에 내놓은 것은 커다란 찻잔에 진품(眞品)
의 향취 강한 인도 차를 담은 주전자, 그리고 뜨거운 버터가 녹아내리는 네모
난 핫케이크와 잼 바른 빵, 두텁고 커다란 건포도 케이크 등이었다.

샤프 경감은 이 모든 것을 남김없이 맛보고 나서 만족한 듯이 의자에 느긋
하게 기대어 앉아 세 잔째의 차를 홀짝이고 있었다.

"이렇게 느닷없이 찾아와서 언짢은 것은 아니시겠죠, 포와로 씨? 학생들이
다 모이면 심문할 작정인데, 솔직히 말씀드리자면 별로 기대는 하지 않습니다.
포와로 씨께서는 요 전날 밤에 그 학생들 중 몇 명을 만나보셨다죠? 그래서
뭐 도움이 될 만한 말씀을 해주실 수 있지 않을까 해서요. 그 외국인 학생들
에 대해서 말입니다."

"내가 외국인들에 대해서 인상을 정확하게 파악할 수 있다고 생각한 게요?
아니, 몽 셰르(프랑스어로 '내 친구'라는 뜻), 그 학생들 중에는 벨기에인이 없더
군요."

"벨기에인이 없다―아, 무슨 말씀인지 알겠군요! 당신이 벨기에인이니까 다
른 나라 사람들은 저한테나 마찬가지로 당신한테도 다 외국인이라는 뜻이지요.
하지만 제가 말씀드린 건 그게 아니잖습니까, 안 그래요? 제가 말씀드린 뜻은
당신이 저보다 유럽 대륙인들에 대해 더 많이 알 것 같아서입니다. 인도 사람
들이라든지 서아프리카 사람들, 그쪽 지역에 관해서는 그렇지 못하더라도 말

씀입니다."

"아마 그런 것에 관해 조언을 들으려면 허바드 부인에게서 듣는 것이 제일 빠를 게요. 그 부인은 몇 달 간 그곳에서 일하면서 학생들하고는 아주 가깝게 지냈다니까. 게다가 인간의 천성이나 인품을 꿰뚫어보는 데에는 아주 유능한 사람이라오."

"예, 아주 유능하고 민첩한 분이시더군요. 사실 저 역시 그분한테 기대를 걸고 있습니다. 하지만 그곳을 소유한 여주인도 만나봐야겠지요. 오늘 아침에는 안 보이더군요. 듣기로는 그런 식의 호스텔을 몇 개 갖고 있고, 학생들 전용 클럽도 몇 개 갖고 있다더군요. 하지만 별로 사람들한테는 호감을 받는 형은 아닌 모양입니다."

포와로는 잠시 말이 없다가 이윽고 물었다.

"세인트 캐서린 병원에 가본 적 있소?"

"예, 있습니다. 약국의 책임자가 아주 협조를 잘해 주었습니다. 실리아가 죽었다는 소식을 듣고 퍽 놀라면서 슬퍼하더군요."

"실리아에 대해서는 뭐라고 하던가요?"

"1년 이상 그곳에서 일해 왔는데 사람들한테 아주 호감을 샀다고 하더군요. 그 사람 말이 그 아가씨는 좀 무디고 느린 게 흠이긴 하지만 아주 양심적인 아가씨였답니다."

그는 잠시 말을 멈춘 뒤에 다시 덧붙였다.

"모르핀도 거기서 가져온 게 맞는다고 합니다."

"그렇답디까? 그것참 재미있군. 좀 난처한 사실이기도 하지만."

"주석산염 모르핀이라고 하더군요. 약국의 극약 진열대에 놔두는 것이라고 ─좀 위쪽 진열대에 평소에는 별로 쓰지 않던 약들하고 같이 말입니다. 보통은 주사용의 것이 흔히 쓰이긴 합니다만. 그리고 주석산염 모르핀보다는 염산 모르핀이 보통 더 많이 쓰이지요. 사실 약도 다른 것들과 마찬가지로 유행을 타는 모양입니다. 의사들은 마치 길들여진 양떼처럼 순하게 이 유행 저 유행을 따라 처방을 하고요. 아, 약국 책임자가 그런 말을 한 건 아닙니다. 단지 제가 그런 생각을 했다는 거지요. 어쨌든 그 진열대 위쪽에는 한때는 흔히 쓰이다가 이젠 인기가 없어져서 사용하지 않는 약들이 진열되어 있더군요."

"그렇다고 먼지가 뽀얗게 덮인 작은 유리병 하나가 없어졌다고 해도 눈에 뜨이지 않았을 것 아니오?"

"예, 그렇긴 합니다. 재고 조사는 정기적인 중간점검 때나 한다니까. 모두들 주석산염 모르핀으로 처방을 한 게 언제인지 까맣게 잊고 있더군요. 그 때문에 그 병이 없어졌다 해도 누군가가 그것을 찾기 전까지는 알아차리지 못하게 되어 있지요. 적어도 재고품 처리를 하기 전까지는 아무도 눈치 못 채게 되어 있습니다. 약제사 세 명은 모두 극약 진열장하고 취급주의 약품 진열장의 열쇠를 갖고 있더군요. 하지만 그 진열장은 필요하면 언제든지 열게 되어 있기 때문에 손님이 많아 바쁜 날이면(사실 바쁘기는 매일 바쁜 모양입니다만) 몇 분마다 진열대 앞을 오락가락해도 이상하지 않은 실정이지요. 그러다 보니 진열장을 아예 열어놓고 그날 일이 끝날 때까지 그대로 놔두는 경우도 있었답니다."

"실리아 말고 또 누가 그 진열장을 마음대로 사용할 수 있게 되어 있소?"

"다른 여자 약제사 두 명이 더 있었습니다. 하지만 그 여자들은 모두 히코리 로(路)하고는 아무 연관도 없는 여자들이었습니다. 한 명은 그곳에서 4년간 일했다고 하고, 다른 한 명은 몇 주 전에 온 신참인데 그전에는 데븐 군(郡)에 있는 병원에서 일했답니다. 근무성적도 좋아요. 그리고 수석 약제사들이 셋 있는데 모두들 세인트 캐서린 병원에서 오랫동안 근무한 노련한 사람들이더군요.

그 사람들은 모두 약 진열장에 대해서 엄격하고 공명정대하게 책임의식을 갖고 있었습니다. 그리고 또 한 명, 마루 청소를 하는 나이 든 여자 한 사람이 있었죠. 그 여자는 아침 9시에서 10시까지 거기서 일하는데 다른 약제사들이 외래 환자의 약을 조제하느라 바쁘거나, 입원 환자 약을 조제하느라 정신이 팔려 있을 때 슬쩍 약병을 집어들 수도 있지요. 하지만 그 여자는 그 병원에서 오랫동안 일해 온 처지니 그런 짓을 할 가능성은 없어 보입니다. 실험실 조수도 진열된 약병 사이를 마음대로 다닐 수 있기 때문에 기회만 노리면 약병 하나쯤 실례하는 건 문제가 아니죠. 하지만 지금 제가 말씀드린 사람들을 의심하는 건 좀 무리인 듯싶습니다."

"외부인들로서는 어떤 사람들이 약제실에 드나드오?"

"이럭저럭 꽤 많은 사람들이 드나듭니다. 예를 들어, 약제실을 지나서 약국 책임자 사무실로 가는 사람도 있고, 커다란 도매상에서 온 사람들이 약제실을 거쳐 조제실로 가는 수도 있습니다. 또 친구들이 찾아와서 약제사들을 만나러 들어가는 경우도 물론 있지요. 매일 그런 건 아니지만 그런 경우도 없진 않습니다."

"그게 더 나은 수사방향이겠군. 그럼 최근에 실리아 오스틴을 만나러 온 사람은 누가 있었소?"

샤프 경감은 자기 메모 수첩을 들여다보았다.

"지난주 화요일에 패트리셔 레인이라는 아가씨가 왔었습니다. 그 아가씨는 실리아에게 약국 일이 끝나면 영화관에서 만나자고 했다더군요."

"패트리셔 레인이라……."

포와로는 생각에 잠겨 그 이름을 반복했다.

"그 아가씨는 약제실에 5분 정도 있었을 뿐이고, 극약 진열장 옆에는 얼씬도 하지 않았답니다. 하지만 외래환자들이 약을 신청하는 유리창 옆에서 실리아하고 다른 약제사에게 말을 걸면서 가까이 서 있었다는군요. 또 약제사들은 약 2주일 전에 유색인 아가씨 한 명이 찾아온 것도 기억하더군요. 그 사람들 말에 의하면 아주 거만한 여자였다나 봐요. 약제사 일에 관심이 많아서 이것저것 묻기도 하고 메모도 했답니다. 영어를 완벽하게 구사했다더군요."

"그럼 엘리자베스 존스턴이군. 그 일에 관심을 나타냈다고요?"

"외래 환자들 약 주문을 받는 오후 시간이었답니다. 그 아가씨는 약국 일을 어떻게 운영하는지에 아주 관심이 많았고, 또 어린이 설사나 피부염 같은 병에는 어떤 약을 조제하는지에 아주 관심이 많았었다더군요."

포와로는 고개를 끄덕였다.

"그밖에 다른 사람은?"

"기억나는 사람이 없답니다."

"의사들도 가끔 약국에 온다고 하던가요?"

샤프 경감이 문득 싱긋 웃었다.

"그거야 늘 있는 일이죠. 업무상 오기도 하고, 개인적인 업무로 오기도 하고 말입니다. 어떤 때는 무슨 처방전에 대해서 물어보기도 하고, 아니면 무슨 약이 재고가 남아 있는지 보러 오기도 하고 말이죠"

"재고를 살피러 온다고?"

"예, 저도 그 점에 대해서 좀 생각해보았습니다. 의사들은 때론 조언을 구하러 오기도 한답니다. 이런저런 약을 처방해주었는데 환자의 피부에 부작용을 일으킬 것 같다든가, 소화를 방해할 것 같으니 무슨 딴 약이 없겠느냐고요. 어떤 때는 물리 치료사가 한가한 시간에 잡담이나 하려고 어슬렁어슬렁 오기도 한다더군요. 또 숙취를 깨게 하려고 베가닌이나 아스피린을 달라고 오는 젊은 친구들도 많답니다. 그중에는 기회를 보아서 약제사 아가씨들한테 수작을 걸려고 오는 치들도 많다고요. 사내들이란 어쩔 수 없다니까. 왜 아시죠, 정말 한심한 친구들이 많아요"

포와로는 그 말에 대답하지 않고 말했다.

"내 기억이 정확하다면 히코리 로에 사는 학생들 중 한두 명이 세인트 캐서린 병원하고 관계가 있다던데. 그 키 큰 빨간 머리 청년—베이트, 베이트선이든가……"

"레너드 베이트선 말이군요. 예, 맞습니다. 그 병원에서 일하고 있죠. 그리고 콜린 맥내브도 거기서 대학원 과정을 이수하고 있다더군요. 그리고 물리치료실에서 일하는 진 톰린슨이라는 아가씨도 있지요"

"그렇다면 그 사람들이 약국에 자주 모습을 나타냈을 수도 있겠군?"

"예, 그렇습니다. 더욱 중요한 것은 그 사람들이 약국을 찾아왔더라도 다른 사람들은 그게 언젠지 기억하지도 못한다는 겁니다. 왜냐하면 그 사람들을 보는 건 흔히 있는 일이고, 또 서로가 보면 아는 사이이니까요. 진 톰린슨은 또 수석 약제사의 친구랍니다"

"이거 일이 어려운걸." 포와로가 말했다.

"예, 바로 그렇습니다! 그러니까 일인즉슨 약국 직원이면 누구나 극약 진열장을 들여다보면서 한마디 할 수 있는 여건이 갖추어져 있는 셈입니다. '아니, 대체 왜 비산액은 이렇게 많이 있는 거지?' 뭐 이러면서 말입니다. '요즘에는 누가 이런 걸 써?' 이럴 수도 있죠. 그래도 아무도 그것을 다시 생각한다거나 기억해 내질 못한다는 거지요."

샤프 경감은 잠시 말을 멈추었다가 계속했다.

"우리가 가정해볼 수 있는 건 누군가가 실리아 오스틴에게 모르핀을 주고 나서 나중에 모르핀 병하고 찢어진 편지 쪽지를 그녀의 방에 갖다놓아서 자살로 위장을 했다는 겁니다. 하지만 그렇다면 동기가 뭘까요, 포와로 씨, 왜죠?"

포와로는 고개를 내저었고 그것을 본 샤프 경감은 자기 말을 계속했다.

"당신은 오늘 아침에 누군가가 도벽광 흉내를 내보는 게 어떠냐고 실리아 오스틴에게 꾀를 가르쳐 주었을 수도 있다고 말씀하셨죠?"

포와로는 거북하게 몸을 움직였다.

"그건 내가 그저 막연하게 떠올린 생각일 뿐이오. 그러니까 내 생각은 그 아가씨가 그만한 생각을 자기 혼자 해낼 만한 기지가 있는 아가씨인지 의심스럽다는 것이었소."

"그럼 과연 누가 그런 생각을 해낼 수가 있었을까요?"

"내가 알고 있는 한, 그곳 학생들 중에서 그런 생각을 해낼만한 학생들은 오직 세 명밖에 없소. 우선 그럴 만한 지식을 갖춘 사람은 레너드 베이트선이오. 그 청년은 콜린 청년이 '사회 부적응 성격자'의 유형에 대해 열렬한 관심을 갖고 있다는 것을 잘 알고 있었어요. 그 때문에 그가 실리아에게 농담처럼 그런 착상을 암시해줄 수도 있겠고, 그녀 편에 서서 지시까지 해준 경우도 생각해볼 수 있소. 하지만 그 레너드라는 청년에게 뭔가 색다른 배후 동기가 있다든지, 혹은 겉으로 보기와는 다른 성격의 인간이라든지 하는 경우라면 몰라도 몇 달씩이나 그런 일에 신경 쓸 사람은 아닌 것 같소. 물론 인간이란 겉보기와는 다른 사람일 수도 있다는 점은 사건 수사를 하는 사람이라면 항상 염두에 두어야 하는 거지만 말이오.

또 그 밖에 의심이 가는 사람은 나이젤 채프먼이오. 약간 짓궂은데다가 마음씀씀이가 못된 쪽으로 조금 기울어진 데도 있어 보이니까. 아마 그 친구라면 그런 일을 재미있는 장난처럼 생각했을지도 모르오. 그러면서도 망설임이나 거리낌은 조금도 없을 거요. 뭐라고나 할까, 어른이 된 '앙팡 테리블(프랑스어로 '무서운 아이들'이라는 뜻. 장 콕토의 작품에서 비롯되었다)'이라고나 할까.

그리고 내가 용의를 두고 있는 세 번째 인물은 발레리 호브하우스라는 젊은 여자요. 그 아가씨는 머리도 좋은데다가 첨단의 교육을 받고, 외모도 역시 현대적인 스타일이오. 게다가 콜린의 반응을 예견할 수 있을 만큼 심리학적 지식도 책을 통해 충분히 갖고 있을 거요. 만일 그 아가씨가 실리아를 좋아하고 있었다면 그런 식의 착상으로 콜린을 놀리는 것도 재미있을 거라고 생각할 수도 있었을 테지."

　"그렇다면 레너드 베이트선, 나이젤 채프먼, 발레리 호브하우스 세 사람이군요."

　샤프 경감은 그들의 이름을 수첩에 적어 넣으며 말했다.

　"좋은 단서를 제공해주셔서 감사합니다. 학생들을 심문할 때 꼭 기억하도록 하지요. 그럼 그 인도 학생들은 어떻습니까? 그중 한 명은 의과 대학생이던데."

　"그 학생은 온통 정신이 정치에만 쏠려 있소. 게다가 피해망상증이기도 하고, 실리아 오스틴에게 그런 착상을 제공할 만큼 그녀의 일에 흥미를 가질 청년이라고는 절대 생각되지 않소. 실리아 쪽에서도 그렇지, 그 청년이 그런 조언을 해주었다고 해서 그대로 따라 할 사람은 절대로 아니오."

　"그럼 이제 저한테 더 해주실 도움 말씀은 없으십니까, 포와로 씨?"

　샤프 경감은 자리에서 일어나 메모 수첩을 집어넣으며 말했다.

　"유감스럽지만 없소. 하지만 나는 개인적으로 이 사건에 흥미가 있는데, 반대하지 않으시겠지?"

　"아니, 조금도요. 전혀 그렇지 않습니다. 그럴 이유가 어디 있습니까?"

　"내 말은 나 역시 내 나름대로의 아마추어적인 방식으로 최선을 다해 노력해 보겠다는 뜻이오. 나로선 이제 취해 볼 방법은 하나뿐인 듯싶은데……."

　"그게 뭡니까?"

　포와로는 한숨을 내쉬었다.

　"대화라오. 그들과 자꾸만 이야기를 나눠보는 거요. 내 경험으로는 지금까지 만나본 살인자들은 모두 말을 하길 좋아했소. 내 의견으로는 말이 없고 묵묵한 사람이 범죄를 저지르는 경우란 거의 없는 것 같소. 만일 그런 사람이 범죄를 저지른다면 그 범죄는 단순하고 폭력적이며, 쉽게 들통 날 그런 종류의 범죄라고 보면 틀림없소. 하지만 지금 우리가 상대하고 있는 영리하고 교묘한 살인자는, 지금 자기가 해치운 일에 흡족해 있기 때문에 조만간 분명히 뭔가 자신에게 불리하게 될 말을 하게 될 게요.

그러니까, 몽 셰르, 그 세 사람들에게 이야기를 시켜보되 단순한 질문 형식에만 국한해서 하지 말고, 그들이 자신들의 견해를 마음껏 피력하도록 부추겨 주고, 수사에 도움을 달라고 부탁도 해봐요. 그리고 이번 사건에 뭐 직감적으로 짐작되는 것이 없는지도 물어보고. 하지만—아이고 맙소사! 이거 공자 앞에서 염불 외는 식이 되어버렸군. 경감의 능력이야 이미 다 알고 있는 건데."

샤프 경감은 사람 좋게 미소를 지었다.

"예, 그렇습니다. 저도 범죄용의자들에게, 뭐랄까, 우호적으로 나가는 게 큰 도움이 된다고 항상 생각해 왔습니다."

두 사내는 서로 마음이 통한 듯이 서로를 향해 싱긋 웃었다.

이윽고 샤프 경감이 출발하기 위해 자리에서 일어났다.

"내가 보기엔 그들 각자가 다 살인자로서의 가능성이 있는 것 같습니다."

경감이 느릿느릿 말했다.

"내 생각에도 그렇소."

포와로가 그다지 열의가 없는 어조로 말했다.

"우선 레너드 베이트선이라는 인물—그 사람은 격한 기질이 있어서 가끔 자제력을 잃을 수도 있는 인물이오. 그리고 발레리 호브하우스는 두뇌가 뛰어난데다가 교묘한 계획을 세울 만한 수완도 있지. 그리고 나이젤 채프먼은 균형 감각이 결여된 어린애 같은 타입이오.

그리고 상당한 돈이 관련된 일이라면 살인이라도 서슴지 않을 프랑스 아가씨도 한 명 있소. 패트리셔 레인—그 아가씨는 어머니 같은 타입의 아가씨인데, 어머니 타입의 여자란 대개 무정하지. 미국인 아가씨 샐리 핀치는 명랑하고 활발한 아가씨이지만, 그 때문에 다른 사람들보다 우리가 추리한 그 살인자 역을 더 잘할 수 있지. 진 톰린슨은 아주 상냥하고 정의감에 찬 아가씨지만, 그래도 우리가 알기로는 일요일 예배에 진짜 열심히 출석하는 살인자들도 얼마든지 있지 않소?

그리고 그 서인도제도 출신 아가씨 엘리자베스 존스턴은 아마 그 호스텔에 묵고 있는 학생 중에서 최고로 머리가 좋은 아가씨일 게요. 그 아가씨는 자신의 감정적인 세계를 두뇌보다 하위(下位)에 놓고 있는데, 그건 위험한 일이오. 그리고 또 매력적인 아프리카 청년도 있는데, 물론 그 청년도 살인을 저지를 수는 있지만 그 동기를 알아내기란 절대 쉽지 않을 게요. 그리고 이제 심리학자인 콜린 맥내브가 있소. 이 세상에는 심리학을 지상(至上)의 것으로 아는 심리학자들이 한둘이 아니지."

"아이고, 맙소사, 포와로 씨, 그만하세요! 말씀을 듣고 있자니깐 머릿속이 뒤죽박죽이 되는 것 같습니다. 대체 살인할 가능성이 없는 사람은 한 사람도 없는 겁니까?"

"나도 그 문제에 대해 항상 의문을 가져왔다오."

에르큘 포와로의 대꾸였다.

제9장

샤프 경감은 한숨을 내쉬면서 의자 등받이에 몸을 기대고 앉으며 손수건으로 이마를 문질렀다. 그는 방금 머리끝까지 성이 나 눈물짓는 프랑스 아가씨 한 명과 거만하기 짝이 없고 비협조적인 프랑스 청년 한 명, 그리고 둔한데다가 의심만 많은 네덜란드인 한 명, 게다가 말 많고 공격적인 이집트 출신 한 명을 만나본 참이었다.

그 밖에 경감은 신경이 날카로워질 대로 날카로워져 있는 터키 학생 두 명과도 잠깐 이야기를 나누어 보았지만 그들은 샤프 경감이 무슨 이야기를 하는지조차 잘 알아듣지 못하는 듯싶었고, 그것은 매력적인 이라크 학생에게도 마찬가지였다. 이 학생들은 사건에 전혀 연관이 없을뿐더러 실리아 오스틴의 죽음과 관련해 나를 도와줄 만한 어떠한 것도 전혀 갖고 있지 않다.

그는 그들에게 위로하는 말로 달래어 차례로 내보낸 다음, 아키봄보에게도 그렇게 할 양으로 돌아섰다. 그 젊은 아프리카 출신 학생은 경감을 향해 흰 이를 드러내며 웃었다. 그의 눈빛은 소박한 것이 어린애 눈동자 같기만 했다.

이윽고 청년이 입을 열었다.

"제가 꼭, 좀 돕게 해주십시오. 그 아가씨, 실리아 양은 저한테 너무나 친절하게 해주었답니다. 한번은 에든버러 산(産) 막대 사탕을 한 상자나 주었답니다. 그렇게 맛있는 과자는 먹어본 적이 없어요. 그런데 그녀가 죽다니. 원수 집안끼리의 싸움인가요? 아니면 그녀가 행실이 나쁘다는 엉뚱한 소문을 아버지나 아저씨가 듣고서 찾아와 죽인 건가요?"

샤프 경감은 그에게 절대 그런 일은 아니라고 안심시켜 주었다. 그러자 청년은 슬픈 얼굴로 고개를 내저었다.

"그럼 대체 왜 그런 일이 일어났을까요? 이곳에 살고 있는 사람들 중에 그녀를 해치려 한 사람이 있으리라고는 꿈에도 생각할 수 없어요. 어쨌든 그녀의 머리칼이나 손톱 조각을 제게 주실 수 없습니까? 그러면 제가 낡은 방법이긴 하지만 범인을 알아볼까 합니다. 뭐 과학적이고 근대적인 방법은 아니지만 제가 살던 나라에서는 썩 쓸모 있는 방법이었습니다."

"아, 고맙지만, 아키봄보 씨, 그런 일은 별로 필요하지 않을 것 같소. 우리는, 어, 그러니까, 이 나라에서는 그런 방법으로 처리하지 않기 때문에……."

"예, 그렇죠. 이해는 합니다. 원자력시대인 지금엔 맞지 않는 것이죠. 요즘은 우리 고국에서도 신식 경찰관들은 그런 식의 방법은 안 씁니다. 고리타분한 옛날 경찰관들이나 그런 식으로 하죠. 저도 새로운 조사 방법들이 매우 뛰어나다고 생각하고 있습니다. 꼭 대단한 성과를 거둘 거라고 생각합니다."

말을 마친 뒤, 그는 점잖게 인사를 하고는 물러났다.

샤프 경감은 입속으로 중얼거렸다.

"나도 성공했으면 좋겠어. 당신에게 체면을 세우기 위해서라도 말이야."

그가 마지막으로 만난 것은 나이젤 채프먼이었는데, 나이젤은 경감과 만나자마자 대화의 주도권을 자기가 쥐고 싶어 하는 기색이 역력했다.

"이건 완전히 얼빠진 일입니다, 안 그렇습니까? 솔직히 말씀드리면, 전 당신이 자살이라고 주장하는 것을 보고 전혀 엉뚱한 다리를 긁고 있는 게 아닌가 하고 생각했었습니다. 또 솔직히 말씀드리면, 이번 일의 제일 중요한 단서가 실리아가 제 녹색 잉크를 만년필에 채운 일이라는 사실에 은근히 기쁜 심정입니다. 살인자가 미처 앞을 내다보지 못하고 간과한 유일한 점이지요. 아마 이번 범죄의 동기가 무엇일까에 대해서도 벌써 충분히 검토를 하셨겠지요?"

"채프먼 씨, 질문을 해야 하는 쪽은 나요."

샤프 경감이 냉정한 어조로 잘라 말했다.

"아, 그야 물론이죠, 물론이고말고요."

나이젤은 거만하게 한쪽 손을 내저으면서 대꾸했다.

"전 그저 심문이라든지 하는 그런 번거로운 절차를 좀 생략하려고 했을 뿐입니다. 하지만 어차피 형식을 일단 거치기는 해야겠죠. 이름, 나이젤 채프먼. 나이, 25세. 출생지, 나가사키─좀 이상하고 엉뚱한 곳이기는 합니다. 대체 우리 부모님이 거기서 뭘 하고 계셨는지 도무지 알 수가 없다니까요. 아마 세계 일주 여행을 하시고 계셨던 거겠죠. 그래도 제가 알기론 제 국적은 일본이 아닙니다. 지금 전 런던 대학에서 청동기시대와 중세사(中世史)를 전공하고 있습니다. 또 알고 싶은 것 있으십니까?"

"본적지 주소는 어떻게 되나요, 채프먼 씨?"

"전 본적지가 없습니다. 아버지하고 전 말다툼을 하고 헤어졌기 때문에 이 젠 아버지 주소를 더 이상 쓰지 않습니다. 그러니 제 본적은 히코리 로나 쿠 츠 뱅크, 리든홀 스트리트 브랜치 중 아무거로나 하세요. 그런 곳에서 저하고 같이 있었던 사람들은 모두 저 같은 건 두 번 다시 만나고 싶지 않다고 하겠 지만."

샤프 경감은 나이젤의 거만한 태도에 대해 기분 나쁜 기색을 일체 내보이 지 않았다. 벌써 그는 다른 사람들의 입을 통해 나이젤이라는 사람을 익히 알 고 있던 터라, 나이젤의 거만한 태도는 다름 아니라 살인과 연관된 심문을 받 을까 봐 긴장하고 있는 속마음을 감추려는 가면일지도 모른다는 것을 날카롭 게 눈치 챘던 것이다.

"실리아 오스틴 양하고는 얼마나 잘 아는 사이였습니까?"

"그것참 대답하기 어려운 질문이군요. 매일 본다는 점에서는 아주 잘 알고 있었다고 할 수 있겠죠. 게다가 그녀하고는 유쾌한 농담도 주고받았으니까. 하 지만 실제로 그녀에 대해 아는 것은 전혀 없습니다. 제 쪽에서도 그녀에 대해 별 관심이 없었고, 그녀 역시 저에 대해서 그다지 호감을 갖고 있지 않은 것 같았습니다. 예, 정말입니다."

"그녀가 당신에게 그다지 호감을 갖지 않은 어떤 특별한 이유라도 있었습니 까?"

"글쎄요, 아마 제 유머 감각이 별로 맘에 들지 않았던 듯싶어요. 아, 물론 저야 콜린 맥내브처럼 사색적이고 무뚝뚝한 사내는 못 되지요. 여자들은 그런 무뚝뚝한 사내한테 곧잘 빠지는 모양입니다만—여자를 끄는 기술 같은 거죠"

"그럼 실리아 오스틴 양을 마지막으로 본 건 언제입니까?"

"어제 저녁식사 때 보았지요. 아시겠지만 어제 우린 모두 그녀한테 축하를 보냈지요. 콜린이 일어나서 헛기침을 냅다 하더니 자기들 둘이 약혼했다고 발표하는 게 아니겠어요. 겸연쩍은 듯이 몸을 비비꼬면서 폭탄선언을 하는 거예요. 그래서 우린 모두 그를 놀려주었죠. 그뿐입니다."

"그게 저녁식사 하는 자리에서였습니까, 아니면 공동 휴게실에서였습니까?"

"아, 예, 저녁식사 하는 자리였습니다. 그런 다음에 모두 휴게실로 갔는데, 콜린은 어디론가 사라지더군요."

"그럼 그 나머지 분들은 다 거기서 커피를 같이 마셨군요?"

"이 집에서 나오는 묽은 액체를 굳이 커피라고 부른다면—예, 그렇습니다, 커피를 마셨죠."

"실리아 오스틴 양도 커피를 마셨습니까?"

"예, 아마 그럴 겁니다. 제 말은 그녀가 커피를 마셨는지 살펴보지는 않았지만 아마 분명히 마셨을 거란 말씀입니다."

"당신이 직접 그 아가씨한테 커피를 건네준 일은 없다는 거죠?"

"아이고, 이거 말씀도 참 교묘하게 하시는군요! 그 말씀을 하시면서 살피듯이 제 얼굴을 바라보시는 표정을 보니 이거 꼭 제가 실리아에게 스트리크닌이니 뭐니 하는 독약을 탄 커피잔을 직접 건네준 것 같은 기분이군요. 은근히 최면을 걸어 뭔가 캐내려는 수법 같으신데, 샤프 경감님, 정말 전 그녀 옆에는 얼씬도 하지 않았습니다. 그리고 솔직히 말씀드리면 그녀가 커피를 마셨는지 안 마셨는지 알지도 못할뿐더러, 믿으시건 안 믿으시건 간에 실리아에게는 평소 무슨 색다른 감정이라곤 눈곱만큼도 없었습니다. 또한 그녀가 콜린 맥내브하고 약혼한 사실을 발표한 것이 제게 복수의 살의(殺意)를 일으킨 적도 전혀 없었다는 것을 말씀드립니다."

"내 말은 그런 뜻이 아니오, 채프먼 씨."

샤프 경감은 부드러운 어조로 말했다.

"내가 아주 잘못 안 것만 아니라면 이번 사건에는 특별히 치정에 얽힌 점 같은 것은 없소. 하지만 어쨌든 누군가가 실리아 오스틴을 죽이려 한 건 틀림없잖소, 대체 무슨 이유였을까요?"

"그건 저도 모르겠습니다, 경감님. 정말 이상한 일이지 뭡니까. 실리아는(제 말뜻 아실지 모르겠지만) 남에게 해를 끼칠 만한 여자가 전혀 아닌데 말씀입니다. 남의 말 이해하는 것이 느리고, 좀 따분하기도 하고, 착하기만 한데다가, 전혀 남에게 살해될 만한 아가씨가 아닙니다."

"이곳에서 종종 없어진 사소한 물건들을 가져간 것이, 아니 훔친 것이 실리아 오스틴의 짓이라는 걸 알았을 때 당신은 놀랐나요?"

"아이고, 맙소사, 경감님! 정말 점점 더 점입가경이로군요! 제가 놀랐냐고요? 아뇨, 전혀 그녀답지 않다고 생각했습니다."

"설마 당신이 그녀에게 그런 일을 벌이도록 부추긴 것은 아니겠죠?"

나이젤은 이번에야말로 정말 놀란 표정을 지었다.

"제가요? 그녀를 부추겼다고요? 대체, 제가 왜요?"

"글쎄, 이거 오히려 나한테 되묻는군, 그렇지 않소? 혹시 유머 감각이 있는 누군가가 그녀에게 그런 짓을 부추겼을지도 모르는 일 아니오?"

"천만에요. 전 뭐 그리 똑똑하지는 못하지만 그래도 이곳에서 벌어지고 있었던 도둑질에 대해선 별로 유쾌하지 않았습니다."

"그러니까 당신이 장난삼아 내놓은 생각이 아니라는 말이지요?"

"전 그 일이 누가 재미로 벌인 일일 수도 있다는 생각은 꿈에도 해보지 않았습니다. 사실, 경감님, 도벽이란 건 순전히 심리학적인 거 아닙니까?"

"그러니까 당신은 실리아 오스틴이 도벽광이라고 꼭 믿고 있군요?"

"그렇게 생각하지 않고는 뭐 달리 설명할 도리가 없지 않습니까?"

"채프먼 씨, 아마 당신은 나만큼은 도벽광에 대해서 잘 모르는 것 같군요."

"글쎄요, 저로선 뭐 다른 설명은 생각해볼 수 없군요."

"누군가가 오스틴 양을 부추겨서 그런 짓을 하게 함으로써 저, 뭐랄까, 맥내브 씨가 그녀에게 관심을 끌게 한 것일 수도 있다는 생각은 안 해보셨습니까?"

나이젤의 눈빛이 재미있다는 듯이 짓궂은 빛을 띠고 음험하게 반짝였다.

"그거야말로 그지없이 재미있는 설명이로군요, 경감님. 만일 그 생각을 제가 했더라면 분명히 그녀를 그렇게 꼬드겼을 겁니다. 그리고 그 콜린이라는 사람도 역시 그 낚싯바늘을 꿀꺽 삼키고 말았을 겁니다."

그는 이렇게 말하고 나서 그 즐거운 생각을 음미라도 해보듯이 잠시 말이 없는 채로 유쾌하게 눈을 빛냈다. 하지만 그는 곧 서글픈 표정으로 고개를 내저었다.

"하지만 실리아는 제가 부추겼다 하더라도 제 말대로 연극을 할 여자가 아니었습니다. 턱도 없이 고지식한 아가씨였으니까요. 그녀는 콜린을 놀린다는 건 꿈에도 생각 못했을 겁니다. 그 사람한테 아주 푹 빠져 있었거든요."

"채프먼 씨, 그동안 이 집에서 일어난 일에 대해 나름대로 갖고 있는 의견은 없습니까? 예를 들어 존스턴 양의 노트에 녹색 잉크를 엎지른 사건이라든지……."

"만일 그걸 제가 한 짓이라고 생각하신다면, 샤프 경감님, 그건 전혀 진실이 아닙니다. 물론 그 잉크가 제 것이었으니까 제가 한 짓처럼 보이는 것도 당연한 일이지요. 하지만 제 의견을 말하라고 하신다면 그건 단지 악의로 꾸민 일에 불과하다는 겁니다."

"뭐가 악의로 꾸민 일이라는 거요?"

"제 잉크를 사용한 일 말입니다. 그러니깐 누군가가 고의로 제 잉크를 이용해서 제가 범인인 것처럼 보이게 꾸민 겁니다. 이곳에는 악의와 원한이 많이 떠돌고 있죠."

경감은 날카로운 눈길로 나이젤의 얼굴을 응시했다.

"악의와 원한이 많다니 그게 무슨 말이오?"

하지만 나이젤은 곧 자기 말의 꼬리를 감추고는 소심하고 모호한 태도로 돌변했다.

"아, 뭐 특별한 뜻이 있어서 그런 건 아닙니다. 그저 사람들이 많이 모여 부대끼고 살다 보면 모두 마음이 좁아지고 쩨쩨해질 수 있다는 거죠."

샤프 경감의 메모 수첩 다음 줄에 쓰인 이름은 레너드 베이트선이었다.

렌 베이트선은 나이젤보다도 더 다루기가 까다로웠다. 좀 특이한 태도를 보이긴 했지만, 한마디로 그는 의심이 많은데다가 거친 태도로 곤혹스럽게 했다.

"좋아요!"

그는 의례적인 심문이 몇 마디 오고가자 갑자기 성질을 폭발시켰다.

"그래, 바로 제가 커피를 따라서 실리아에게 주었습니다. 그게 어떻단 말입니까?"

"당신이 그녀에게 식후 커피를 따라주었단 말이군요. 지금 당신 말이 바로 그 뜻이죠, 베이트선 씨?"

"그래요, 적어도 제가 찻주전자에서 커피를 따라 그녀 옆에 놓은 건 맞습니다. 그리고 믿고 안 믿고는 경감님 마음이시겠지만 그 안에는 절대로 모르핀이 없었습니다."

"그녀가 그 커피를 마시는 것을 보았나요?"

"아뇨, 그녀가 실제로 마시는 것은 보지 못했습니다. 모두들 이리저리 왔다 갔다 했고, 전 커피를 따라준 뒤에 누군가하고 논쟁을 하느라 그녀가 그것을 마시는 건 보지도 못했습니다. 또 그녀 주위에 다른 사람들도 있었으니까요."

"알겠습니다. 그러니까 사실상 누구든지 맘만 먹으면 그녀의 커피잔에 모르핀을 넣을 수 있었다는 말이지요?"

"커피잔에 뭘 넣는다고요! 그런 짓 했다간 모두의 눈에 쉽게 띄었을 텐데!"

"꼭 그렇지는 않지." 샤프 경감이 얼버무렸다.

그러자 렌은 갑자기 공격적인 태도로 변했다.

"대체 제가 무슨 이유로 그 아가씨를 독살했을지도 모른다고 생각하시는 겁니까? 전 그 아가씨한테 아무 감정도 없었는데."

"난 당신이 그 아가씨를 독살했다고는 말하지 않았습니다."

"실리아는 자기가 직접 그 약을 먹은 게 분명해요. 자기 손으로 먹었을 거란 말입니다. 다른 설명은 있을 수가 없어요."

"그 위조한 유서 쪽지만 없었던들 우리도 그렇게 생각했을 겁니다."

"위조했다고! 그건 그녀가 직접 쓰지 않았습니까?"

"그 쪽지는 그녀가 그날 아침에 쓴 편지 한 부분에 불과합니다."

"하지만, 그녀가 그중 한 부분을 찢어 유서로 사용했을 수도 있지 않습니까?"

"아니, 이봐요, 베이트선 씨. 자살하려는 사람이라면 꼭 유서를 따로 썼을 겁니다. 누군가한테 보낸 편지에서 어떤 특정한 글귀가 적힌 곳을 조심스럽게 찢어내는 일 같은 건 하지 않죠."

"하지만 저라면 그럴 수도 있을 것 같은데요? 사람들은 그런 엉뚱한 일도 할 수 있죠."

"그렇다면 그 나머지 편지는 어디 있는 겁니까?"

"그걸 제가 어떻게 알겠습니까? 그거야 경감님 소관이지, 제 일은 아니잖습니까?"

"그래서 지금 내 임무를 다하고 있지 않소. 베이트선 씨, 내 질문에 성의껏 예의바르게 대답해 주시는 게 좋을 거요."

"글쎄요, 대체 저한테서 뭘 알고 싶으신 겁니까? 제게 그 아가씨를 살해할 만한 동기가 어디 있습니까?"

"당신은 그 아가씨를 좋아했나요?"

그 질문에 렌의 말투가 조금은 누그러졌다.

"예, 사실 좋아했죠. 훌륭한 여자였으니까. 좀 따분하긴 했지만 사람은 참 좋았어요."

"그렇다면 그녀가 고백했을 때, 그동안 사람들을 불안하게 하던 절도의 범인이 자기라고 고백했을 때 그 말이 믿겨지던가요?"

"아, 예, 물론 믿었지요. 그녀가 그렇게 고백했으니까요. 하지만 솔직히 말하자면 좀 이상하다고 여기긴 했습니다."

"그러니까 그녀가 그런 짓을 할 만한 사람이 아니라고 생각했단 말이지요?"

"아, 예, 그런 셈이죠. 믿지 않았습니다."

레너드는 지금까지의 거칠고 변명하는 듯한 말투도 사용하지 않았으며, 그의 흥미를 자아내는 것이 분명한 그 문제에 온통 정신을 빼앗기고 있었다.

"사실 그 아가씨는 절대 도벽광이 될 만한 타입이 아니었거든요. 제 말뜻을 아실지 모르겠습니다만. 그리고 도둑 같은 것하고는 더더구나 거리가 멀고요."

"그러니까 당신은 그녀가 그런 일을 저지를 만한 어떤 다른 이유가 전혀 없다고 생각하는군요?"

"다른 이유라뇨? 다른 이유가 뭐 있겠습니까?"

"글쎄, 예를 들어 콜린 맥내브의 관심을 끌어보려고 했다든지……."

"그건 너무 억지춘향식의 생각이 아닐까요?"

"하지만 어쨌든 그 덕분에 그의 관심을 끌긴 했잖소."

"예, 물론 그렇긴 하죠. 콜린이라는 친구는 심리학적 이상자라면 넋이 빠질 만큼 열렬하게 관심을 보였으니까."

"바로 그겁니다. 만일 실리아 오스틴이 그 사실을 알고 있었다면……."

하지만 렌은 경감의 말에 고개를 내저었다.

"그 생각은 틀리신 겁니다. 그 아가씨는 그런 일을 생각할 만한 아가씨가 절대 아니거든요. 그러니까 제 말은 그런 교묘한 일을 계획할 만한 아가씨가 아니라는 겁니다. 우선 그녀는 그만한 심리학적 지식이 없거든요."

"당신은 그만한 심리학적 지식이 있겠죠?"

"그 말씀은 무슨 뜻입니까?"

"내 말은 혹시 당신이 순전히 친절한 의도에서 그런 착상을 그녀에게 암시해준 게 아닌가 해서 말입니다."

그러자 렌은 짧게 웃음을 터뜨렸다.

"아니, 내가 그런 얼빠진 짓을 할 사람처럼 보이십니까? 정신이 나가셨군요."

경감은 재빨리 화제를 바꾸었다.

"당신은 실리아 오스틴이 엘리자베스 존스턴의 노트에 잉크를 엎질렀다고 봅니까? 아니면 누구 딴 사람이 그랬다고 생각합니까?"

"딴 사람 짓입니다. 실리아가 그건 자기 짓이 아니라고 했습니다. 그리고 전 그녀 말을 믿어요. 실리아는 베스한테 전혀 유감 같은 게 없었으니까요. 다른 사람한테도 마찬가지고요."

"그럼 엘리자베스라는 아가씨하고 감정이 좋지 않은 사람은 누굽니까, 또 그 이유는?"

"그녀는 사람들에게 면박을 잘 주었죠."

렌이 이렇게 말하고는 잠시 생각을 더듬어보고 다시 입을 열었다.

"확실하지도 않은 경솔한 말을 하는 사람한텐 특히 그랬죠. 식사할 때 누가 그런 소리를 하면 그녀는 테이블 건너로 똑바로 바라보면서 특유의 찬찬한 어조로 말했답니다. '그건 사실무근한 소리예요. 그보다 통계에 의하면…….' 뭐, 이러기 일쑤였습니다. 그러니 사람들이 짜증을 낸 것도 무리가 아니죠. 특히 나이젤 채프먼처럼 근거 없는 경솔한 이야기를 잘하는 사람은 특히 그랬어요."

"아, 그래요, 나이젤 채프먼 말이군."

"게다가 그건 녹색 잉크였잖습니까."

"그럼 당신은 그 짓을 저지른 사람이 나이젤이라고 생각합니까?"

"글쎄요, 어쨌든 그럴 가능성은 있는 셈입니다. 그 친구는 앙심을 잘 품는 성격이거든요. 게다가 인종차별 감정도 조금은 갖고 있죠. 우리 학생들 중에 그런 감정을 갖고 있는 사람은 그 친구뿐입니다."

"존스턴 양이 고지식하게 남의 말에 면박 주는 버릇 때문에 누구 딴 사람에게 원한 산 일은 없습니까?"

"글쎄요, 콜린 맥내브가 가끔 불쾌해하곤 했고, 진 톰린슨도 한두 번 기분이 상한 일이 있었죠."

그 뒤로도 샤프 경감은 이것저것 두서없는 질문을 해댔지만 렌 베이트선에게는 더 이상 수사에 도움이 될 만한 것을 알아내지 못했다. 렌 베이트선이 나가자 이번에는 발레리 호브하우스가 호출되어 왔다.

발레리 양의 태도는 냉정하고 우아했지만 어딘가 모르게 피곤해 보였다. 그래도 그녀는 다른 남자들과는 달리 신경질적인 기색은 보이지 않았다. 그녀의 말은, 자신은 실리아를 좋아했으며 실리아는 별로 똑똑한 여자는 아니었다는 것, 그리고 콜린 맥내브에 대해 감상적인 사랑을 품고 있었다는 것이다.

"호브하우스 양, 그녀가 도벽광이었다고 생각합니까?"

"예, 그렇다고 생각해요. 하지만 그 방면에 관해서는 별로 아는 게 없어서……."

"혹시 누군가가 그녀를 부추겨서 물건을 훔치게 한 거라고는 생각지 않습니까?"

발레리는 어깨를 으쓱했다.

"그러니까 그 일이 건방지고 고집쟁이인 콜린의 마음을 끌기 위해 일부러 한 짓이 아니냐는 건가요?"

"요점을 아주 빨리 알아채시는군요, 호브하우스 양. 예, 바로 그런 뜻입니다. 혹시 호브하우스 양이 그런 착상을 그녀에게 제공한 건 아니겠죠?"

발레리의 얼굴은 즐기고 있는 듯이 보였다.

"글쎄, 그럴 리가 없지요. 제가 제일 좋아하는 스카프가 그렇게 갈기갈기 찢어진 일이 일어났는데 어떻게…, 전 그렇게 이타주의적인 성격이 아니에요."

"그럼 누구 다른 사람이 부추겼을 거라고 생각합니까?"

"전 별로 그렇게 생각하지 않아요. 그녀의 처지로 봐선 그건 자연스러운 결과라고 생각하거든요."

"자연스러운 결과라니 무슨 뜻입니까?"

"어떻게 말하면 좋을까, 처음에 샐리의 구두 소동이 났을 땐 전 범인이 실리아가 아닐까 하고 의심했었어요. 실리아는 샐리를 질투했었거든요. 샐리 핀치 말이에요. 샐리는 이곳 호스텔에 있는 여자 중에서 제일 예쁘고 매력적인 여자이고, 콜린도 그녀한테 퍽 관심을 가지고 있었으니까요. 그런데 그 파티가 있던 날 밤에 샐리의 구두가 없어지는 바람에 그녀는 낡고 검은 드레스에 검은 구두를 신고 나가야 했지요. 실리아는 그런 그녀의 모습을 맛있는 아이스크림이라도 빨고 난 고양이처럼 흡족한 얼굴로 지켜보는 거예요. 하지만 오해는 하지 마세요. 그녀가 팔찌나 콤팩트까지 훔쳐갔다고 생각하는 건 아니니까요."

"그럼 그 물건들을 훔쳐간 건 누구라고 생각합니까?"

발레리는 어깨를 으쓱 올렸다.

"아, 그건 저도 모르죠. 청소부 중 한 명이 아닐까 하고 생각하긴 했지만……."

"그 찢어진 배낭은……?"

"아, 참, 찢어진 배낭도 있었나요? 깜빡 잊었어요. 그건 별 뜻 없이 저질러진 일 같아요."

"호브하우스 양, 당신은 이곳에 오래 있었지요?"

"예, 그래요. 아마 제일 오래 살았을 거예요. 가만있자, 거의 2년 반이 될걸요."

"그렇다면 누구보다도 이 호스텔에 대해서 많이 알고 있겠군요?"

"그렇다고 말할 수 있지요."

"혹시 실리아 오스틴 양의 죽음에 대해 나름대로 생각한 거라도 있는지요? 그 뒤에 숨겨진 동기라도?"

발레리는 한층 진지해진 얼굴로 고개를 내저었다.

"아뇨, 없어요. 그저 그런 일이 일어났다는 사실이 끔찍하다는 생각밖에는. 누군가가 실리아를 죽이려고 마음먹었다니, 저로선 도저히 상상이 되질 않아요. 그녀는 착하고 남에게 해도 끼칠 줄 모르는 아가씨였거든요. 게다가 바로 전에 약혼을 했었던 처지고, 그리고……."

"예, 그리고?" 샤프 경감이 재촉했다.

"사실 그 때문에 그녀가 죽은 게 아닌가 싶기도 해요."

발레리는 느린 어조로 말했다.

"약혼했기 때문에. 이제 행복해지려는 순간이었던 거죠. 하지만 그것을 누군가가 지켜보면서, 뭐라고 할까, 질투의 광기를 일으켜서……."

그녀는 그 말을 하면서 몸을 조금 흠칫 떨었고, 샤프 경감은 그러한 그녀를 신중한 눈길로 바라보았다.

"예, 그렇습니다. 광기의 가능성도 배제할 수는 없지요. 그럼 혹시 엘리자베스 존스턴 양의 노트와 논문에 잉크를 쏟은 일에 대해서는 뭐 특별히 추론하신 것이 없습니까?"

"없어요. 그것 역시 누가 단순히 악의에 차서 저지른 짓일 거예요. 전 실리아가 그런 짓을 하리라고는 꿈에도 생각지 않으니까요."

"그럼, 의심 가는 사람은 없습니까?"

"글쎄요, 이론적으로 딱 들어맞는 추측은 못해 보았지만……."

"이론에 딱 들어맞지 않는 거라도 무슨 생각이 나는 게 있다면 말씀해주시지요."

"육감이라든지 하는 그런 이야기는 귀에 못이 박혀서 별로 달갑지 않으시겠지요, 경감님?"

"아니, 그런 이야기라도 꼭 듣고 싶습니다. 그런 이야기는 또 그것대로 받아들이면 되니까. 그리고 절대 비밀은 보장합니다."

"글쎄요, 물론 제 생각이 전적으로 틀린 것일 수도 있긴 하지만, 어쨌든 제 육감으로는 그게 꼭 패트리셔 레인의 짓인 것만 같아요."

"아, 저런! 호브하우스 양, 정말 내 귀를 번쩍 뜨이게 하시는군요! 난 패트리셔 레인 양에 대해선 전혀 생각해보지도 않았습니다. 그 아가씨, 겉으로 보기에는 균형 있고 호감이 갈만한 사람 같던데?"

"아, 물론 그녀가 진짜 했다는 것은 아니에요. 그저 그녀가 했을 수도 있다는 생각을 해본 거죠."

"그렇게 생각할 만한 특별한 이유라도 있습니까?"

"예, 사실 패트리셔는 블랙 베스를 싫어했거든요. 패트리셔는 나이젤을 좋아하고 있는데, 블랙 베스는 언제나 나이젤에게 핀잔만 주고 나이젤이 늘 그런 식으로 어이없는 소리를 하면 정색을 하고 고쳐주곤 했으니까요."

"그러니까 당신 생각은 나이젤 자신이 한 짓이라기보다는 패트리셔 레인에게 더 혐의가 간다는 말이군요?"

"예, 그래요. 나이젤이라면 블랙 베스의 그런 말에 신경 쓰지도 않았을 테니까요. 게다가 그 사람이라면 자기가 좋아하는 색의 잉크를 보란 듯이 사용하지도 않았을 거예요. 머리가 꽤 좋은 사람이니까요. 하지만 패트리셔 레인이라면 생각 없이 할만한 바보 같은 짓이에요. 그녀가 대단하게 여기는 나이젤이 그 일에 연관되어 의심을 받게 될 줄도 모르고 말이에요."

"그렇다면 다른 누가 나이젤 채프먼을 싫어해서 그가 한 짓이라고 여기게 하려고 저지른 일일 수도 있을까요?"

"예, 그럴 가능성도 있지요."

"나이젤 채프먼을 싫어하는 사람은 누가 있습니까?"

"글쎄요. 예, 우선 진 톰린슨이 있어요. 그리고 렌 베이트선하고도 언제나 티격태격 싸우곤 하지요."

"호브하우스 양, 모르핀을 실리아 오스틴에게 어떤 방법으로 복용케 했는지에 대해서는 짐작 가는 것이 없습니까?"

"저도 그 점에 대해서 생각에 생각을 거듭해 보았었어요. 물론 제 생각에도 커피는 너무 눈에 뜨이는 방법이라고 생각돼요. 그때 우리는 모두 공동 휴게실에서 떠들썩하게 모여 앉아 있었거든요. 실리아의 커피잔은 그녀 옆에 있는 작은 테이블 위에 놓여 있었는데, 그녀는 언제나 커피가 다 식어서 차가워질 때까지를 기다렸다가 마시곤 했지요. 사실 남의 눈에 안 뜨이고 그녀의 잔에 알약이나 뭔가를 넣으려면 어지간한 강심장이 아니면 안 되었을 거예요. 위험한 일이었으니까요. 다른 사람의 주의를 끌기가 쉬웠거든요."

"모르핀은 알약 모양으로는 만들어지지 않습니다."

"그럼 어떤 모양이에요? 가루인가요."

"예, 그렇습니다."

발레리는 얼굴을 찌푸렸다.

"그럼 더 일이 어렵겠네요, 그렇지 않은가요?"

"커피 말고 또 생각나는 것은 없나요?"

"예, 그녀는 자러 가기 전에 가끔 뜨거운 우유를 한 잔씩 마시곤 했어요. 하지만 그날 밤에는 마시질 않았어요."

"그날 밤 공동 휴게실에서 있었던 일을 상세히 얘기해줄 수 있습니까?"

"아까 말씀드렸듯이 여기저기 모여앉아 이야기도 하고, 어떤 사람은 라디오를 듣기도 했어요. 제 기억으로는 남자들 대부분은 외출했던 것 같아요. 실리아는 아주 일찍 잠자리에 들었어요. 진 톰린슨도 역시 그랬고요. 샐리하고 저는 아주 늦게까지 앉아 있었죠. 저는 편지를 쓰고 있었고, 샐리는 뭔가를 끼적거리고 있었어요. 아마 제가 가장 늦게 잠자러 간 듯싶어요."

"평소와 별로 다를 게 없는 저녁이었군요?"

"예, 맞아요."

"감사합니다, 호브하우스 양. 이제 레인 양을 좀 보내주시겠습니까?"

패트리셔 레인은 불안한 얼굴이었지만 아주 불안한 얼굴은 아니었다. 경감과 그녀 사이에 몇 가지 질문과 대답이 오갔지만 별로 신통한 것은 나오지 않았다.

엘리자베스 존스턴의 노트에 누가 잉크를 쏟았느냐고 묻자 그녀는 그것이 실리아의 짓이라는 점에 대해 별로 의심을 갖고 있지 않다고 대답했다.

"하지만, 레인 양, 그 아가씨는 그게 자신이 한 짓이 아니라고 아주 강력하게 부인을 했는데요."

"아, 물론 부인을 했겠지요. 그런 일을 한 것이 부끄러워졌을 테니까요. 하지만 그 일도 그녀가 했다고 해야 다른 사건하고도 앞뒤가 맞지 않겠어요?"

"내가 이 사건에 대해 알아낸 게 뭔지 압니까, 레인 양? 아무것도 제대로 들어맞는 게 없다는 사실입니다."

패트리셔는 문득 얼굴을 붉히며 말했다.

"아마 경감님은 베스의 논문을 망쳐놓은 게 나이젤이라고 생각하실 테죠. 그 잉크의 색깔 때문에. 하지만 그건 터무니없는 생각이에요. 제 말뜻은 만일 나이젤이 그런 짓을 하려고 들었다면 자기 잉크를 쓰는, 그런 어리석은 짓은 저지르지 않았을 것이라는 거예요. 나이젤은 결코 그런 바보가 아니니까요. 아니, 그런 건 둘째치고라도 나이젤은 그런 짓을 할 사람이 아니에요."

"그 사람은 존스턴 양하고는 별로 사이가 좋지 않았죠, 안 그런가요?"

"아, 예, 그래요, 사실 그녀는 가끔 사람을 화나게 하는 구석이 있으니까요. 하지만 나이젤은 전혀 개의치 않았어요."

패트리셔 레인은 몸을 앞으로 내밀고서 열심히 말했다.

"경감님께 꼭 한두 가지 깨우쳐 드릴 게 있어요. 나이젤 채프먼에 대해서 말이에요. 사실 나이젤에게 있어서 최대의 적은 다름 아니라 그 자신이랍니다. 그 사람이 남들이 대하기 어려운 구석이 있다는 것은 저도 인정해요. 그리고 그런 편견 때문에 사람들은 그를 삐딱하게 보기가 쉽지요. 사실 그 사람은 다소 거칠고 냉소적인데다가 사람들을 조롱하기 좋아해요. 그래서 사람들은 그에게 등을 돌리고 나쁜 사람이라고 생각하죠. 하지만 알고 보면 겉보기하고는 아주 다른 사람이에요. 그 역시 내성적이고, 다른 사람들한테서 애정을 받고 싶어 하는 불행한 사람들 중 한 사람일 뿐이에요. 하지만 결국 마음속의 모순되는 감정으로 자기 뜻과는 반대의 말과 행동을 하는 거랍니다."

"아, 예, 참 안된 일이군요."

샤프 경감이 대답했다.

"예, 정말 그래요. 하지만 그건 그 사람도 어쩔 수가 없어요. 그 배경에는 불행한 어린 시절을 보낸 경험이 있거든요. 나이젤은 어렸을 적에 가정생활이 무척 불행했어요. 아버지는 매우 엄하고 완고한데다가 나이젤을 이해해준 적이 없었죠. 게다가 그의 아버지는 나이젤의 어머니까지 몹시 학대했다고 해요. 어머니가 돌아가신 뒤에 나이젤은 아버지와 크게 싸우고 집을 뛰쳐나왔어요. 아버지는 그런 그에게 앞으로는 일체 돈을 대주지 않겠다고 하면서 절대 자기한테는 도움을 바라지 말고 혼자 살 테면 살아보라고 했답니다. 그러자 나이젤은 자기 역시 아버지한테서 아무런 도움도 원치 않는다고 하면서 도와주어도 받지 않겠다고 대들었죠.

그 뒤에 그의 앞으로 어머니의 유언에 따라 약간의 돈이 남겨졌고, 나이젤은 아버지에게 편지 한 통 쓰지 않았고 근처에도 간 적이 없답니다. 물론 저도 어떤 면에서는 불쌍하게 생각되긴 하지만, 그의 아버지가 아주 불쾌한 사람이라는 점은 분명한 듯싶어요. 그러고 보면 나이젤이 그처럼 신랄하고 상대하기 어려운 사람이 된 것도 이해할 수 있게 되지요. 어머니가 돌아가신 뒤로 그 사람은 자기를 돌보아주거나 걱정해줄 사람이 아무도 없었던 거예요. 그래서 그런지 그는 머리는 명석해도 몸이 튼튼치가 못해요. 결국 그는 인생에 있어 커다란 결함을 지니고 있고, 그로 인한 열등감 때문에 자신의 모습을 있는 그대로 보이질 못하게 된 거죠."

마침내 패트리셔 레인이 말을 멈추었다. 오랫동안 말을 한 때문인지 그녀의 얼굴은 홍조를 띠고 있었고, 숨도 약간 가쁜 듯했다.

샤프 경감은 생각에 잠긴 눈길로 그녀를 찬찬히 훑어보았다. 그는 패트리셔 레인에 대한 말을 벌써 수없이 들은 터였다.

그는 속으로 중얼거렸다.

'그 채프먼이라는 사나이를 사랑하고 있어. 채프먼이라는 사나이는 이 아가씨에게 조금도 관심을 갖고 있지 않겠지. 하지만 이 아가씨가 자신에게 어머니처럼 마음을 써주는 것은 받아들이고 있을 거야. 채프먼의 아버지라는 사람은 늙고 심술궂은 작자가 틀림없어. 하지만 그 어머니라는 사람도 어리석은 여자지. 아들 응석만 들어주어서 아들하고 아버지의 사이만 멀어지게 했으니. 그런 일이야 신물 나게 많이 봤지.'

그는 나이젤 채프먼이 실리아 오스틴에게 마음이 이끌린 것이 아닌가 하고도 생각해보았다. 별로 그럴 법하지는 않지만 그래도 혹시 모른다.

'만일 그렇다면 패트리셔 레인으로서는 그 사실이 썩 달갑지 않았을 것이다. 그래서 분개한 나머지 살인을 저지른다? 아니, 그건 분명히 아닐 것이다. 또 아무리 그렇다 해도 실리아 오스틴이 콜린 맥내브하고 약혼했으니 나이젤과의 일 때문에 살인을 저지를 동기가 없어지지 않았는가!'

이윽고 그는 패트리셔 레인을 내보내고 진 톰린슨을 보내 달라고 부탁했다.

제10장

톰린슨 양은 27세의 엄격한 인상을 한 여자로 금발머리에 평범한 생김새,
그리고 조금 새침하게 오므라진 입술을 하고 있었다.

그녀는 경감 앞에 앉더니 딱딱한 어조로 입을 열었다.

"무슨 일이시죠, 경감님? 저한테 무슨 용건이라도 있으신가요?"

"아, 예, 톰린슨 양, 매우 비극적인 이번 사건에 대해서 당신의 도움을 좀
받을까 해서 말입니다."

"정말 충격적인 일이에요. 너무너무 충격적이에요. 실리아가 자살을 했다고
생각하는 것도 기가 막힌데, 이제는 그게 타살일지도 모른다는……."

그녀는 문득 말을 멈추고 슬픈 얼굴로 머리를 내저었다.

"우리는 그녀가 독약을 먹고 자살한 게 아니라고 굳게 확신하고 있습니다.
그런데 혹시 그 독약이 어디서 왔는지 알고 있습니까?"

진은 고개를 끄덕였다.

"예, 제가 알기로는 실리아가 일하던 세인트 캐서린 병원에서 가져온 것 같
아요. 만일 그렇다면 자살이 확실해 보이지 않나요?"

"틀림없이 그렇게 보이려고 의도된 일입니다."

경감이 단호하게 대답했다.

"하지만 실리아 말고 누가 그 독약을 얻을 수 있었겠어요?"

"아주 많죠. 그럴 마음만 있다면 그 독약을 얻을 수 있는 사람은 아주 많습
니다. 톰린슨 양, 심지어 당신까지도. 당신이라도 맘만 먹으면 문제없이 손에
넣을 수 있습니다."

"어머나, 이것 보세요, 샤프 경감님!"

진의 음성은 화가 나서 날카로워졌다.

"하지만 당신도 그 병원 약국에 자주 들르지 않았습니까, 안 그래요, 톰린슨 양?"

"예, 그래요, 밀드레드 캐리를 만나러 갔었죠. 하지만 극약 진열장에서 얼씬 거리는 일 같은 건 꿈에도 생각지 못했어요."

"하지만 그러려면 그럴 수도 있었겠죠?"

"그런 일을 하다니, 생각도 못할 일이에요!"

"아, 이런, 톰린슨 양. 내 말을 들어보세요. 톰린슨 양의 친구가 약 봉투를 싸느라 바쁘고 다른 쪽 아가씨가 외래환자 창구에 매달려 있었다고 쳐봅시다. 사실 약국 앞쪽 방에는 약제사가 두 명밖에 없는 때가 빈번하지요. 그러는 동 안 톰린슨 양은 약국 중앙에 죽 진열되어 있는 약병 진열대 뒤를 아무렇지 않 게 왔다 갔다 할 수 있습니다. 그러면서 진열대에서 약병 하나쯤 슬쩍해 주머 니에 넣을 수도 있죠. 그래도 약제사 두 사람은 톰린슨 양이 그런 짓 한 것을 전혀 눈치 채지 못합니다."

"샤프 경감님, 그런 말씀 하시다니 정말 어처구니가 없군요. 이건, 이건 정 말 수치스러운 누명이에요!"

"누명이라니, 당치 않습니다. 절대 그런 것이 아니에요. 내 말을 오해하면 안 됩니다. 톰린슨 양은 그게 불가능한 일이라고 했습니다. 그래서 내가 그런 일이 가능하다는 것을 입증하려 했을 뿐이지요. 절대 당신이 한 짓이라고 말 하려는 건 아닙니다. 더구나 당신이 그런 짓을 할 이유가 없지 않습니까?"

"그 말씀이 맞아요. 샤프 경감님, 경감님은 제가 실리아의 친구였다는 사실 을 잊고 계시는 모양이군요."

"사실 자기 친구에게 독살당하는 사람들도 무척 많답니다. 그래서 우리 경 찰 사이에서는 종종 우리들끼리 묻는 말이 있지요. '어떤 경우에 친구가 변하 여 적이 되는가?' 하고 말이오."

"저하고 실리아 사이에는 말다툼 한 번 없었어요. 전 그 애를 무척 좋아했 었고요."

"혹시 이 집에서 없어진 물건들에 대해 그녀에게 책임이 있다는 것에 의심 할 만한 점은 없습니까?"

"아뇨, 없어요. 사실 지금까지 살면서 그렇게 놀라긴 처음이에요. 전 평소에 실리아가 아주 절제 있는 여자라고 생각했었거든요. 그녀가 그런 일을 하리라고는 꿈에도 생각하지 못했어요."

샤프 경감은 그녀를 주의 깊게 살펴보며 말했다.

"물론 그랬을 테지요. 도벽광은 정말 자신도 모르게 그런 짓을 저지른다니까, 안 그래요?"

진 톰린슨의 입이 한일자로 더욱 굳게 다물어졌다. 이윽고 그녀가 다시 입을 열었다.

"샤프 경감님, 전 경감님의 그런 생각에 동의할 수 없어요. 전 좀 사고방식이 구식이라 도둑질은 역시 도둑질이라고 생각하니까요."

"당신은 실리아가 그 물건들을, 뭐랄까, 솔직히 말해서 그 물건들을 정말 갖고 싶어서 훔친 거라고 생각합니까?"

"물론 그렇죠."

"그저 단순한 절도란 말이지요?"

"예, 그런 것 같아요."

"아, 그렇습니까! 그거 유감이군요."

"예, 그래요. 누군가에게 실망한다는 건 정말 괴로운 일이랍니다."

"듣기로는 우리를(경찰 말입니다) 부르느냐 마느냐에 대해 논란이 있었다고요?"

"예, 그랬어요. 하지만 제가 보기엔 당연히 경찰을 불렀어야 하는 일이었어요."

"아마 그래야 마땅하다고 생각한 모양이죠?"

"예, 그게 마땅하다고 생각했어요. 이런 일을 눈감아 주어서는 안 된다고 생각했거든요."

"사실은 도둑인데, 도벽광이라고 해서 얼버무리면 안 된다는 말이죠?"

"예, 대강 그래요. 그런 뜻인 셈이죠."

"그런데 그 대신 모든 일이 순조롭게 끝나가고 있었고, 오스틴 양은 결혼식을 눈앞에 두고 있었죠"

"물론 콜린 맥내브가 어떤 엉뚱한 일을 벌여도 놀라는 사람은 없어요."

짐 톰린슨은 심술궂은 어조로 말했다.

"그 사람은 분명히 무신론자(無神論者)일 거예요. 그리고 아주 의심 많고 냉소적이고 불쾌하기 짝이 없는 사람이고요. 게다가 누구한테나 무뚝뚝하고, 제가 보기엔 분명히 공산주의자 같아요."

"아이고, 저런!"

샤프 경감은 신음을 토하면서 고개를 내저었다.

"그 사람이 실리아를 변호한 건 재산 소유라는 것에 대해 제대로 관념이 박혀 있지 않기 때문이에요. 그 사람은 아마 모든 사람이 다 자기가 원하는 것을 마음대로 가질 수 있어야 한다고 생각할 거예요."

"하지만 어쨌든 오스틴 양은 자기가 한 일을 고백하지 않았습니까."

"자기가 한 일이 발각되고 나서였죠."

진이 날카롭게 내쏘았다.

"그런데 누가 그 아가씨 짓이라는 것을 알아냈습니까?"

"미스터, 이름이 뭐더라······. 그래요, 포와로라는 사람이 와서 알아냈어요."

"그런데 왜 그 사람이 그녀의 짓인 걸 알아냈다고 생각합니까, 톰린슨 양? 그 사람은 그런 말 하지 않았는데. 그는 그저 경찰을 부르는 게 어떠냐고 충고만 했을 뿐이지요."

"아마 실리아에게 자신이 알고 있다는 것을 넌지시 귀띔했을 거예요. 그래서 그녀는 모든 것이 끝난 줄로 눈치 채고 서둘러 고백했던 거지요."

"그럼 엘리자베스 존스턴 양의 논문에 엎지른 잉크 사건은 어떻습니까? 실리아 양은 그것도 고백했나요?"

"그건 잘 모르겠어요. 고백했을 거라고 생각해요."

"아니, 그렇지 않습니다. 그녀는 그 일에 대해선 전혀 관계가 없다고 완강히 부인했거든요."

"그래요? 예, 그럴지도 모르지요. 제 생각에도 그녀가 그런 짓까지 했을 것 같진 않지만······."

"그럼 당신은 그게 나이젤 채프먼의 짓일 거라고 봅니까?"

"아뇨, 나이젤 짓이라고도 생각하지 않아요. 그보다는 아키봄보가 한 짓 같아요."

"그래요? 아니, 왜 그 사람이 그런 짓을 합니까?"

"질투 때문이죠. 유색인들이란 서로에 대해 아주 질투심이 강하고 신경질적이니까요."

"그것참 흥미 있는 말이로군. 당신이 실리아 오스틴 양을 마지막으로 본 게 언제였나요?"

"금요일 밤에 저녁식사를 끝내고 나서였죠."

"먼저 잠자리에 든 건 누굽니까? 실리아 양이었나요, 아니면 당신이었나요?"

"저였어요."

"혹시 그녀가 자는 방에 가보거나 공동 휴게실을 나선 뒤에 그녀를 본 적은 없었나요?"

"아뇨, 없었어요."

"또 말씀인데, 누가 그녀의 커피잔에 모르핀을 넣었는지 짐작 가는 것이 없습니까? 누군가가 그것을 커피잔에 넣었으리란 것을 전제로 하고 말입니다."

"글쎄요, 전혀 없어요."

"당신은 그 모르핀이 집 안 어디에 놓인 것을 보았다거나 다른 사람의 방에 있는 걸 본 적이 없나요?"

"아뇨, 아뇨, 절대 그렇게 생각지 않아요."

"그렇게 생각지 않다니? 그게 무슨 뜻입니까?"

"글쎄요, 좀 의문이 났을 뿐이에요. 바보 같은 내기가 있었거든요."

"어떤 내기인데?"

"어떤 남학생, 아니죠, 두세 남학생이 서로 입씨름을 벌였었는데……."

"입씨름이라, 무엇에 대한 것이었습니까?"

"살인에 대해서였어요. 그리고 그 방법에 대해서였는데, 특히 독살에 대한 이야기가 나왔었죠."

"언쟁을 벌인 게 누구누구였습니까?"

"글쎄요, 아마 콜린하고 나이젤이 제일 먼저 시작했을 거예요. 그러다가 렌 베이트선이 끼어들더니 패트리셔까지 합세해서⋯⋯."

"그때 나눈 이야기들이 무엇이었는지 가능한 한 상세하게 기억하실 수 있습니까? 말다툼이 어떻게 진전되었지요?"

진 톰린슨은 잠시 생각을 더듬어 보았다. 그러고는 이윽고 입을 열었다.

"그게, 처음에는 독살에 대한 토론으로 시작되었었어요. 독살의 어려움은 우선 그 독약을 얻는 일에 있으며, 독살을 해도 거의 모두가 독약을 산 일이 발각되거나 독약을 손에 얻을 기회가 있는 사람이기 때문에 들통난다는 거였죠. 그러니까 나이젤이 꼭 그렇지는 않다고 반대하고 나섰어요. 그 사람 말이 아무도 모르게 누구나 손쉽게 독약을 얻을 확실한 방법이 셋 있다는 거예요. 그 말을 듣고 렌 베이트선이 터무니없는 소리하지 말라고 면박을 주니까 나이젤이 절대 그렇지 않다고 하면서 증명해 보이라면 증명해 보이겠다고 하는 거였어요. 패트리셔는 물론 나이젤 말이 옳다고 거들고 나섰죠. 그녀의 말은 렌이나 콜린은 병원에서 일하니까 어느 때고 마음만 먹으면 쉽게 독을 구할 수 있지 않느냐는 거였어요. 그러자 나이젤은 실리아도 마찬가지 아니냐고 말했죠.

그리고 나서 나이젤이 자기 말은 그런 뜻이 아니라는 거였어요. 그 사람 말은 만일 실리아가 약국에서 뭔가를 가져온다면 사람들이 결국 눈치 채지 않겠느냐는 거였어요. 언젠가는 그것을 찾다가 없어진 것을 알게 된다는 거죠. 그랬더니 패트가 그렇지 않다, 그 병을 가지고 가서 내용물을 비운 다음에 그 안에 뭔가 다른 것을 채우면 전혀 눈치 채지 못한다고 하더군요.

그러자 콜린이 웃으면서 그럴 경우 약을 잘못 쓰게 되면 환자한테 심각한 이상이 생길 수도 있다는 것이었어요. 하지만 나이젤은 자기가 말하는 건 그런 특별한 기회를 가진 사람을 뜻하는 것이 아니라고 했죠. 그러면서 자신은 의사도 아니고 약제사도 아니기 때문에 독약에 특별히 접근할 기회를 갖고 있지 않지만, 세 가지 다른 방법으로 세 가지 다른 종류의 독약을 쉽게 손에 넣을 수 있다고 하는 거예요.

그러자 렌 베이트선이, '그래, 그럼 자네가 말하는 방법이란 뭔가?' 하고 추궁해 물었죠. 그랬더니 나이젤은, '지금 이야기하진 않겠어. 하지만 내가 지금으로부터 3주 이내에 치명적인 독약 샘플 세 가지를 여기 갖고 올 수 있는지에 대해 내기를 하는 게 어때?'라고 하는 거예요. 그러자 렌 베이트선이 나이젤에게, '자네가 그럴 수 없다는 쪽에 5파운드 걸지.'라고 했어요."

"그래서요?"

샤프 경감은 진이 잠깐 말을 멈추자 초조한 듯이 재촉했다.

"그 뒤에는 한동안 잠잠했었어요. 그런데 어느 날 저녁, 그날도 공동 휴게실에서였는데 나이젤이, '자, 여길 봐, 약속을 지켰지!'라고 말하면서 세 가지 물건을 탁자 위에 끄집어 내놓은 거예요. 히오신(동공확산제) 알약이 든 유리통하고 정기제(丁幾制) 디기탈리스가 든 병, 그리고 주석산염 모르핀이 든 작은 병 등이었지요."

경감은 긴장하여 날카로운 목소리로 물었다.

"주석산염 모르핀! 그 병 위에 무슨 레테르라도 붙어 있었던가요?"

"예, 그래요, 세인트 캐서린 병원의 레테르가 붙어 있더군요. 그 병원 마크가 눈에 띄었기 때문에 잘 기억하고 있어요."

"그럼 다른 병에는?"

"글쎄, 다른 것은 보지 못했지만, 어쨌든 병원 약국에서 가져온 것은 분명히 아니었어요."

"그래서 그다음엔 어떻게 되었습니까?"

"예, 물론 그다음에는 서로들 묻고 대답하느라 떠들썩했죠. 렌 베이트선은, '이봐, 독약을 구해 오긴 했지만 만일 자네가 살인을 저지르면 이 일로 쉽게 꼬리가 잡힐 것 아닌가.' 하고 말했죠. 그랬더니 나이젤은, '그럴 염려는 전혀 없네. 나는 외부인이고, 또 그 병원이나 약국하고 아무 연관도 없는 사람이기 때문에 아무도 나를 이것들하고 연결 지어 생각할 사람은 없을 거라고. 게다가 난 이걸 계산대에서 돈을 주고 산 게 아니니까 말일세.' 그러자 콜린 맥내브가 파이프를 입에서 떼더니 말문을 열었어요. '그래, 그럴 수는 없었을 테지. 의사의 처방전이 없이는 어떤 약제사도 그 세 가지 물건을 팔 수는 없으니까.'

그러고 나서 그들은 조금 더 입씨름을 벌였지만 마침내 렌이 자기가 졌다며 돈을 내겠다고 했지요. '지금은 다 줄 수가 없네. 현금이 조금 모자라서 말이야. 하지만 어쨌든 이건, 나이젤, 자네가 이긴 거야. 자네 의견을 완벽하게 입증했으니까.' 그리고 나서 그가 다시 덧붙였죠. '그런데 이 꺼림칙한 물건들은 다 어떻게 하지?' 그러자 나이젤이 씩 웃으며 괜히 엉뚱한 사고가 나기 전에 없애버리는 게 좋을 거라고 하더군요. 그래서 모두들 유리병에서 알약을 꺼내 불속에 던져버리고 주석산염 모르핀 가루도 병에서 꺼내 불태웠지요. 그리고 정기제 디기탈리스액을 화장실에 쏟아버리고요."

"그럼 그 나머지 병들은?"

"글쎄, 병들을 어떻게 했는지는 저도 모르겠어요……. 아마 휴지통에 집어넣지 않았을까 해요."

"하지만 독약 그 자체는 모두 처분됐다는 말이죠?"

"예, 그건 분명해요. 제가 두 눈으로 보았으니까요."

"그런데 그게, 언제였습니까?"

"아마 2주일쯤 전이었을 거예요."

"알겠습니다. 어쨌든 정말 감사했습니다, 톰린슨 양."

하지만 진은 분명히 무슨 말을 더 하고 싶어 하는 눈치로 머뭇거리며 방을 나서지 않는 것이었다.

"그 일이 중대한 일이라고 생각하세요?"

"그럴 수도 있죠. 가봐야 알겠지만."

그녀가 나간 뒤 샤프 경감은 잠시 생각에 잠겨 있다가 나이젤 채프먼을 다시 불러들였다.

"난 지금 방금 진 톰린슨 양에게서 아주 흥미 있는 진술을 들었습니다."

경감이 입을 열었다.

"아, 그래요! 그럼 그 친애하는 진 양이 경감님께 의혹을 일으키게끔 한 대상은 누굽니까, 접니까?"

"그녀는 독약에 대해서 이야기했는데 거기에는, 당신, 채프먼 씨도 연관되어 있더군요."

"독약하고 제가 말씀입니까? 연관이라니, 대체 무슨……."

"설마 몇 주 전에 베이트선 씨하고 내기를 한 일을 부인하려는 건 아니겠지요? 사람들한테 추적을 당하지 않고 독약을 손에 넣을 수 있는 방법에 대해서 말입니다."

"아, 그거 말씀입니까?"

나이젤의 표정이 갑자기 환해졌다.

"예, 물론 기억하고말고요! 그 생각을 못했다니 우습군요. 진 양이 거기 있었는지도 기억이 안 납니다. 하지만 그 일이 뭐 특별한 의미를 갖고 있다고 생각하시는 건 아니겠죠?"

"글쎄요, 그야 모르지요. 어쨌든 그런 사실이 있었다는 건 인정하는 거겠죠?"

"아, 예, 그럼요. 그 주제에 대해서 정말 대단한 설전(舌戰)을 벌였는걸요! 콜린과 렌이 너무 거만하게 고자세로 나오는 바람에 제가 그랬죠, 별로 전문 지식 없는 사람이라도 누구나 독약을 손에 넣을 수 있다고 말입니다. 아니, 좀 더 자세히 말씀드리면 독약을 손에 넣을 수 있는 방법이 세 가지 있는데, 제가 꼭 그걸 실제로 해보여서 증명하겠다고 했죠."

"그래서 그 말을 실행에 옮겼습니까?"

"예, 경감님, 실행에 옮겼습니다."

"그 세 가지 방법이란 어떤 거였나요, 채프먼 씨?"

나이젤은 머리 아래에 한쪽 팔을 고였다.

"아니, 그럼 지금 저한테 저 자신에게 죄의 올가미를 씌우라고 말씀하시는 겁니까? 다음엔 경고의 말을 하실 차례겠죠?"

"아직 경고할 단계까지는 오지 않았소, 채프먼 씨. 하지만 당신이 말했듯이 당신 자신에게 죄의 올가미를 씌울 필요는 물론 없습니다. 즉, 내 질문에 대답하고 싶지 않으면 얼마든지 대답을 거부할 권리가 있다는 말이오."

"글쎄, 꼭 거부하고 싶은 건지 아닌지 제 마음을 저도 모르겠습니다."

나이젤은 잠시 생각해보다가 이윽고 입술에 슬쩍 미소를 떠올렸다.

"예, 물론 제가 한 짓은 분명히 법에 위반되는 겁니다. 저를 옭아매고 싶으시다면 마음대로 하십시오. 이번 사건은 살인사건 아닙니까. 그러니 그 가엾은 실리아의 죽음을 밝히는 데에 도움이 될 만한 것이 있으면 마땅히 다 말씀드려야겠죠."

"그렇소. 내가 보기엔 그게 현명한 태도 같습니다."

"예, 좋습니다. 얘기하죠."

"그 세 가지 방법이 어떤 거였죠?"

나이젤은 의자에 깊게 몸을 파묻었다.

"예, 우선 신문에 보면 의사들이 차 속에서 독극물을 분실했다는 기사가 나지 않습니까? 그래서 사람들한테 수상한 약병을 조심하라고 경고도 내보내곤 하잖아요?"

"그래요, 그렇지."

"예, 그래서 문득 생각했습니다. 아주 간단한 방법이죠. 시골에 내려가서 개업의사가 왕진을 할 때 그 뒤를 따라가는 겁니다. 그리고 그가 왕진하러 차에서 내렸을 때 슬쩍 문을 열고 왕진 가방 속을 뒤져서 독극물 성분의 약을 빼내는 거지요. 아시다시피 시골 의사들은 왕진할 집에 꼭 가방을 들고 들어가지는 않거든요. 그러니까 진찰할 환자가 어떤 환자냐에 따라 진료가방이 필요할 수도 있고 안 그럴 수도 있으니까요."

"그래서?"

"예, 그게 전붑니다. 군이 이름을 붙이자면 첫 번째 방법이라고 할까요. 하지만 차 속에 가방을 놓고 가는 조심성 없는 의사를 찾아내는 데 힘이 들었습니다. 의사 세 명의 뒤를 밟아야 했으니까요. 하지만 일단 찾아내고 나서는 손쉽게 처리할 수 있었죠. 좀 한적한 농장 밖에 차가 세워져 있는 걸 보고 슬그머니 차 문을 열어 진료가방을 뒤져서 동공확산제가 든 통을 꺼냈지요. 그렇게 된 겁니다."

"아, 그랬구먼. 그럼 두 번째 방법은 어떤 겁니까?"

"그 가엾은 실리아가 조금 둔한 점을 이용했습니다. 그 아가씨는 도대체 남을 의심할 줄을 몰랐거든요. 말씀드렸듯이 그 아가씨는 영리하지 못해서 제가 하는 짓을 눈치 채지 못했지요. 제가 할 일은 그녀에게 의사들이 쓰는 처방전에서 몇 마디 어려운 라틴어를 따서 떠들어댄 뒤에 실리아에게 의사들이 쓰는 식으로 정기제 디기탈리스에 대한 처방전을 써달라고 부탁하는 일뿐이었습니다. 그녀는 너무나 순순히 써주더군요.

그다음에 저는 그 약과 관련된 질병을 다루는 의사를 한 명 찾았죠. 런던에서 조금 떨어진 곳에서 사는 의사로 말입니다. 그러고는 그의 이름 약자하고 사인을 조금 알아볼 수 없게 써 갈겼죠. 그런 다음에는 런던의 중심가 약국에 가서 약제사한테 그걸 내밀었습니다. 그런 사람 많은 곳의 약국에서는 어떤 특정한 의사의 사인에 익숙해 있는 경우가 없을 테니까요. 그렇게 해서 결국 아주 쉽게 그 약을 손에 넣었습니다. 심장병 상비약답게 디기탈리스의 양을 아주 많이 써넣었죠. 호텔에서 손님용으로 쓸 것처럼 보이기 위해 호텔에서 사용하는 메모지를 이용해 그 위에 처방을 써넣었고요."

"정말 교묘하구먼."

샤프 경감은 냉담하게 말했다.

"아니, 이제 보니 정말 제가 제 자신을 죄인으로 옭아매고 있군요! 경감님 음성에서 알 수 있어요."

"다음에 세 번째 방법은 뭔가요?"

나이젤은 한동안 말을 하지 않다가 이윽고 입을 열었다.

"이 보십시오, 경감님. 대체 제가 지금 무슨 죄목으로 얽혀들고 있는 겁니까?"

"문이 열린 자동차에서 약을 훔치는 것은 경절도죄에 해당합니다……."

샤프 경감이 말했다.

"또 처방전 위조도……."

그때 나이젤이 그의 말을 가로막았다.

"꼭 위조는 아니잖습니까? 그 처방전으로 돈을 빼낸 것도 아니고, 어떤 특정한 의사의 사인을 그대로 모방한 것도 아니니까요. 즉, 제 말은 제가 H. R. 제임스라는 의사의 서명을 했다고 해서 저를 어떤 특정한 제임스라는 이름을 가진 의사의 서명을 위조했다고 옭아매실 수는 없지 않느냐는 겁니다, 안 그렇습니까?"

그는 짓궂은 미소를 띠고서 말을 이었다.

"제 말뜻이 뭔지는 아시겠죠? 지금 저는 위험을 무릅쓰고 말씀드리는 겁니다. 만일 경감님이 이 일을 악용하시려 든다면, 글쎄요, 예, 전 분명히 혐의가 있는 셈이지요. 하지만 만일 그 반대로 경감님이……."

"예, 채프먼 씨, 그 반대로……?"

나이젤이 갑자기 열띤 어조로 말했다.

"전 살인은 싫어합니다. 그건 야만적이고 끔찍한 일이죠. 그 가엾은 아가씨 실리아 말입니다. 그 아가씨는 그처럼 끔찍한 살인을 당할 이유가 없습니다. 전 정말 이 일에 대해 경감님께 도움을 드리고 싶습니다. 하지만 그게 과연 도움이 될지 그걸 모르겠습니다. 제 작은 잘못을 말씀드리는 일이 말입니다."

"채프먼 씨, 경찰은 당신 생각과는 달리 아주 관대합니다. 어떤 사건을 무책임한 사람이 저지른 가벼운 장난 정도로 처리하는 건 그들 손에 달려 있지요. 난 당신이 이 살인사건에 도움을 주고 싶다는 말로 받아들이기로 하겠습니다. 자, 그러니 얘길 해봐요. 그 세 번째 방법이란 어떤 겁니까?"

"예, 그게―이제야말로 우리는 핵심에 가까이 와 있군요. 다른 두 가지 약물을 얻은 방법보다 이번 것은 조금 위험스러운 일이었죠. 하지만 그 반면에 훨씬 더 재미있는 일이기도 했지요. 아시다시피 저는 실리아가 일하는 약국으로 한두 번인가 찾아갔던 적이 있습니다. 그 때문에 그곳의 지리 정도는 알고 있었지요……."

"그래서 그 진열대에서 모르핀 병을 훔칠 수 있었단 말인가요?"

"아니, 아니, 그렇게 간단한 일이 아니었습니다. 그런 식으로 처리하는 건 제 의견으로 볼 때 공정하지 않았으니까요. 그리고 만일 그게 진짜 살인을 목적으로 한 일이라면 즉, 다시 말해서 내가 살인을 목적으로 독약을 훔친 거라면 결국은 제가 그 약국에서 훔쳤다는 것이 들통이 날 것 아닙니까! 사실 전 6개월가량은 실리아의 약국 근처에도 가지 않았습니다. 물론 실리아가 11시 15분경에는 약국 뒷방에 가서 커피 한 잔이랑 비스킷을 들면서 쉰다는 것은 알고 있었지만요. '11시 커피 타임'이라고나 할까요. 그때가 되면 약국 아가씨들은 한 번에 두 명씩 뒷방으로 들어가 커피를 마시며 쉬곤 했지요. 제가 일을 저지를 무렵에는 새로 온 아가씨 한 명이 와 있었는데, 그 아가씨는 저를 알아보지 못했죠. 그래서 전 이런 방법을 썼습니다.

우선 흰 의사 가운하고 청진기를 걸친 채 약국으로 어슬렁어슬렁 들어갔습니다. 거기엔 그 새로 온 아가씨 한 명밖에 없었는데, 외래환자 창구에서 일하느라 바쁘더군요. 나는 어슬렁어슬렁 들어가서 극약 진열대로 갔지요. 가서는 모르핀 병을 하나를 슬쩍해 갖고 다시 진열장 끄트머리께를 돌아서 신참 아가씨에게 말했죠. '강력 아드레날린은 어디다 보관합니까?' 그녀는 그곳을 가리켜 주더군요. 저는 고개를 끄덕이고는 숙취가 있다는 둥 하면서 약 좀 없겠느냐고 청하고는, 그 약을 받아 꿀꺽 삼킨 뒤 다시 어슬렁어슬렁 약국을 나섰죠. 그 아가씨는 저를 의학생쯤으로 생각했는지 추호도 의심을 안 하더군요. 마치 어린애 장난처럼 싱거웠습니다. 실리아조차도 제가 거기 왔다간 걸 몰랐죠."

"청진기 말인데요." 샤프 경감이 호기심에서 물었다.

"그 청진기는 어디서 났습니까?"

나이젤은 문득 싱긋 웃었다.

"그건 렌 베이트선 겁니다. 잠깐 실례한 거죠."

"이 집에서 말입니까?"

"예."

"그럼, 청진기를 도난당한 사건은 그걸로 설명이 되는구먼. 그러니까 청진기가 없어진 건 실리아의 짓이 아니었군."

"아니죠, 물론 아니고말고요! 도벽광이 청진기 같은 물건을 훔치는 거 보셨나요?"

"그래, 그럼 그 청진기를 나중에 어떻게 했습니까?"

"예, 저당잡혔죠, 뭐."

나이젤이 겸연쩍은 듯이 말했다.

"그건 베이트선한테 심한 짓이 아닙니까?"

"예, 심한 짓이었죠. 하지만 제가 독약을 손에 넣은 방법을 설명하고 싶지 않아서 그 일도 이야기할 수가 없었죠. 그렇지만……."

나이젤이 명랑한 어조로 덧붙였다.

"그 일이 있은 뒤에 얼마 안 있어서 어느 날 저녁 그 친구를 밖으로 불러내서 코가 비뚤어지도록 한잔 샀죠."

"이제 보니 아주 무책임한 청년이로구먼."

샤프 경감이 날카롭게 말했다.

하지만 나이젤은 더욱 활짝 웃으며 말을 계속했다.

"정말 그 얼굴들을 보셨어야 하는 건데. 제가 그 세 가지 약들을 탁자 위에 내던지면서 아무한테도 들키지 않고 그것들을 얻느라 힘들었다고 했을 때 말입니다."

"그러니까 요약하면 당신이 세 가지 다른 극약을 세 가지 다른 방법으로 손에 넣었는데, 어떤 경우든 그 극약을 훔친 것이 당신이라고는 혐의가 오지 않을 거란 말이지요?"

나이젤이 고개를 끄덕였다.

"예, 바로 그렇습니다. 사실 지금의 여건을 고려해보면 인정하기엔 별로 유쾌한 일은 아니지만 말입니다. 하지만 중요한 건 그 극약들은 모두 2주일 전 아니면 그전에 처리해 버렸다는 점입니다."

"채프먼 씨, 당신 생각은 그럴지 모르지만 실상 그렇지 않을 수도 있습니다."

나이젤은 경감을 뚫어지게 바라보았다.

"그게 무슨 말씀입니까?"

"당신은 그 물건들을 얼마나 오랫동안 갖고 있었습니까?"

나이젤은 잠깐 생각을 더듬어 보았다.

"글쎄요, 동공확산제는 한 열흘 정도, 그리고 주석산염 모르핀은 나흘쯤, 어, 그리고 사실 정기제 디기탈리스는 그 물건을 다른 사람한테 내놓던 날 오후에야 간신히 손에 넣었었습니다."

"그럼 그동안 동공확산제니 주석산염 모르핀 같은 것을 어디에 보관해 두었었습니까?"

"제 옷장 서랍 안에 양말 꾸러미들 뒤에 깊숙이 밀어 넣었죠."

"그것이 거기 있다는 걸 알고 있는 사람이 있었습니까?"

"아뇨. 그런 사람은 분명히 없었어요."

하지만 그렇게 대답하는 그의 목소리에 조금 주저하는 기색이 깃들어 있었고 샤프 경감은 그것을 재빠르게 눈치 챘지만, 일단 그 점에 대해서는 추궁하지 않기로 했다.

"혹시 누구한테 당신이 벌이는 일을 털어놓은 적은 없었습니까? 독약을 손에 넣는 방법 같은 것 말입니다."

"아뇨, 적어도—아니, 전혀 얘기하지 않았습니다."

"채프먼 씨, 당신은 방금 '적어도'라고 했는데."

"아뇨, 누구한테도 말하지 않았어요. 패트한테 말해볼까 했지만 다시 생각해보니 그녀가 별로 좋아하지 않을 듯싶었지요. 패트는 아주 고지식하거든요. 그래서 그녀에게도 말하지 않았습니다."

"그러니까 의사의 차에서 훔친 일, 처방전, 그리고 병원에서 모르핀을 훔친 것 모두 이야기하지 않았다는 말이죠?"

"솔직히 말씀드리면 디키탈리스에 대해서는 나중에 고백했습니다. 처방전을 써서 약제사한테서 약을 타냈다고요. 그리고 병원에서 의사 흉내를 낸 일도 얘기했습니다. 하지만 패트는 별로 놀라지도 않아서 실망했지요. 그래서 자동차에서 약을 훔쳐낸 이야기는 하지 않았습니다. 그 얘기까지 했다간 그녀가 화를 낼 것 같아서요."

"패트에게 그 내기에 이기고 나면 그 물건들을 없애버릴 거라고 이야기했습니까?"

"예, 그래요. 패트는 제 이야기를 듣고는 너무나 걱정했죠. 그래서 저보고 자꾸만 그 물건들을 돌려주든지 무슨 수를 내라고 하는 겁니다."

"하지만 당신 자신은 그런 생각을 전혀 안 해봤을 텐데?"

"예, 천만에요! 그러다간 큰일 나게요? 그런 짓을 해보십시오. 전 여기저기 끌려 다니느라 볼장 다 보았을 겁니다. 그래서 우리 셋은 그것들을 벽난로 속에 처넣고 액체는 쏟아버렸죠. 예, 그랬어요. 아무한테도 해는 끼치지 않았습니다."

"채프먼 씨, 당신은 그렇게 말하지만 해를 끼쳤을지도 모르는 일 아니오."

"하지만 그 물건들을 다 치웠는데 무슨 해를 끼친단 말씀입니까?"

"이런 생각은 해보지 않았나요? 누군가가 당신이 그것을 숨기는 것을 보았거나 우연히 찾아내서는 병에 든 모르핀을 덜어내고 그 대신 다른 것으로 병을 채웠을지도 모르는 일 아니겠습니까?"

"천만에요, 절대 그럴 리가 없어요!"

나이젤은 경감을 뚫어지게 바라보았다.

"그런 일이 벌어졌으리라고는 꿈에도 생각되지 않습니다. 있을 수 없는 일이에요."

"하지만 충분히 있을 수도 있는 일 아닙니까, 채프먼 씨."

"그렇지만 제가 그것을 숨긴 것을 알 사람은 아무도 없었습니다."

샤프 경감은 무뚝뚝한 소리로 대꾸했다.

"이런 호스텔 같은 곳에서는 당신이 생각하는 것보다 훨씬 비밀이 새어나가기 쉽습니다."

"엿보는 걸 말씀하시는 겁니까?"

"그렇소."

"글쎄, 그 말씀이 맞을지도 모르겠군요."

"이곳 학생들 중에 당신 방에 곧잘 드나들던 학생은 누가 있습니까?"

"예, 우선 그 방은 렌 베이트선하고 같이 쓰는 방입니다. 그리고 다른 남학생들도 아주 빈번히 드나들고 있죠. 물론 여학생들은 그렇지 않습니다. 이 호스텔에서는 여학생들이 남자들이 자는 방의 층에는 오지 않거든요. 아주 예의 바르고 품위 있게 살고 있죠."

"물론 그렇게 규칙은 되어 있지만 여학생들이 올라가는 수도 있기는 있겠지요?"

"물론 그럴 수도 있죠. 낮에는 말입니다. 오후 시간에는 집 안에 아무도 없을 수 있으니까요."

"레인 양은 당신 방에 자주 갑니까?"

"당신 말씀이 괜히 수상쩍은 의도로 하신 말씀이 아니길 바라겠습니다, 경감님. 예, 가끔 오기는 옵니다. 양말을 꿰매서 갖고 오기도 하지요. 그 이상의 목적은 없습니다."

"채프먼 씨, 지금 당신이 하는 말은 그 약병에서 약을 비우고 뭔가 다른 것으로 채워둘 만한 사람은 당신 자신밖에 없었다는 것을 의미한다는 사실을 알고나 있습니까?"

나이젤은 갑자기 딱딱하고 성난 얼굴로 경감을 바라보았다.

"예, 그렇습니다. 방금 전에 그것을 깨달았습니다. 그렇죠, 제가 그랬을 수도 있죠. 하지만, 경감님, 대체 제게 그 아가씨의 목숨을 빼앗을 만한 이유가 있겠습니까. 전 결코 그런 짓 하지 않았습니다. 물론 가능성이란 건—아, 이제 보니 경감님은 순전히 저를 옭아맬 목적으로 제 말을 듣자고 하셨군요."

제11장

극약에 관한 내기와 그 뒤에 그 극약들을 처분한 일에 대해서는 렌 베이트 선과 콜린 맥내브가 확인해주었다.

샤프 경감은 다른 청년들이 방을 나서고 나자 콜린 맥내브를 남게 했다.

"뭐 굳이 괴로움을 끼쳐드릴 생각은 없습니다, 맥내브 씨. 약혼하던 날 밤에 약혼자가 독살되었다니 얼마나 기가 막혔겠습니까?"

"그 얘기시라면 뭐 그렇게 신경 쓰시지 않아도 됩니다."

콜린 맥내브가 대답했다.

그의 얼굴은 침착하기 그지없었다.

"제 기분을 위로하시려고 애쓸 것 없다는 말씀입니다. 도움이 될 말을 들어볼까 하여 저를 남으라고 하셨을 테니 묻고 싶은 말만 물어보십시오."

"실리아 오스틴 양의 행동에 심리학적인 원인이 있다고 생각한 건 신중하게 관찰하고 결론내린 겁니까?"

"그건 틀림없어요. 만일 그것에 대해 이론적인 근거를 원하신다면……."

"아니, 아니, 그게 아닙니다."

샤프 경감이 허겁지겁 말했다.

"심리학도시니까 그 말을 믿도록 하지요."

"실리아는 어린 시절이 특히나 불행했습니다. 그 때문에 그녀에게는 그 어린 시절이 언제나 정서적 장애가 되어왔죠……."

"예, 그렇죠, 그렇죠."

샤프 경감은 또 그 불행한 어린 시절 운운하는 심리학적 장광설을 듣게 될까 봐 벌써부터 질리는 기분이었다. 그런 심리학적 장광설이라면 나이젤에게서 신물이 나도록 들었던 것이다.

"한동안 그 아가씨에게 마음이 끌린 것은 사실입니까?"

"그렇다고는 말할 수 없습니다."

콜린은 매우 양심적인 견지에서 이렇게 말했다.

"그런 일들은 때때로 너무 갑작스럽게 떠올라 사람을 놀라게 하지요. 아마 무의식적으로는 틀림없이 그녀에게 끌렸을 겁니다. 하지만 그 사실을 깨닫지 못하고 있었을 뿐이죠. 전 일찍 결혼할 생각이 없었기 때문에 누구한테 끌린 다는지 하는 생각을 의식 속에서 일찌감치 몰아냈던 겁니다."

"아, 그렇군요. 그런데 실리아 오스틴 양은 당신하고 결혼하게 된 것을 행복해 했습니까? 내 말은 당신 말을 의심한다거나 하지는 않았느냐 하는 겁니다. 분명치 않은 일이 있었다든가, 당신에게 고백해야 할 일이 더 있었다든가……"

"실리아는 자기가 한 일을 하나도 남김없이 고백했습니다. 그 때문에 그녀의 마음속에 불안한 건 하나도 없었지요."

"두 사람은 결혼할 예정이었죠. 언제 결혼할 예정이었습니까?"

"당장 결혼할 예정은 아니었습니다. 사실 저는 아내를 먹여 살릴 만한 처지가 아니니까요."

"실리아 양에게 적은 없었습니까? 그녀를 좋아하지 않는 사람은 혹시 없었나요?"

"제 생각엔 없는 것 같은데요. 경감님, 그 점에 대해서는 저도 나름대로 꽤 많이 생각해보았습니다. 이곳 사람들은 모두 실리아를 무척 좋아했어요. 제 생각을 말하자면 그녀에게 죽음을 몰고 온 것은 개인적인 감정 문제가 아니라는 겁니다."

"개인적인 감정 문제가 아니라는 것은 무슨 뜻입니까?"

"지금으로선 뭐 자세히 설명하고 싶지 않습니다. 그저 막연히 생각해본 것 뿐이니까요. 아직은 저 자신도 명확하게 확신을 하고 있지 못하니까요."

경감은 그의 말에 더 이상 추궁할 수가 없게 되었다.

마지막으로 만나야 할 두 학생은 샐리 핀치와 엘리자베스 존스턴이었다. 경감은 우선 샐리 핀치를 만나보기로 했다. 샐리는 풍성한 붉은 머리에 똑똑해 보이는 밝은 눈동자를 지닌 매력적인 여자였다.

늘 하는 판에 박힌 심문이 끝나자 샐리 핀치는 자신이 먼저 서두를 뗐다.

"경감님, 제가 지금 뭘 하고 싶은지 아세요? 바로 제 생각을 솔직히 말씀드리는 거예요. 제 개인적인 생각을 말이에요. 이곳에는 뭔가 아주 잘못된 구석이 있어요. 잘못되어도 보통 잘못된 게 아니죠. 틀림없어요. 확신해요."

"실리아 오스틴 양이 독살된 이후에 뭔가 잘못되었다는 겁니까?"

"아뇨, 제 말은 그전에도 그랬다는 이야기예요. 언제부터인지 저는 그런 느낌을 갖게 되었답니다. 이곳에서 벌어지고 있는 일도 맘에 들지 않았죠. 배낭이 갈기갈기 찢겨진 일도 맘에 안 들었고, 발레리의 스카프가 찢어진 것이나 블랙 베스의 노트에 잉크가 엎질러져 있었던 사건도 그래요. 그래서 전 되도록 빨리 짐을 꾸려 이 호스텔에서 나가려고 했죠. 그 생각은 지금도 마찬가지예요. 경찰에서 허락만 해주신다면 될 수 있는 대로 빨리 이곳에서 나가고 싶어요."

"핀치 양, 당신은 지금 뭔가 두려워하고 있다는 말씀입니까?"

"예, 전 두려워요. 이곳에 묵고 있는 학생들 중에 누군가 극도로 잔인한 인간이 있어요. 아니, 잔인한 뭔가가 있다고 해야 할까요. 이곳 전체가(글쎄, 뭐라고 해야 할지) 겉보기와는 다른 뭔가가 있어요. 아니, 경감님 제 말은 공산주의자가 있다는 게 아니에요. 지금 그 이야기를 하려고 그러셨죠? 제 말은 공산주의자 같은 것이 아니에요. 범죄자가 있다는 뜻도 아니고요. 아, 정말 모르겠어요. 하지만 무슨 내기를 걸어도 좋은데, 그 끔찍한 늙은 여자는 진상을 모두 알고 있다고요."

"늙은 여자라니, 누구 말인가요? 설마 허바드 부인을 말하는 건 아니겠지요?"

"아뇨! 허바드 아주머니를 말하는 게 아니에요. 그 아주머니는 좋은 분인데요. 제가 이야기 하는 사람은 니콜레티스 부인이에요. 그 늙은 불여우 말이에요."

"그것참 흥미로운 이야기로군, 핀치 양. 좀더 구체적으로 말해줄 수는 없겠소? 니콜레티스 부인에 대해서."

샐리는 고개를 내저었다.

"아뇨, 지금은 '정확히' 말씀드릴 수 없어요. 그저 제가 말씀드릴 수 있는 건 왠지 그녀 옆을 지나칠 때면 섬뜩한 생각이 든다는 것뿐이에요. 어쨌든 이 곳에는 뭔가 이상한 것이 있어요. 그건 분명해요, 경감님."

"조금만 더 구체적으로 말해줬으면 좋겠는데."

"저도 그러고 싶어요. 경감님 보시기엔 제가 엉뚱하게 공상이나 하는 것처럼 보이실 테죠. 예, 그럴지도 모르지요. 하지만 이건 저 혼자만의 느낌이 아니에요. 아키봄보도 역시 저 같은 느낌을 갖고 있다고요. 아주 겁먹고 있거든요. 블랙 베스도 마찬가지일 거예요. 하지만 그녀는 자기의 그런 감정을 내색하려 하지 않아요. 그리고 경감님, 제가 보기엔 실리아 역시 뭔가 알고 있는 것 같았어요."

"무슨 일에 대해 알고 있었다는 겁니까?"

"무슨 일이냐고요? 그녀가 죽던 날 말한 게 있어요. 모든 것을 청산하겠다고요. 그녀는 자신이 한 일에 대해서는 다 고백했죠. 하지만 모든 것을 청산하겠다는 말은 그 밖에도 뭔가 다른 일이 또 있다는 것, 그리고 그 일 역시 깨끗이 끝내고 싶다는 것을 암시한 거나 마찬가지예요. 제 생각엔, 경감님, 그녀는 누군가에 대해 어떤 사실을 알고 있었던 듯해요. 그 때문에 죽은 거고요."

"아니, 그게 그만큼 중대한 거였다면……."

샐리가 그의 말을 가로막았다.

"그녀는 그 일이 얼마나 중대한 의미를 갖고 있는지 몰랐을 거예요. 아주 둔한 편이었거든요. 뭔가 알아내긴 했지만 그게 위험한 것인 줄은 몰랐던 거죠. 뭐, 이건 제 육감일 뿐이지만요."

"알겠습니다. 말씀해주셔서 고맙습니다. 그리고 당신이 실리아 오스틴 양을 마지막으로 본 건 그날 밤 저녁식사 뒤에 공동 휴게실에서였죠, 맞습니까?"

"예, 맞아요. 하지만 솔직히 말씀드리면 그 뒤에도 그녀의 모습을 보았어요."

"그 뒤에도 보았다고? 어디서, 그 아가씨 방에서?"

"아뇨. 제가 자러 올라가려니까 그녀가 막 현관을 나서는 게 보이더군요."

"현관을 말입니까? 그러니까 이 집을 나섰단 말이죠? 그거 놀랍군. 아무도 그 이야기는 하지 않던데."

"아마 몰랐을 테죠, 그녀가 분명히 밤 인사를 하고 자러 올라간다고 했으니까요. 저 역시 그녀의 모습을 못 보았으면 그녀가 자러 올라간 줄 알았을 테니까요."

"그런데 사실은 위층으로 올라갔다가 외출복을 걸치고는 집밖으로 나갔단 말이죠? 그렇습니까?"

샐리는 고개를 끄덕였다.

"그래서 전 그녀가 누군가를 만나기 위해 나가는 것이라고 생각했어요."

"누구 외부 사람이거나 이곳 학생 중 한 사람?"

"예. 하지만 제 육감에 의하면 이곳 학생들 중 한 사람일 것 같아요. 사실 누군가에게 비밀스러운 이야기를 하고 싶어도 집 안에는 그럴 만한 곳이 없거든요. 그래서 그 누군가가 그녀에게 밖으로 나와 만나자고 했을 거예요."

"혹시 그 아가씨가 언제 다시 이곳에 들어왔는지 알고 있습니까?"

"아뇨, 전혀 몰라요."

"하인인 제로니모는 혹시 모를까요?"

"만일 그녀가 10시 이후에 돌아왔다면 알았을 테죠. 그때는 제로니모가 문단속을 하는 시간이니까. 그때까지는 누구나 자기 열쇠만 있으면 들어올 수 있어요."

"실리아 양이 집에서 나가는 것을 봤을 때가 정확히 몇 시였는지 기억이 납니까?"

"아마, 10시경이었을 거예요. 10시가 지났을지도 모르지만 그렇게 많이 지난 시각은 아니었을 거예요."

"알겠습니다. 여러 가지를 말해줘서 고마워요, 핀치 양."

경감이 마지막으로 만난 것은 엘리자베스 존스턴이었다.

그녀의 모습을 보자마자 그녀가 지닌 조용한 성품과 재기(才氣)에 큰 감명을 받았다. 그가 질문을 하면 그녀는 확신 있게 분명히 대답을 했고, 그다음에는 침착하게 그의 다음 말을 기다리는 것이었다.

"존스턴 양, 실리아 오스틴 양은 당신의 논문을 망쳐놓은 것이 자기가 아니라고 강력하게 말했다던데요? 당신은 그녀 말을 믿었습니까?"

"저도 실리아가 그런 짓을 했다고는 믿지 않아요."

"혹시 누가 그런 짓을 했는지는 모르시겠습니까?"

"해답은 분명하죠, 나이젤 채프먼일 테니까. 하지만 제가 보기엔 해답이 너무 분명해서 오히려 수상해요. 나이젤은 똑똑하니까 자기 잉크를 쓰지 않았을 텐데."

"그럼 나이젤이 아니라면 누굴까요?"

"그건 더 어려운 질문이신데요. 하지만 제가 보기엔 실리아는 범인이 누군지 알았던 듯싶어요. 아니, 최소한 짐작은 했던 것 같아요."

"그런 이야기를 그녀에게 했습니까?"

"뭐 그렇게 여러 말로 설명한 건 아니지만, 그녀가 죽던 날 저녁식사를 하기 전에 제 방에 온 적이 있었어요. 그녀는 물건을 훔친 건 자기가 한 짓이지만 제 논문에는 절대 손대지 않았다고 했어요. 그래서 제가 알겠다고 대답하면서 위로해주었었죠. 그러고는 그럼 혹시 누가 그랬는지 아느냐고 물었어요."

"그러고는 뭐라고 말했습니까?"

엘리자베스는 정확한 말을 생각해 내려는 듯 한동안 말이 없다가 다시 입을 열었다.

"그녀가 그랬어요. '글쎄, 확신할 수는 없어. 그 사람이 왜 그런 짓을 했는지 통 이유를 알 수가 없거든……. 혹시 실수로 그랬거나 사고였을 수도 있으니까……, 어쨌든 누가 했든 간에 그 사람은 지금 그 일 때문에 무척 비참해하고 빨리 고백하고 싶은 심정일 거야.' 그러고는 계속해서 덧붙였어요. '그리고 내가 이해할 수 없는 것이 몇 가지 더 있어. 경찰이 오던 날 전구가 없어진 것하며…….'"

샤프 경감이 그녀의 말을 가로막았다.

"경찰이라니, 그리고 전구는 또 무슨 말인가요?"

"저도 잘 모르겠어요. 실리아는 그저, '전구를 없앤 건 내가 아니야.'라고만 했으니까요. 그러고는 또 이러는 거였어요. '그게 혹시 여권하고 무슨 관계가 있는 것은 아닐까?' 그래서 제가, '여권이라니 무슨 여권 말이야?' 하고 물었죠. 그랬더니 그녀가 '누군가가 위조 여권을 갖고 있는 것 같아.'라고 대답하는 것이었어요."

샤프 경감은 잠시 말이 없었다.

이제 마침내 희미하지만 어떤 윤곽이 떠오르고 있는 것이다. 여권, 여권이었다.

이윽고 그가 입을 열었다.

"그리고 뭐라고 또 말했습니까?"

"그 이상은 없었어요. 그저 덧붙이길, '아마 내일이면 그 일에 대해서 좀더 알 수 있게 될 거야.'라고 했죠."

"그런 말을 했단 말이죠? '내일이면 좀더 알 수 있게 될 거야.'라고? 매우 의미심장한 말이군요, 존스턴 양."

경감은 한동안 말없이 생각에만 잠겼다.

여권에 관한 일, 그리고 경찰이 찾아왔던 일…….

히코리 로(路)로 오기 전에 경감은 신중하게 이 호스텔에 대한 서류철을 훑어보았었다. 외국인 학생들을 묵게 하는 호스텔은 경찰이 항상 면밀하게 조사를 해놓곤 했다.

그런데 이 히코리 로 26번지는 기록이 훌륭했다. 자세한 내부사항이 적혀 있었는데 그 기록에는 수상한 점이라고는 전혀 없었다.

한 서아프리카 학생이 여자를 등쳐먹었다는 이유로 셰필드 경찰에게서 추적을 받은 적이 있었는데, 그 문제의 학생은 히코리 로에 며칠 묵었다가 검거되어 그 뒤 출국당했다. 그리고 케임브리지 근처에서 여인숙 주인이 살해된 일이 있었는데, 그 일로 해서 '경찰을 돕기 위해 나섰다'던 한 유럽—아시아 혼혈인 학생을 찾으러 모든 호스텔과 기숙사를 점검한 일도 있었다.

그 일은 문제의 청년이 제 발로 헐 거리에 있는 경찰서로 찾아와 자기 범죄를 고백함으로써 해결되었다.

또 불온한 팸플릿을 배부한 혐의를 받고 있는 학생들을 수색하기 위해 검문한 일도 있었다. 하지만 그런 일들은 모두 꽤 오래된 일이었기 때문에 실리아 오스틴의 죽음과는 분명히 어떤 연관도 갖고 있지 않을 것이다.

경감은 문득 한숨을 내쉬고는 고개를 쳐들다가 자신을 뚫어지게 바라보고 있는 엘리자베스의 검고 총명한 눈동자와 마주쳤다.

　경감은 갑자기 충동적으로 입을 열었다.

　"이봐요, 존스턴 양, 혹시 이 집에서 뭔가 잘못되었다는 느낌이나, 그런 인상을 받은 적은 없습니까?"

　그녀는 그의 말에 놀라는 표정을 보였다.

　"잘못되었다니, 어떻게 잘못되었다는 건가요?"

　"글쎄, 확실하게 얘기할 수는 없습니다. 샐리 핀치 양이 내게 한 말을 생각해보고 있는 중입니다."

　"아, 샐리 핀치가요!"

　그녀의 음성에는 경감이 뭐라고 단정 지을 수 없는 야릇한 억양이 담겨 있었다.

　그는 흥미를 느끼며 계속 말을 이었다.

　"핀치 양은 아주 훌륭한 관찰자인 것 같습니다. 날카롭고 현실적이고. 그녀 말이 이 집에는 뭔가, 이상한 점이 분명히 있다고 그러더군요. 뭔지는 자기 자신도 분명히 알 수 없지만 말입니다."

　엘리자베스는 날카로운 어조로 입을 열었다.

　"그게 바로 그녀의 미국식 사고방식이죠. 미국인들이란 다 한결같다니까! 신경질적이고, 걱정 많고, 별것을 다 의심하고 말이에요. 그 미국인들이 벌인 마녀 사냥이나 신경질적인 스파이 열병, 공산주의에 대한 과도한 거부반응 등등이 얼마나 우스꽝스러운지 한번 보세요! 샐리 핀치도 역시 전형적인 미국인이라니까요!"

　경감은 점차 흥미로워졌다.

　엘리자베스는 샐리 핀치를 싫어한다. 왜 그럴까? 샐리가 미국인이라서? 혹시 엘리자베스가 미국인들을 싫어하는 건 샐리 핀치가 미국인이라는 이유, 단지 그것 때문은 아닐까? 아니면 그 매력적인 빨간 머리 아가씨를 이처럼 싫어하는 데에는 뭔가 특별한 이유라도 있는 걸까? 혹시, 그저 여자 특유의 질투심에 불과한지도 모른다.

경감은 자신이 평소에 퍽 쓸모 있다고 생각했던 말을 사용해 그녀에게 접근해 보기로 했다.

그는 부드럽게 입을 열었다.

"존스턴 양, 아시겠지만 이런 사건을 수사하게 되면 여러 가지로 지적 수준이 다양한 사람들을 만나게 됩니다. 어떤 사람들에게는, 아니, 대부분의 사람들에게는 우린 그저 단순히 사실만을 묻지요. 하지만 아주 지적 수준이 높은 사람을 상대하게 될 때면……."

그는 잠시 말을 멈추었다.

맛있는 미끼는 충분히 던진 셈이다. 엘리자베스가 이 미끼에 달려들까?

잠깐의 침묵이 흐른 뒤 그녀는, 미끼에 달려들었다.

"무슨 말씀이신지 알겠습니다, 경감님. 이곳 학생들 지적 수준이란 경감님도 말씀하셨듯이 별로 신통치 않아요. 나이젤 채프먼이야 꽤 기지가 날카로운 편이지만 생각하는 것은 천박하기 그지없어요. 레너드 베이트선은 끈기 있는 노력파, 그 이상도 그 이하도 아니에요. 발레리 호브하우스는 심성이 퍽 좋은 아가씨지만 사고방식이 좀 이해타산 쪽으로 기울어져 있어요. 게다가 너무 게으르고 안이해서 쓸모있는 일에는 머리를 쓰려고 하질 않아요. 경감님이 원하시는 건 초연하게 만사를 살필 수 있는 훈련된 심성을 지닌 사람이겠죠?"

"당신처럼 말입니다, 존스턴 양."

그녀는 별로 어색해하는 빛도 없이 그 찬사를 받아들였다.

그때 경감은 문득 엘리자베스 존스턴이 보여주는 온화하고 은근한 태도 뒤에는 자신의 자질을 칭찬해주는 말에는 노골적으로 기뻐하는 젊은 여자의 모습이 숨겨져 있음을 깨닫고 흥미를 느꼈다.

"존스턴 양, 나 역시 당신의 동료들에 대한 당신의 평가에 동감하고 있습니다. 채프먼 씨는 똑똑하기는 하지만 다소 유치하고요, 발레리 호브하우스 양은 머리가 좋긴 하지만 조금 비뚤어진 인생관을 갖고 있는 듯싶어요. 하지만 당신은 스스로도 말했듯이 훈련된 심성을 갖고 있습니다. 그래서 난 당신의 의견을 중요시하고 싶습니다. 초연한 지성을 갖춘 확신에 찬 사람의 의견을 말입니다."

한동안 그는 자신의 아부가 조금 지나치지 않았나 싶었다. 하지만 그런 우려는 전혀 필요 없는 것이었다.

"경감님, 이곳에는 잘못된 점이라곤 없어요. 샐리 핀치 같은 여자의 말에는 절대 귀 기울이지 마세요. 이 호스텔은 경영이 아주 썩 잘되는 호스텔이니까요. 아마 아무리 조사해봐도 어떤 파괴적인 행동도 찾아볼 수 없을 거예요."

샤프 경감은 내심 조금 놀랐다.

"아니, 사실, 내가 생각하는 건 그러한 파괴적인 행동 같은 것은 아니었습니다."

"아, 알겠어요."

엘리자베스는 조금 움찔하는 기색이었다.

"전 실리아가 여권에 대해서 말하던 것을 생각하고 있었어요. 하지만 공평하게 시각을 갖고 바라보고 여러 가지 증거로 미루어보면, 실리아가 죽은 이유는 뭐라고 할까, 굳이 표현하자면 개인적인 일, 예를 들어 이성문제 때문이 분명해요. 하지만 그 일과 이 호스텔과는 아무런 관계가 없어요. 그리고 이곳에서 '벌어지고 있는' 일과는 상관이 없고요. 아니, 이곳에서 벌어지는 일이란 실은 아무것도 없었어요. 만일 뭔가가 벌어지고 있었다면 제 날카로운 통찰력으로 벌써 알았을 테니까요."

"알겠습니다. 어쨌든 고맙습니다, 존스턴 양. 친절한 도움의 말씀 감사했습니다."

엘리자베스 존스턴은 방밖으로 나섰다.

샤프 경감은 닫힌 문을 뚫어지게 바라보았다. 때문에 코브 경사는 그가 제정신으로 돌아오도록 하기 위해서 두 번씩이나 말을 걸어야 했다.

"음, 무슨 일이지?"

"이제 마지막 사람까지 다 끝났다고 했습니다."

"그렇지. 그런데 우리가 얻은 게, 대체 뭐지? 너무나 적어. 하지만 우선 한 가지 일러두는데, 내일 수색영장을 갖고 여기 다시 오겠어. 지금 우리는 이제 할 일은 다했다는 듯이 이곳을 나가는 거야. 하지만 분명히 이곳에서는 무슨 일인가 일어나고 있어. 내일 와서 우리는 그걸 파헤치는 거야. 사실 자신이 뭘 찾고 있는지 모르면서 수색을 한다는 건 쉽지 않은 일이지. 하지만 그래도 찾다보면 뭔가 단서를 잡을 가능성이 있는 것 아니겠어? 방금 나간 아가씨 퍽 흥미롭던데. 마치 나폴레옹을 연상시키는 듯한 강한 자아를 갖고 있어. 틀림없이 무엇인가 알고 있을 거야."

제12장

1

편지를 받아쓰게 하고 있던 에르퀼 포와로가 문장 중간쯤에 가서 갑자기 말을 뚝 끊었다. 그러자 레몬 양이 묻는 듯한 얼굴로 올려다보았다.

"그다음은요, 포와로 씨?"

"머릿속이 갈팡질팡이야." 포와로가 손을 내저었다.

"어쨌든 뭐 이 편지는 중요한 게 아니니까. 참, 레몬 양, 당신 언니에게 전화 좀 해주겠소?"

"예, 포와로 씨."

조금 뒤 포와로는 방을 가로질러 가서 비서의 손에서 수화기를 건네받았다.

"안녕하십니까?"

"아, 예, 포와로 씨세요?"

허바드 부인은 조금 숨 가쁜 목소리로 말했다.

"허바드 부인, 제가 일에 방해가 된 건 아닌지요?"

"한창 바쁜 땐 지났어요." 허바드 부인의 대답이었다.

"퍽 소란스러웠던 모양이군요."

포와로는 세심한 주의를 기울여 말했다.

"포와로 씨, 참 말씀도 신중하게 하시는군요. 예, 그래요, 그 말 그대로 소란스러웠지요. 어제 샤프 경감이 학생들을 하나하나 다 심문했는데 오늘은 또 수색영장을 갖고 왔어요. 니콜레티스 부인이 얼마나 신경질을 내는지 진정시키느라 혼났습니다."

포와로는 동정한다는 듯이 혀를 끌끌 찼다. 그는 다시 입을 열었다.

"전화를 드린 건 뭣 좀 물어볼 일이 있어섭니다. 저번에 행방불명된 물건들 목록을 보내주셨었죠. 그리고 다른 이상한 일들도 적어 보냈고요. 그런데 내가 물어보고 싶은 건 그 목록이 사건이 일어난 순서대로였느냐는 겁니다."

"그게 무슨 말씀……?"

"예, 내 말은 그 물건들이 사라진 순서에 맞추어 적으셨느냐는 거죠."

"아뇨, 그렇지 않아요. 죄송하군요. 그냥 생각나는 대로 적은 거예요. 그것 때문에 뭔가 혼선을 빚었다면 정말 죄송해요."

"그 문제에 대해선 벌써 오래전에 물어봐야 했었는데, 그때는 그것이 그렇게 중요한 일로 여겨지지 않아서 말이죠. 자, 여기 당신이 써준 목록이 있습니다. 처음에 야회용 구두부터 시작해서 팔찌, 가루분 콤팩트, 다이아몬드 반지, 담배 라이터, 청진기 등등으로 되어 있습니다. 그런데 이 물건들이 없어진 순서대로가 아니란 말이죠?"

"예, 그래요."

"그럼 혹시 그 정확한 순서를 기억하고 있습니까? 아니, 좀 어려우실까요?"

"글쎄요, 시간이 흘러서 기억이 날지 잘 모르겠어요, 포와로 씨. 좀 생각을 더듬어야겠는데요. 실은 동생이랑 이야기한 뒤에 포와로 씨를 만나러 가기 전에 우선 기억나는 대로 물건 이름을 적어놓았죠. 그러니까 우선 야회용 구두는 그게 너무 특이한 물건이라 제일 먼저 적은 거고요, 팔찌며 가루분 콤팩트, 담배 라이터, 다이아몬드 반지 같은 것은 값나가고 중요한 것이라 정말 누가 맘먹고 훔쳤을 것이라고 생각하고 적어넣었고요. 그다음엔 몇 가지 별로 중요하지 않은 물건들을 그 뒤에 적어넣었죠. 붕산 가루니, 전구니, 배낭 같은 것 말이에요. 사실 그런 물건들은 별로 중요한 물건이 아니잖아요. 내가 보기엔 도둑이 뒤늦게 자기 짓을 감추려고 생각한 방편인 것만 같아요."

"알겠습니다. 예, 무슨 말인지 알겠어요. 자, 그럼, 부인, 지금 제가 부탁드리고 싶은 건 한가하실 때 자리에 앉으셔서 그 순서가……."

"니콜레티스 부인한테 진정제를 먹이고 잠재운 다음에 제로니모하고 마리아도 진정시키고 나면 그때쯤 좀 시간이 날 듯싶어요. 지금, 뭘 하라고 하셨죠?"

"예, 우선 앉아서 그 물건들이 없어진 순서를 최대한 기억해 내서 적어보시라는 겁니다."

"그러겠어요, 포와로 씨. 그런데 제 생각에는 배낭하고 전구가 제일 먼저 없어진 듯싶군요. 사실 배낭하고 전구는 그 뒤에 없어진 것들하고 별로 상관이 없을 것 같지만요. 그리고 그다음에 팔찌하고 콤팩트—아니, 야회용 신발 같아요. 하지만 지금 제가 횡설수설하는 건 듣고 싶지 않으시겠죠? 어쨌든 최대한으로 기억을 되살려서 써보겠어요."

"감사합니다. 이 신세를 어떻게 갚아야 할지 모르겠군요."

포와로는 전화를 끊었다.

"내가 왜 이런 실수를 저질렀는지 모르겠어. 순서와 방법에 대한 원칙을 깜빡 잊었으니 말이야. 그걸 처음부터 분명히 했어야 했는데. 물건들이 도난당한 순서를 정확하게 밝혔어야 하는 건데."

"그렇죠, 예." 레몬 양은 기계적으로 대답했다.

"포와로 씨, 이젠 이 편지를 끝마쳐 주시겠어요?"

하지만 이번에도 포와로는 초조한 몸짓으로 그녀의 말에 손을 내저었다.

2

토요일 오전에 수색영장을 가지고 히코리 로에 들이닥친 샤프 경감은 우선 토요일이면 언제나 허바드 부인과 함께 장부를 확인하기 위해 이곳에 오는 니콜레티스 부인에게 만나자고 했다. 그러고는 먼저 자신이 할 일을 설명했다.

니콜레티스 부인은 펄펄 뛰며 항의했다.

"이건 모욕이에요, 모욕! 이런 일을 벌이다간 이곳 학생들이 모두 도망치고 말 거예요! 모두 떠나갈 거라고요! 난 그럼 파산이에요!"

"아니, 그렇지 않습니다, 부인. 모두들 이해할 거예요. 어쨌든 이건 살인사건 아닙니까?"

"살인이라뇨, 자살이죠!"

"학생들은 내가 먼저 다 설명했더니 아무도 반대를……."

그때 허바드 부인이 달래는 듯한 말투로 나섰다.

"그래요, 분명히 모두들 이해할 거예요. 혹시……."

그녀는 신중한 어조로 덧붙였다.

"혹시 아메드 알리하고 찬드라 랄이라면 모르지만."

니콜레티스 부인이 요란하게 코웃음을 쳤다.

"흥, 누가 그깟 사람들을 상관한대요!"

"어쨌든 감사합니다, 부인." 경감이 말했다.

"그럼 여기 부인의 거실부터 시작하기로 하죠."

그러자 니콜레티스 부인이 기겁을 하며 다시 격렬하게 항의했다.

"다른 곳은 마음대로 수색하더라도 여기는 안 돼요! 거절할 거예요."

"죄송합니다, 니콜레티스 부인. 하지만 저로서는 이 집 꼭대기부터 밑바닥까지 구석구석 뒤져야겠습니다."

"글쎄, 좋다니까요. 하지만 내 방만은 안 돼요. 난 법에서 예외예요."

"법에서 예외인 사람은 아무도 없습니다. 유감이지만 좀 물러서 주셨으면 합니다."

"이건 폭력이에요!" 니콜레티스 부인은 격분하여 비명을 질러댔다.

"당신은 직권남용죄를 저지르고 있는 거예요. 난 사람들한테 고발하겠어요. 국회의원한테 편지를 쓰고 말 거라고요. 신문에도 알릴 거예요."

"원하시는 대로 알리십시오, 부인." 샤프 경감이 대꾸했다.

"어쨌든 이 방을 살펴보겠습니다."

그리고 나서 그는 곧장 서랍 달린 사무용 책상을 향해 걸어갔다. 열어보니 커다란 과자봉지, 서류 뭉치들, 그리고 이것저것 못 쓰는 물건들이 나왔다. 경감은 그곳을 끝내고는 방구석에 있는 찬장으로 걸어갔다.

"이건 잠겼군요. 열쇠를 좀 빌릴 수 있을까요?"

"안 돼요!" 니콜레티스 부인의 비명이 터졌다.

"절대, 절대, 열쇠는 못 줘요! 이 야만적이고 뻔뻔스런 경찰 같으니! 가만 놔두지 않을 테야! 가만 놔두지 않겠다고!"

"열쇠를 주시는 게 좋을 겁니다. 그렇지 않으면 이 문을 부수고 열 수밖에 없으니까요."

샤프 경감이 다시 말했다.

"열쇠는 못 줘! 내 옷을 벗기기 전에는 열쇠는 못 줘. 만일 그렇게 하면, 대단한 불명예가 될걸!"

"코브, 끌을 가져와." 샤프 경감은 위엄 있게 부하에게 명령했다.

니콜레티스 부인은 격분하여 비명을 질러댔지만 샤프 경감은 끄떡도 하지 않았다. 코프 경위가 끌을 가져와서 두 번 두들겨대니 찬장 문이 열렸다. 문이 왈카닥 열리자 그 안에서는 빈 위스키 병이 무더기로 와르르 쏟아졌다.

"동물! 악마! 이 돼지 새끼!"

니콜레티스 부인이 찢어지는 듯한 비명을 질렀다.

"감사합니다, 부인. 여긴 끝났습니다."

샤프 경감은 어디까지나 정중하게 말했다.

허바드 부인은 니콜레티스 부인이 계속 신경질을 부리는 동안 빈 병들을 제자리에 갖다놓았다.

일단 한 가지 의문, 니콜레티스 부인이 왜 그리 화를 냈는지에 대한 의문은 풀린 셈이었다.

3

허바드 부인이 거실에서 자기 약찬장의 수면제를 꺼내어 적당한 양을 쏟아내고 있을 때 포와로의 전화가 걸려왔다. 전화 통화가 끝난 뒤 그녀는 니콜레티스 부인에게 되돌아갔다. 니콜레티스 부인은 자기 거실에서 계속 비명을 질러대며 소파를 걷어차고 있었다.

허바드 부인이 말했다.

"자, 이걸 마시세요. 그럼 기분이 좋아질 거예요."

"게슈타포!"

니콜레티스 부인은 조금 진정되었지만 여전히 볼멘소리로 말했다.

"내가 부인이라면 그 일은 이제 그만 접어두겠어요."

허바드 부인이 위로했다.

"게슈타포야! 게슈타포라고! 그 사내들, 게슈타포야!"

"그 사람들도 자기 의무를 다해야 하잖아요."

"내 찬장을 마구 뒤지는 게 그 사람들 의무란 말이지! 열쇠는 내 가슴에 감춰두었어. 만일 당신이 증인으로 거기 있지 않았다면 그놈들은 거리낌 없이 내 옷을 찢어발겼을 거야!"

"아니, 그렇지 않아요. 그 사람들이 그런 짓을 했을 리가 없어요."

"그거야 당신 생각이지! 그 녀석들은 당신이 있으니까 그 대신 끌을 가져와 강제로 문을 연 거야. 이 집 구조에 손상을 입힌 거라고. 결국은 내가 손해배상을 해야 되잖아."

"그거야 부인이 열쇠를 주지 않으니까……."

"내가 왜 열쇠를 줘야 되지! 내 열쇠인데, 내 개인 열쇠인데 말이야! 더구나 여긴 내 사실(私室)이야. 내 사실이라고. 그래서 그 녀석들한테 나가라고 했지만 그 녀석들은 나가지도 않았어!"

"하지만, 니콜레티스 부인, 여기서 살인이 있었잖아요. 그걸 알아야죠. 살인사건을 당한 사람들은 평소 같으면 불쾌하게 생각할 일들도 겪게 되는 거예요."

"그놈의 살인사건!" 니콜레티스 부인이 소리쳤다.

"실리아 그 아가씨 자살한 거야. 얼빠진 연애를 하다가 독을 마신 거라고. 그런 일이야 흔해빠진 거잖아. 젊은 아가씨들이란 으레 사랑에 빠지면 바보가 되지─사랑이 뭐 대단한 거라고! 1~2년만 지나봐, 그 대단한 정열이란 것도 다 끝장나 버리지. 대단하게 생각하던 남자도 다른 남자하고 똑같이 되는 거야. 그런데도 바보 같은 요즘 젊은 여자들은 그걸 몰라! 결국 그걸 깨달은 뒤에 수면제를 먹고, 양잿물을 마시고, 가스를 틀어놓고 해도 이미 너무 늦은 거라고!"

"어쨌든, 나라면 그 일에 대해선 접어두겠어요."

허바드 부인은 자신들이 원래 하던 이야기로 돌아갔다.

"그렇게 하면 당신한테야 좋겠지. 하지만 난 걱정 좀 해야겠어. 이젠 더 이상 나도 안전하지 못하니까 말이야."

"안전이라고?" 허바드 부인이 놀란 얼굴로 말했다.

"내 찬장에 무엇이 들었었는지 아는 사람은 아무도 없었어. 아무도 모르게 하고 싶었으니까. 그런데 이제 모두들 알아버린 거야. 정말 언짢아 죽겠어. 그 사람들이 뭐라고, 뭐라고 생각할까?"

"그 사람들이라니 누구 말이죠?"

니콜레티스 부인은 넓고 육중한 어깨를 으쓱하고는 더욱 뚱한 표정을 지었다.

"당신은 이해 못할 거야. 하지만 어쨌든 난 불쾌해. 아주 언짢다고"

"얘기해 보세요." 허바드 부인이 재촉했다.

"혹시 도움이 될지도 모르잖아요."

"고맙게도 이곳에서 자지는 않으니 다행이지 뭐야."

니콜레티스 부인이 내뱉었다.

"이곳 방 열쇠들은 모두 비슷비슷해. 열쇠 하나 갖고도 다른 방에 들어갈 수 있다고. 아유, 다행이지, 여기서 자지 않아도 되니 얼마나 다행이야."

허바드 부인이 다시 진지하게 말했다.

"니콜레티스 부인, 어떤 두려운 일이 있으면 저한테 툭 털어놓는 게 더 낫지 않겠어요?"

니콜레티스 부인은 검은 눈을 깜빡이며 그녀를 바라보다가, 다시 시선을 돌려버렸다.

"당신 입으로 벌써 말했잖아." 니콜레티스 부인이 둘러대듯이 말했다.

"이 집에서 살인이 일어났으니 불편한 심사가 되는 건 당연하다고. 다음 희생자가 누가 될까 하는 문제 때문에! 게다가 지금은 살인자가 누군지도 모르는 형편이잖아. 이게 다 그 경찰들이 멍청해서 그런 거라고. 아니면 혹시, 뇌물을 먹었는지도 몰라."

"어리석은 소리 마세요. 그게 터무니없는 소리란 건 부인도 알고 있잖아요. 자, 그러니 얘기해 보세요. 정말 걱정하는 게 뭔지……."

니콜레티스 부인이 다시 성질을 부리기 시작했다.

"아니, 설마 내가 걱정해야 할 일이 있다고 생각하는 건 아니겠지? 언제나처럼 잘난 체나 하고 뭐든지 아는 척한단 말이야! 그래, 언제나 훌륭하시고, 언제나 척척 요구에 응해 주고, 경영은 혼자 맡아 하고, 게다가 돈을 물 쓰듯이 하니 학생들이야 당연히 좋아하겠지. 그러고는 이제 내 일까지 맡아서 처리하겠단 말이로군! 하지만 그것만은 안 되지, 내 일은 내가 알아서 처리할 거야. 아무도 간섭 못하게 말이야, 알아듣겠어? 절대 간섭 못하게 할 거야, 이 참견꾼 여편네야!"

"제발 진정하세요." 허바드 부인이 노기를 띤 채 말했다.

"당신은 스파이야. 난 전부터 알고 있었어."

"스파이라니, 무슨 일에 스파이 노릇을 했다는 거죠?"

"없지! 여기는 아무것도 스파이 노릇을 할 게 없다고. 만일 뭔가 염탐을 할 것이 있다고 생각하면 그건 당신이 멋대로 지어내서 생각한 거야. 누군가 나에 대해 거짓말을 했나 본데, 난 그 사람들이 누군지 알고 있지."

"내가 이곳을 떠나기를 바라시면, 그렇게만 이야기하세요."

"아니, 당신은 떠날 수 없어. 내가 막을 거야. 지금은 안 된다고. 경찰이니 살인이니 하는 골칫거리가 이렇게 한꺼번에 몰려있는데 하필이면 이런 때 떠난다니 말도 안 돼. 당신이 날 내버려두게는 할 수 없어."

"아, 알았어요." 허바드 부인은 맥없이 중얼거렸다.

"하지만 자신이 바라는 게 어떤 건지 알아내기란 어려운 일이죠. 난 종종 부인이 자기 자신을 제대로 모르는 것 같은 생각이 들어요. 자, 이제 내 방 침대에서 잠이나 자두는 게 좋을 거예요."

제13장

에르퀼 포와로는 히코리 로 26번지에서 택시를 내렸다.

호스텔의 문을 연 것은 제로니모였는데, 그는 마치 오래된 친구처럼 포와로를 환영했다. 홀 안에는 경관이 한 명 서 있었고, 제로니모는 포와로를 식당으로 안내한 뒤 문을 닫았다.

"정말 무서운 일이지 뭡니까!"

그는 포와로가 오버코트를 벗는 것을 도와주면서 속삭이듯 말했다.

"경찰이 저렇게 죽치고 있으니 말이에요! 이것저것 묻질 않나, 여기저기 기웃거리질 않나! 찬장을 뒤적거리고, 서랍을 열어보고, 게다가 마리아가 일하는 부엌까지 들락거린다니까요. 그래서 마리아가 아주 성가 났습니다요. 경찰관을 밀방망이로 한 방 갈기고 싶다길래 내가 그러지 말라고 하는 중이죠. 경찰이 방망이로 맞으면 화가 나서 우리를 더 성가시게 굴 거라고 말입니다."

"현명한 생각이오." 포와로가 동감이라는 듯이 말했다.

"그런데 허바드 부인은 지금 좀 한가하신가요?"

"예, 제가 선생님을 위층으로 모셔다 드리죠."

"아니, 잠깐만." 포와로가 그를 불러 세웠다.

"혹시 전구가 없어졌던 날 기억하시오?"

"아, 예, 그럼요, 기억하고말고요. 하지만 너무 오래전이라. 그게 그러니까 한 달, 두 달, 예, 석 달 전입니다."

"어떤 전구가 없어졌다는 게요?"

"홀 안에 있는 것하고 공동 휴게실에 있는 것이 없어진 것 같습니다. 누가 장난으로 그런 거겠죠, 뭐."

"그 정확한 날짜는 기억 못하겠소?"

제로니모는 뭔가 한참 기억을 더듬었다.

"아유, 모르겠는데요. 하지만 경찰이 왔던 날인 건 분명합니다. 2월 어느 날인가……."

"경찰이라고? 경찰이 여긴 왜 왔지?"

"어떤 학생에 대해 니콜레티스 부인에게 물어보러 왔었답니다. 아프리카에서 온 학생인데 아주 나쁜 학생이래요. 아무 일도 안 하는 학생이랍니다. 직업소개소에도 가고 실업수당도 받고 그러다가 여자를 만났는데, 그 여자가 그 남자를 위해서 다른 남자들하고 놀아서 돈을 벌었대요. 아주 치사한 녀석이지 뭡니까. 경찰은 그런 걸 안 좋아하죠. 그게 맨체스터인가 셰필드에서 있었던 일인데, 그 남자는 거기서 도망쳐서 이리로 온 모양이에요. 그래 경찰이 뒤쫓아와서 니콜레티스 부인한테 그 남자 얘기를 했죠, 예. 그러자 부인이 그 남자한테 이곳에서 살 수 없다면서 쫓아버렸답니다."

"그래, 알겠소. 그 남자를 찾으러 여기 온 거로군."

"수시(Sucsi; 이탈리아 말로 '무슨 말이냐'는 뜻)?"

"그 남자를 찾으러 여기 온 거라는 말이지?"

"아, 예, 예, 그렇죠. 그래, 결국 그 남자를 찾아내서 감옥에 넣었습니다. 여자를 등쳐먹고 사는 사람이니까요. 여자를 등쳐먹는다는 건 있을 수 없는 일이잖습니까. 여긴 점잖은 집인데요. 그런 일은 안 되죠."

"그런데 그날 이 집에서 전구가 없어졌다는 말이오?"

"예, 그렇습니다. 스위치를 켰는데도 불이 들어오지 않는 겁니다. 그래서 공동 휴게실에 갔는데 거기도 전구가 없었어요. 결국 서랍을 뒤져 여분을 찾아보았는데, 글쎄 전구가 몽땅 없어진 겁니다. 그래서 부엌으로 가서 마리아에게 여분의 전구가 어디 있냐고 물었죠. 하지만 경찰이 와서 화가 난 모양인지 마리아는 전구 같은 것 알게 뭐냐고 하더군요. 그래서 제가 할 수 없이 촛불을 가져왔습니다."

포와로는 제로니모를 따라 허바드 부인의 방으로 가면서 이 얘기를 속으로 음미하며 재정리했다.

허바드 부인의 방에 들어가자 그녀는 포와로를 진심으로 환영해주었다. 하지만 그녀의 얼굴은 피곤하고 지쳐 보였다.

그녀는 그를 보자마자 곧 종이쪽지 하나를 그에게 내밀었다.

"포와로 씨, 그 물건들이 없어진 순서를 최대한 정확하게 기억해서 써보려고 했지만 100퍼센트 정확하다고는 말씀드릴 수 없어요. 사실 벌써 몇 달 전의 일이니까 이것 다음에 저것 하는 식으로 정확하게 기억할 수가 없거든요."

"부인, 이거 정말 뭐라고 감사의 말씀을 드려야 할지 모르겠습니다. 그런데 니콜레티스 부인은 좀 어떠십니까?"

"수면제를 드렸으니까 지금쯤 주무시고 계실 거예요. 수색영장 때문에 한바탕 소동을 벌였거든요. 자기 방 찬장 문을 열지 않겠다고 하는 바람에 경감님이 그 문을 두들겨 부쉈어요. 그랬더니 빈 병들이 와르르 쏟아져 나오는 거예요."

"아, 예, 그랬군요."

포와로는 무슨 말인지 금방 알겠다는 듯이 대답했다.

"그걸 보니까 알겠어요." 허바드 부인이 계속 말했다.

"대체 왜 그런 생각을 진작에 못했는지 모르겠어요. 싱가포르에서도 술 마시는 주정뱅이들을 많이 보았는데 말이에요. 하지만 그런 일은 선생님에게는 흥미 없겠죠."

"나한테는 뭐든지 흥미 있답니다."

포와로가 대꾸했다. 이어 그는 자리에 앉아 허바드 부인이 그에게 건네준 종이쪽지를 찬찬히 훑어보았다.

"아하!" 잠시 뒤 그가 입을 열었다.

"이제 보니 배낭이 제일 먼저 없어졌군요."

"예, 그래요. 사실 배낭은 별로 중요한 물건이 아니어서 기억을 못했는데 지금은 똑똑히 기억이 나요. 보석이며 그 밖의 물건들이 없어지기 전이에요. 분명해요. 배낭이 없어지기 얼마 전에 한 유색인 학생 때문에 말썽이 있었는데, 아마 그 일하고 관계가 있을 거예요. 그 학생이 떠나고 나서 하루 이틀쯤 뒤에 배낭이 발견됐으니까요. 그래서 그때 혹시 그 학생이 떠나기 전에 복수하려고 벌인 짓이 아닌가 의심했던 생각이 나요. 사실 그때 좀, 말썽이 있었거든요.”

“아! 제로니모도 내게 그런 일이 있었다고 하더군요. 그때 아마 경찰이 왔었다지요? 그렇습니까?”

“예, 맞아요. 셰필드인지 버밍햄인지에서 경찰이 추적해 왔던 것 같아요. 추문 같은 거였죠. 비도덕적인 방법으로 먹고 살았다던가. 하지만 결국 재판정에 서고 말았죠. 그래도 이곳에 그 사람이 머문 건 사나흘 정도밖에 안 돼요. 그런데 가만히 보니 그 사람 행동이 맘에 들지 않아서 곧 그 방이 예약된 것이니까 방을 비워줘야겠다고 했지요. 경찰이 찾으러 왔을 때도 전 놀라지 않았어요. 그 사람이 어디로 갔는지는 몰랐지만, 그래도 결국 경찰이 그의 뒤를 쫓아 잡고 말더군요.”

“그러니까 그 일이 있은 뒤에 배낭을 찾아냈단 말이지요?”

“예, 그래요─꼭 그렇다고 기억할 수는 없지만요. 사실 그때 렌 베이트선이 하이킹을 떠나려던 참이었는데 아무리 찾아보아도 배낭이 없다고 한바탕 소동을 벌이는 거였어요. 그래서 모두들 나서서 집을 발칵 뒤집으면서 찾다가 결국 제로니모가 보일러 뒤에서 갈가리 찢겨진 배낭을 찾아냈지요. 정말 끔찍한 일이지 뭐예요. 대체 알 수가 없는 일이에요, 포와로 씨, 누가 무슨 목적으로 그런 짓을 했는지 알 수가 없어요.”

“예, 그렇습니다. 괴상한 일이지요. 목적도 알 수 없고.”

그는 잠시 생각에 잠겼다.

“그런데 바로 그날 경찰이 그 아프리카 학생에 대해서 물어보러 오는데, 역시 전구가 없어졌다는 말이지요? 아니, 제로니모 말이 그렇더군요. 그 말이 맞습니까?”

“글쎄요, 잘 기억이 나질 않아요. 아, 예, 예, 선생님 말이 맞는 것 같아요. 경감님하고 아래층으로 내려와서 공동 휴게실에 들어갔더니 촛불이 켜져 있던 생각이 나거든요. 그때 경감님하고 제가 아키봄보에게 다른 아프리카 학생이 어디서 묵을 거라고 했는지 물어보던 생각도 나는군요.”

“그때 공동 휴게실에는 또 누가 있었나요?”

“예, 그때쯤은 학생들이 거의 다 돌아왔었어요. 그때가 아마 6시경이었죠.

그래서 제가 제로니모에게 전구가 어떻게 된 거냐고 물으니까 그 사람 말이 전구가 몽땅 없어졌다는 거예요. 그래서 왜 다른 것으로 바꿔 끼우지 않았느 냐고 물었더니 여분의 전구도 다 없어졌다는 거였어요. 전 그게 무슨 바보 같은 소리냐고 흥분했지요. 전 누가 훔쳐갔다고는 생각지 못했고 장난으로 그런 줄 알았거든요. 그런데 여분의 전구까지 다 없어진걸 알고는 놀랐지요. 여분의 전구를 상당히 준비해 놓고 있었는데, 그게 다 없어졌다니 말이에요. 그래도 그때까지는 그렇게 심각하게 생각하지 않았답니다."

"전구와 배낭이라……."

포와로가 곰곰이 생각에 잠긴 말투로 중얼거렸다.

"하지만 제가 보기엔 아무래도 그 가엾은 실리아가 훔친 것들하고 그 물건 들은 별로 상관이 없는 것 같아요. 당신도 기억하시죠, 실리아가 자기는 배낭 에는 손도 대지 않았다고 하던 말 말이에요."

"예, 예, 그랬지요. 그런데 그 뒤 얼마 있다가 실리아가 훔친 물건들이 없어 지기 시작했습니까?"

"어머나, 포와로 씨, 그걸 다 어떻게 기억해요. 정말 힘들다고요! 어디, 가만 계셔 보세요. 그게……, 3월이었지, 아냐, 2월이었어, 2월말쯤? 그래, 맞아요, 주느비에브가 그 일이 있고 난 뒤 1주일 뒤에 팔찌를 잃어버렸다고 했거든요. 예, 맞아요, 2월 20일에서 25일 사이였어요."

"그런 다음에 이 물건들이 계속 없어지기 시작했다는 말인가요?"

"예, 맞아요."

"그런데 이 배낭은 렌 베이트선의 것이라고 했나요?"

"예, 그래요."

"그 배낭 때문에 아주 노발대발했다고요?"

"예, 그 점을 결코 그냥 넘기지 못하시겠죠, 포와로 씨."

허바드 부인이 얼굴에 가볍게 미소를 띠우며 말했다.

"사실 렌 베이트선은 인정 많고 너그럽고 관대하지만, 한번 화가 났다 하면 물불을 가리지 않는 성격이랍니다."

"그 배낭 말인데요, 좀 특별난 것이었나요?"

"어머, 아니에요, 그저 어디서나 볼 수 있는 것이었어요."

"그것하고 비슷한 걸 하나 보여주실 수 있습니까?"

"예, 그럼요. 콜린한테 그것하고 아주 똑같은 것이 있어요. 나이젤한테도요. 렌도 새로 하나 샀지요. 그때 자기 배낭이 없어졌으니까요. 여기 학생들은 요 길모퉁이에 있는 상점에서 사요. 캠핑 도구하고 하이킹할 때 필요한 복장 같은 것을 파는 상점인데 꽤 괜찮은 곳이에요. 숏 팬츠나 슬리핑 백 같은 것들 말이에요. 게다가 아주 싸거든요. 큰 상점들보다 훨씬 싸지요."

"그럼 그 배낭 하나를 좀 볼까요, 부인?"

허바드 부인은 고분고분하게 그를 콜린 맥내브의 방으로 안내했다. 콜린은 방에 없었다. 하지만 허바드 부인은 스스럼없이 옷장 문을 열고는 몸을 굽혀서 배낭을 집어올려 포와로에게 내밀었다.

"여기 있네요. 그 찢어진 배낭하고 아주 똑같은 거예요."

"칼로 잘라야 했겠군."

포와로는 배낭을 찬찬히 쓰다듬으면서 중얼거렸다.

"작은 재봉 가위 같은 것으로는 배낭을 이렇게 갈기갈기 찢을 수가 없었을 테니까."

"예, 그럼요, 여자라면 그런 짓 못했을 거예요. 그 정도로 찢으려면 상당히 힘들었을 거예요. 힘들기도 하고, 웬만큼 악의가 있는 사람이 아니곤……."

"예, 무슨 말씀인지 알겠습니다. 별로 유쾌한 일은 아니군요. 생각하기조차 불쾌한 일입니다."

"그리고 말이에요. 그 뒤에 발레리의 스카프가 역시 갈기갈기 찢긴 채로 발견되었을 때, 그때 제 느낌은 뭐랄까, 누군가 제정신이 아닌 사람이 저지른 일 같았어요."

"아뇨, 그건 부인 생각이 틀리셨습니다. 이 일은 제정신이 아닌 사람이 한 짓이 아니에요. 내가 보기엔 이건 분명히 누군가가 어떤 목적을 가지고 저지른 짓입니다. 그리고 뭐랄까, 목적을 이루기 위한 수단이었다고나 할까요."

"글쎄요, 그렇다면 포와로 씨, 선생님은 저보다 이 일에 대해 더 아시는 게 많은 모양이지요? 제가 단정 지어 말할 수 있는 건 몹시 언짢다는 것뿐이거든요. 제가 판단하는 건, 이곳에 있는 많은 훌륭한 학생 중에 그런 짓을 한 학생이 있다고 생각만 해도—아, 물론 그게 누군지, 남자든 여자든 생각하기도 싫지만…….."

포와로는 문득 창 앞으로 성큼성큼 걸어가 창을 열고 구식 발코니 위로 걸어나갔다.

그가 물었다.

"물론 현관보다 이쪽이 더 조용할 테죠?"

"예, 그렇죠. 하지만 원래가 이 히코리 로는 별로 시끄러운 곳이 아니랍니다. 그리고 이쪽을 보고 서 있으면 밤에는 고양이들이 몰려드는 게 보여요. 야옹야옹 거리면서 쓰레기통 뚜껑을 박박 긁어 벗겨내곤 하지요."

포와로는 잠자코 뒤뜰에 있는 네 개의 커다란 쓰레기통이며 잡동사니들을 내려다보았다.

"보일러 창고는 어디 있습니까?"

"저게 보일러 창고 문이에요. 저기 석탄광 옆에 있는 문 말이에요."

"예, 그렇군요."

그는 살피듯이 그 문들을 바라보았다.

"이쪽으로 마주 보이는 학생 방은 없습니까?"

"예, 이 방 옆이 바로 나이젤 채프먼하고 렌 베이트선이 같이 쓰는 방이에요."

"그 방을 지나면?"

"거긴 별채인데 아가씨들 방이 있는 곳이죠. 첫 번째 방이 실리아 방이고, 그다음이 엘리자베스 존스턴, 그리고 그다음이 패트리셔 레인의 방이고요. 발레리하고 진 톰린슨은 현관 쪽이 내다보이는 방을 쓰죠."

포와로는 고개를 끄덕이더니 다시 방 안으로 되돌아갔다.

"콜린 청년은 퍽 깔끔한 성격인가 보구먼."

그는 방 안을 자세히 둘러보며 말했다.

"예, 그래요. 콜린은 방을 언제나 말끔히 치워놓지요. 엉망으로 해놓고 사는 남학생들도 많지만요. 정말 렌 베이트선의 방을 한번 보셔야 해요!"

하지만 그녀는 곧 열심히 덧붙였다.

"그래도 그런 점만 빼면 렌은 아주 훌륭한 학생이랍니다."

"이 배낭들을 모두 길모퉁이 가게에서 샀다고 했죠?"

"예, 맞아요."

"그 상점 이름이 뭡니까?"

"아유, 저런, 그런 식으로 갑자기 물으시니까 생각이 나지 않네요. 매벌리라 나? 아니, 켈소 상점이던가? 아, 물론 두 이름이 비슷한 이름은 아니지요. 하 지만 왠지 제 머릿속엔 그게 같은 종류의 이름인 것만 같아요. 왜냐하면, 켈소 라는 사람을 알고, 또 매벌리라는 이름을 가진 사람도 알았었는데, 그 사람들 이 서로 생김새가 비슷해서 그런 모양이에요."

"아, 나도 그런 일에 퍽 흥미를 느끼고 있습니다. 눈에 보이지 않는 연관 관계라고나 할까요."

그는 다시 한 번 창밖을 내다본 다음 정원을 내려다보았다. 이어 허바드 부 인과 작별한 그는 집을 나섰다.

그는 히코리 로를 따라 걷다가 모퉁이에 이르자 대로(大路)로 접어들었다. 허바드 부인이 말한 그 상점을 찾는 것은 조금도 어렵지 않았다. 상점 앞과 안에는 굉장히 많은 피크닉 바구니며 숏 팬츠, 모직 셔츠, 헬멧, 텐트, 수영복, 자전거 램프며 손전등 등등 운동을 즐기는 젊은이들에게 필요할 법한 모든 것 이 진열되어 있었다. 하지만 상점 위에 걸린 간판에 쓰인 상호는 매벌리도 켈 소도 아닌 힉스였다.

포와로는 진열장 안에 있는 물건들을 하나하나 세심히 살펴본 뒤에 안으로 들어가 거짓으로 조카 이야기를 꾸며 배낭을 하나 사주고 싶다고 했다.

"그 애는 '르 캠핑'을 좋아한답니다."

포와로는 일부러 외국인 억양을 쓰며 말했다.

"그 애는 다른 학생들과 함께 필요한 것 모두를 등에 지고 나서서 걷죠. 그 리곤 지나가는 차를 불러세워서 태워달라고 하는 겁니다."

주인은 모래 빛 머리칼에 몸집이 작고 친절한 남자였는데 즉시 대답했다.

"아, 히치하이킹 말씀이군요. 요즘 학생들은 다 그런답니다. 버스나 기차로

가면 돈이 많이 들거든요. 그래서 요즘엔 젊은이들이 유럽 전역을 히치하이킹으로 일주하는 일이 많지요. 그러니까 선생님이 원하시는 건 배낭이군요. 그냥 보통 배낭을 원하십니까?"

"그럴 겁니다. 그럼 그것 말고도 다른 게 있습니까?"

"예, 여자용으로도 한두 개 아주 가벼운 게 있지요. 하지만 이게 보통 팔리는 겁니다. 품질이 아주 좋습니다. 튼튼하고 오래 쓸 수 있고, 제가 직접 말씀드리긴 뭐하지만 값도 쌉니다."

이윽고 주인은 콜린의 방에서 본 것과 똑같은 물건을 내놓았다. 즈크 천으로 된 탄탄한 것이었다. 포와로는 그것을 살펴본 뒤 외국어를 좀 섞어서 쓸데없이 몇 가지 질문을 하고는 값을 치렀다.

"아, 예, 이런 종류는 많이 팔립니다."

주인은 배낭을 포장하면서 말했다.

"이 근처에는 학생들이 퍽 많지요?"

"예, 이 주변에 학생들이 묵는 곳이 여럿 있지요."

"히코리 로에도 호스텔이 하나 있지요?"

"예, 그렇지요. 거기 사는 학생들한테도 배낭을 몇 개 팔았답니다. 아가씨들한테도 팔고요. 하이킹 가기 전이면 꼭 여기 와서 장비를 사간답니다. 우리 집 물건이 또 그만큼 싸거든요. 자, 여기 있습니다, 선생님. 틀림없이 조카분도 이 물건 품질에 만족하실 겁니다."

포와로는 그에게 고맙다고 한 뒤 꾸러미를 들고 밖으로 나섰다. 하지만 그가 한두 걸음도 떼기도 전에 누군가의 손이 그의 어깨를 탁 쳤다. 샤프 경감이었다.

"꼭 만나 뵙고 싶었는데 여기서 뵙는군요." 샤프 경감이 입을 열었다.

"그 집 수색은 다 끝마치셨소?"

"예, 일단은 다 끝냈습니다만 별다른 성과가 있는 것 같진 않군요. 저, 저리로 가면 맛있는 샌드위치하고 커피를 파는 곳이 있는데 바쁘시지 않으면 좀 같이 가시겠습니까? 말씀드릴 게 있어서……."

샌드위치를 파는 바 안은 거의 비어 있었다. 두 사람은 샌드위치를 담은 접시와 커피잔을 들고 구석진 곳에 있는 작은 테이블로 갔다. 자리에 앉은 샤프 경감은 학생들을 심문한 결과에 대해 자세히 설명했다.

"불리한 증거를 갖고 있는 사람은 단 한 사람, 채프먼뿐입니다. 아니, 증거가 너무 많은 셈이지요. 세 가지 독극물이 모두 그의 손으로 해서 얻어졌으니까. 하지만 그가 실리아 오스틴에게 악의를 품을 만한 동기를 아무래도 모르겠거든요. 그리고 만일 그가 유죄라면 자신이 저지른 일들에 대해(독약을 손에 넣은 일에 대해 말입니다) 그렇게 솔직히 이야기했을 리도 만무하고"

"하지만 어쨌든 그럴 가능성도 있는 게지요."

"그야 그렇죠. 그 물건들을 모두 서랍 안에 넣어놓다니 멍청한 청년 같으니!"

이어 그는 엘리자베스 존스턴에 대한 이야기로 넘어갔다. 아울러 실리아가 그녀에게 했다는 말도 들려주었다.

"만일 그녀가 말한 것이 사실이라면 그건 참 의미심장한 사실입니다."

"아주 의미심장하지요."

포와로가 맞장구를 쳤다.

"그녀 말이 '내일이면 좀더 많은 것을 알게 될 것이다.'라고 했다더군요."

"그런데, 그 가엾은 아가씨한테는 끝내 내일이라는 것이 찾아오지 않았군! 그건 그렇고 그 집 수색을 해보니, 뭔가가 나왔소?"

"한두 가지는 있었습니다. 뭐라고 할까요, 기대하지 않았던 수확이라고나 할까요?"

"예를 들면?"

"엘리자베스 존스턴은 공산당원이었습니다. 그녀의 당원증을 찾아냈지요."

"그렇군!" 포와로는 생각에 잠겨 대꾸했다.

"그것참 재미있는데."

"그건 정말 뜻밖이셨을 겁니다." 샤프 경감이 말했다.

"저 역시 어제 그녀에게 심문을 할 때까지만 해도 꿈에도 생각 못했으니까요. 어쨌든 퍽 개성이 강한 아가씨임엔 틀림없습니다."

"아마 틀림없이 퍽 열렬하고 쓸모 있는 당원일 거요. 흔히 보기 어려운 예리한 지성을 갖춘 아가씨니까."

"그게 저한테는 퍽 흥미로웠습니다." 샤프 경감이 대꾸했다.

"왜냐하면 그녀는 히코리 로에서 평소 공산주의에 관한 얘기가 나와도 별로 찬성하는 뜻을 비치지 않았으니까요. 물론 그 일이 실리아 오스틴 사건하고 별로 연관이 있는 것은 아니지만 말입니다. 하지만 그래도 마음에는 새겨둘 만한 일이죠."

"그래, 그밖에 찾아낸 건 없소?"

샤프 경감은 어깨를 으쓱했다.

"패트리셔 레인의 서랍에서 녹색 잉크로 얼룩진 손수건이 한 장 나왔습니다."

포와로의 눈썹이 치켜져 올라갔다.

"녹색 잉크? 패트리셔 레인의 서랍에서! 그렇다면 엘리자베스 존스턴의 노트에 잉크를 쏟았는지도 모르겠군. 그러고는 자기 손을 손수건에 닦은 거로군. 하지만 분명히 그건……."

"분명히 그건 그녀가 나이젤이 의심을 받지 않게 하려고 한 일일 겁니다."

샤프 경감이 포와로를 대신하여 말을 끝맺었다.

"하지만 사람들은 그렇게 생각하지 않을 거요. 물론 누군가 다른 사람이 그녀의 서랍에 일부러 손수건을 집어넣었을 수도 있소."

"충분히 그럴 수도 있겠죠."

"그리고 또 다른 것은?"

"글쎄요……." 샤프 경감은 잠시 생각을 더듬었다.

"레너드 베이트선의 아버지가 롱위드 베일 정신병원에 입원해 있는 모양이더군요. 뭐 그거야 별로 관심사가 될 일은 아니지만, 그래도……."

"하지만 렌 베이트선의 아버지가 정상인이 아니라는 건 분명한 사실 아니오. 당신 말대로 언뜻 보기에는 그다지 대단한 일이 아닐지 모르지만, 어쨌든 분명히 마음속에 새겨둘 만한 일인 건 틀림없소. 그 사람의 광증의 원인이 어디에 있는지 알아보는 것도 재미있을 게요."

"베이트선은 훌륭한 젊은이입니다만, 예, 성격이 조금 제멋대로더군요. 균형이 안 잡혀 있다고나 할까요"

포와로는 고개를 끄덕였다. 그러다가 문득 그에게 실리아 오스틴이 하던 말이 똑똑히 떠올랐다.

'물론 전 배낭 같은 것을 찢는 어리석은 짓은 하지 않아요. 그건 단지 누가 광증을 부린 것뿐이에요.'라고 하던 말이.

그런데 그녀는 어떻게 해서 그것이 누군가가 광증을 부린 것이라고 알아챘을까? 혹시 렌 베이트선이 그 배낭을 갈기갈기 찢는 걸 목격한 것은 아닐까?

이렇게 생각하던 그는 문득 제정신으로 돌아와 샤프 경감에게 싱긋 웃으며 물었다.

"아마 학생들 사이에 반발이 꽤 있었겠지요, 그렇지 않소?"

"예, 그렇습니다. 프랑스 아가씨 하나는 아주 신경질을 부렸고, 찬드라 랄이라는 사람은 이것을 국제적인 사건으로 확대시키겠다고 으르렁대더군요. 그 사람 소지품에 불온 팸플릿이 몇 장 들어 있었습니다. 흔히 보는 풋내 나는 내용의 것들이죠. 그리고 서아프리카에서 온 학생은 조금 끔찍한 주물(呪物)하고 부적을 갖고 있더군요. 예, 수색영장을 갖고 일하다 보면 인간 본성의 별난 면을 다 들여다보게 마련이죠. 니콜레티스 부인 찬장 얘긴 들으셨습니까?"

"그래요, 들었소"

샤프 경감은 싱긋 웃었다.

"살면서 그렇게 많은 빈 브랜디 병은 처음입니다! 그 여자가 성질을 부리던 모습이라니!"

경감은 한참 웃은 뒤에 갑자기 정색을 했다.

"하지만 우리가 찾고 있던 것은 결국 못 찾고 말았습니다. 여권들은 모두 제대로 된 것들뿐이고 불법 여권은 하나도 없었으니까요."

"모 나미(Mon ami; 프랑스어로 '내 친구'라는 뜻), 그런 불법 여권이 당신이 발견할 수 있도록 버젓이 남겨져 있을 리 없지 않소. 당신은 적어도 지난 여섯 달 동안은 여권 관계로 히코리 로를 공식적으로 수색한 일이 없지요, 안 그렇소?"

"예, 그렇습니다. 그냥 순찰만 했을 뿐입니다. 말씀하신 기간에 말이죠"

포와로는 그의 얘기를 듣곤 얼굴을 찡그렸다.

"그렇다면 대체 아귀가 맞지 않는데……."

이윽고 그는 고개를 내저으며 다시 입을 열었다.

"그렇다면 우선 처음부터 시작해야 사리에 맞겠지."

"처음부터라니 뭘 말씀하시는 겁니까, 포와로 씨?"

"배낭 말이오." 포와로가 나직하게 말했다.

"갈기갈기 찢어진 배낭—모든 건 그 배낭으로부터 시작된 거요."

제14장

1

니콜레티스 부인은 지하실 계단을 올라갔다. 그녀는 방금 그곳에서 제로니모와 그렇잖아도 신경질적인 마리아를 화나게 하고 올라오는 참이었다.

"순 도둑에다 사기꾼들이야!"

니콜레티스 부인이 의기양양한 목소리로 외쳤다.

"이탈리아 사람들이란 다 도둑에다가 거짓말쟁이라고!"

계단을 내려오던 허바드 부인은 초조한 듯이 짤막한 한숨을 내쉬었다.

"저녁 요리하는 사람들을 화나게 하면 어떡해요?"

"알 게 뭐야!" 니콜레티스 부인이 소리쳤다.

"저녁 먹을 때쯤이면 난 여기 있지도 않을 텐데."

허바드 부인은 입술까지 치밀어 올라온 격한 말을 간신히 억눌렀다.

"평소와 같이 월요일에 와보겠어요."

니콜레티스 부인이 말했다.

"그때까지 사람을 시켜 내 찬장을 고쳐놓으라고 해요. 수리비 청구서는 경찰 앞으로 보내고, 알았죠? 경찰 앞으로."

허바드 부인은 멍한 얼굴이었다.

"그리고 컴컴한 복도에 새 전구를 갈아 끼우도록 해요. 아주 밝은 걸로 말이에요. 복도가 너무 어둡잖아."

"복도에는 돈을 절약하기 위해 약한 전구를 끼라고 하셨잖아요."

"그건 지난주 얘기예요!" 니콜레티스 부인이 내쏘았다.

"지금은, 사정이 다르잖아요. 요즘엔 뒤돌아보면 꼭 누군가가 날 따라오는 것 같아서, 원!"

괜히 호들갑을 떠는 걸까, 아니면 진짜 뭔가를, 아니면 누군가를 두려워하는 걸까? 허바드 부인은 의아했다. 니콜레티스 부인은 워낙 뭐든지 과장해 말하는 버릇이 있기 때문에 그녀의 말은 어디까지 믿어야 하는지 모를 때가 많았던 것이다.

마침내 허바드 부인은 의심스러운 어조로 물었다.

"집에 혼자 돌아가실 건가요? 제가 바래다 드릴까요?"

"웃기지 말아요, 적어도 우리 집이 여기보단 안전하다고!"

"그렇다면 두려워하시는 게 뭐지요? 그걸 알면 내가 그래도……."

"그건 알 것 없어요. 얘기 안할 테니까. 자꾸 캐내려고 해보았자 소용없고"

"죄송합니다, 하지만 내 생각엔……."

"이제야 화가 나셨군."

니콜레티스 부인은 허바드 부인에게 밝은 미소를 보냈다.

"그래, 사실 난 못된 성격에다 무례하지. 하지만 그건 다 걱정거리가 많아서 그래요. 그러니 내가 당신을 믿고 의지한다는 걸 명심해줘요. 내가 당신 없이 무슨 일을 어떻게 하겠어, 허바드 부인. 자, 이젠 작별인사를 해야지. 주말 즐겁게 보내요. 안녕—"

허바드 부인은 니콜레티스 부인이 현관문을 나선 뒤 문이 닫히는 것을 바라보았다.

"정말 어쩔 수 없어!"

그녀는 부엌 계단을 향해 돌아섰다.

니콜레티스 부인은 현관 앞의 계단을 내려가 정문을 나선 다음 왼쪽으로 돌았다. 히코리 로는 아주 넓은 길이었다. 그리고 집집마다 문에서 조금 들어간 곳에 자리를 잡고 서 있었다. 26번지에서 몇 분 걸어 히코리 로 맨 끝에 이르면 그곳은 런던에서도 가장 번잡한 교통로로, 버스들이 항상 붕붕거리며 지나다니곤 했다. 길 끄트머리에는 신호등이 세워져 있었고, 그 뒤로는 술집이 하나 있었다. 그리고 모퉁이로는 퀸스 네클리스 술집이 있었다.

니콜레티스 부인은 도로의 한가운데로만 발을 내딛으며 계속 신경질적인 눈초리로 뒤를 돌아다보았다. 하지만 오늘따라 아무런 인적이 없었다. 이상하게도 오늘 저녁의 히코리 로는 텅 비어 있었던 것이다. 그녀는 걸음을 빨리해 퀸스 네클리스 앞을 지나쳤다가 다시금 뭔가 켕기는 눈길로 황급하게 흘끗 뒤를 돌아보고는 술집 안의 특별실로 들어갔다.

주문한 브랜디 더블을 홀짝거리자 그녀는 마음에 다시금 활기가 솟는 것을 느꼈다. 이제 그녀는 조금 전처럼 겁먹고 불안한 여인이 아니었다. 물론 경찰에 대한 적개심만은 여전했다.

그녀는 자신도 모르게 낮게 중얼거렸다.

"게슈타포 같은 인간들! 꼭 이 대가는 치르고 말 거야! 그럼, 치르고말고!"

이어 그녀는 잔을 비운 뒤 다시 한 잔 청하고는 최근 있었던 일들을 곰곰이 되새겨 보았다. 사실 경찰이 멍청하게도 자기 찬장을 들여다보고 감춰둔 병 무더기를 찾아낸 것은 이만저만한 불운이 아니었다. 게다가 그 말이 학생들한테 퍼져나가지 않길 바라는 것은 너무 무리한 기대였다.

허바드 부인은 입이 무거울지 모르지만―또 아닐지도 모른다. 세상에 믿을 사람이 어디 있는가 말이다. 이런 일들은 으레 새어나가는 법이니까. 우선 제로니모가 알지 않는가. 아마 벌써 마누라한테 이야기했을 것이다. 그럼 마리아는 청소부에게 얘기할 것이고, 그런 다음에는 계속해서……, 그때 그녀는 등 뒤에서 들려오는 목소리에 화들짝 놀랐다.

"아이고, 이런, 닉 부인, 이곳에 자주 들르시는 줄은 몰랐는걸요."

그녀는 휙 몸을 돌려켜 상대방을 알아보고는 안도의 한숨을 내쉬었다.

"아, 당신이었군요. 난 또……."

"누구라고 생각했어요? 사나운 늑대? 지금 마시는 게 뭡니까? 저도 한 잔 주세요."

"걱정거리투성이라서 한잔했어요."

니콜레티스 부인은 위엄을 갖추려 애쓰며 설명했다.

"경찰관들이 내 집을 온통 뒤지는 바람에 모두들 당황했다고요. 아유, 내 놀란 가슴. 난 심장에 특히 주의해야 하거든요. 별로 마시고 싶은 생각은 없었는데 조금 아까 집 밖을 나서니 어지러운 것 같아서, 브랜디를 조금 마시면 나을까 해서요……."

"그럴 땐 브랜디만한 게 없죠. 자, 여기 있습니다."

니콜레티스 부인이 퀸스 네클리스 술집을 떠난 것은 얼마 안 있어서였다.

그녀는 이제 생기를 되찾고 인생이 장밋빛처럼 느껴지고 있었다. 버스는 타지 않으리라. 그녀는 속으로 이렇게 결정을 내렸다. 근사한 밤인데다가 신선한 공기를 마시며 걸어가노라면 몸에도 좋을 테니까. 그녀는 자기 걸음이 조금 불안정하다고 느꼈으나 그다지 걱정하지는 않았다.

브랜디를 한 잔만 덜 마실 것을. 하지만 이제 바람을 쐬다 보면 머리가 곧 맑아질 테지. 사실 숙녀라고 해서 자기 방에 조용히 앉아 가끔 술을 마시지 말란 법이 어디 있는가 말이다. 그렇다고 해서 뭐 그리 나쁠 게 있어? 취한 꼴을 보인 것도 아니잖아! 취하다니, 천만에, 그런 적은 결코 없어. 만일 사람들이 그것에 대해 뭐라고 하면 나도 그 사람들 약점을 찔러줄 테야. 한두 가지쯤은 나도 알고 있으니까, 안 그래? 내가 입만 열자고 맘먹으면 말이야.

다음 순간 니콜레티스 부인은 도전적인 기세로 얼굴을 홱 들다가 갑자기 얼굴 앞으로 달려드는 우체통을 피하기 위해 몸을 돌렸다. 머리가 좀 도는 모양이었다. 잠깐 벽에 기대 서보면 어떨까? 잠깐만 눈을 감고 있어 보면…….

보트 경관은 자기 순찰구역을 흔들흔들하면서 걷고 있다가 상점 점원이 창백한 얼굴로 부르는 소리에 걸음을 멈추었다.

"여기 여자가 있어요, 경관님. 난 아무 짓도……, 병이 난 모양이에요. 축 늘어져 있어요."

보트 경관은 여전히 활기 있는 걸음으로 그쪽으로 다가가 웅크리듯 누워 있는 사람의 형체 위로 몸을 기울여 살펴보았다. 그 입에서 나는 심한 브랜디 냄새에 그의 의심은 굳어졌다.

"혼수상태요. 과음 때문이지. 아, 걱정 말아요. 우리가 알아볼 테니."

2

일요일 아침의 조반을 끝낸 에르퀼 포와로는 턱수염에서 초콜릿을 마신 흔적을 조심스럽게 닦아내고는 거실로 들어섰다.

탁자 위에는 배낭 네 개가 가격표가 붙은 채로 얌전히 놓여 있었다. 그 전날 조지에게 일러두었더니 이렇게 갖다놓았던 것이다. 포와로는 전날 자신이 샀던 배낭을 포장에서 끌어내 다른 것들 옆에 대어보았다. 그 결과는 흥미 있었다. 포와로 자신이 힉스 상점에서 산 배낭은 조지가 다른 큰 상점에서 산 것보다 별로 뒤떨어지는 점이 없었다. 그런데도 그 배낭 값은 다른 상점 물건 값에 비해 너무나 쌌던 것이다.

"재미있군."

포와로가 중얼거리며 배낭들을 뚫어지게 바라보았다. 이어 그는 그것들을 하나하나 자세히 살펴보았다. 안팎을 살펴보고 위아래로 뒤집어보기도 하고 솔기며 주머니, 손잡이 등을 두루두루 만져보았다. 그러고 난 다음 그는 욕실로 들어가 작고 예리한 칼을 하나 갖고 나왔다.

이어서 힉스 상점에서 산 배낭을 홀딱 뒤집은 다음 그 밑을 칼로 푹 찔러보았다. 배낭 안쪽 솔기와 밑바닥 사이에는 주름이 진 딱딱한 천으로 되어 있었는데, 모양이 꼭 골판지 같았다. 포와로는 흥미 있는 눈길로 잘라진 배낭을 바라보았다.

이윽고 그는 칼을 다시 집어들고 다른 배낭을 찔러보았다.

마침내 그가 뒤로 앉았을 무렵에는 그의 앞에 찢어진 배낭이 가득 쌓여 있었다.

이어 그는 전화기를 잡아당겨 약간 지체한 뒤에 샤프 경감과 통화를 했다.

"에쿠테, 몽 셰르(Ecoutez, mon cher; 여보세요, 안녕하시오). 두 가지 알고 싶은 것이 있어 전화했소."

샤프 경감이 특유의 너털웃음을 웃었다.

"'나는 말(馬)에 대해 두 가지를 안다오. 그중 하나는 좀 상스러운 일이라오.'" 그는 장난스럽게 말했다.

"그게 무슨 소리요?" 포와로가 놀라서 물었다.

"아니, 아무것도 아닙니다. 옛날에 알던 노래죠. 그런데 알고 싶으시다는 두 가지가 뭡니까?"

"어제 당신이 그러지 않았소, 지난 석 달 동안에 히코리 로에서 경찰이 탐문을 한 적이 몇 번 있었다고. 그 날짜하고 당일 몇 시에 했는지 좀 알 수 있겠소?"

"아, 예, 그거야 뭐 쉽죠. 서류철에 있을 겁니다. 잠깐 기다려 보세요. 제가 살펴보죠."

샤프 경감은 오래지 않아 전화기로 되돌아왔다.

"첫 번 수색은 불온선전물을 뿌린 인도 학생에 대한 것이었는데, 지난 12월 18일, 오후 3시 30분이었습니다."

"그건 꽤 오래전 일이로군."

"그리고 케임브리지의 앨리스 콤브 부인 살인사건과 연관되어 수배중인 아시아 혼혈인인 몬태구 존스에 대한 탐문이 있었죠. 2월 24일 오후 5시 30분이었습니다. 그리고 셰필드 경찰이 수배한 서아프리카 태생의 윌리엄 로빈슨에 대한 탐문수사가 3월 6일 오전 11시에 있었고요."

"아, 그래요! 고맙소."

"하지만 그 사건들이 이번 사건하고 무슨……."

포와로는 그의 말을 잘랐다.

"아니, 아무런 연관도 없소. 그저 그 탐문수사를 벌인 시간이 궁금해서……."

"포와로 씨, 대체 무슨 일을 꾸미시는 겁니까?"

"배낭을 해부해보는 중이라오, 친구. 아주 흥미 있는 일이더군."

이어 그는 가만히 수화기를 내려놓았다. 그러고는 전날 허바드 부인이 써준 쪽지를 주머니에서 끄집어내었다. 처음 준 쪽지의 물건 순서를 고쳐 쓴 것이었다.

그 쪽지에는 다음과 같이 적혀 있었다.

배낭(렌 베이트선 소유)
전구들
팔찌(리스도프 양 소유)
다이아몬드 반지(패트리셔 소유)

가루분 콤팩트(주느비에브 소유)
야회용 구두 한 짝(샐리 소유)
립스틱(엘리자베스 존스턴 소유)
귀걸이(발레리 소유)
청진기(렌 베이트선 소유)
목욕용 소금(?)
찢어진 스카프(발레리 소유)
바지(콜린 소유)
요리책(?)
붕산(찬드라 랄 소유)
브로치(샐리 소유)
엘리자베스의 논문에 엎지른 잉크

저의 최대한의 기억을 되살려 쓴 것입니다. 꼭 정확한 것은 아닙니다.

L. 허바드

포와로는 그 쪽지를 오랫동안 살펴보았다. 그러고는 이윽고 한숨을 내쉬며 중얼거렸다.

"그래, 맞아……. 중요하지 않은 것부터 우선 삭제해야겠어."

그는 그 일에 대해 누가 자신을 도와줄 수 있는지 알고 있었다. 오늘은 일요일이었다. 그러니 학생들 대부분이 집에 가 있을 것이다.

우선 그는 히코리 로 26번지의 전화번호를 돌렸다. 그러고는 발레리 호브하우스 양과 통화하고 싶다고 했다. 목구멍에서 나오는 탁한 목소리가 처음에는 전화를 걸은 상대가 누군지 다소 의심하는 눈치였으나, 결국엔 가서 발레리 양이 있는지 알아보겠다고 대답했다.

곧 이어 그의 귀에 낮고 허스키한 여자의 음성이 들려왔다.

"예, 발레리 호브하우스입니다."

"아, 예, 에르큘 포와로요. 기억하시겠소?"

"물론이죠, 포와로 씨. 어쩐 일이신가요?"

"나하고 좀 얘기할 시간이 있겠소?"

"예, 물론이죠"

"그럼 내가 히코리 로로 가도 되겠소?"

"예, 기다리고 있지요. 제로니모에게 얘기해서 오시면 제 방으로 안내하라고 일러두겠어요. 여기선 일요일이면 별로 긴밀히 얘기 나눌 곳이 없어서요."

"고맙소, 호브하우스 양. 정말 고맙소"

포와로가 도착하자 제로니모는 과장된 환영의 몸짓으로 문을 열어주고는 몸을 앞으로 숙여 여느 때와 마찬가지로 무슨 음모라도 꾸미는 듯한 어조로 속삭였다.

"발레리 양한테 몰래 안내해 드리지요. 쉿, 쉿!"

말을 마친 그는 입술 위에 손가락을 댄 채 포와로를 위층으로 안내해 히코리 로가 내려다보이는 커다란 방까지 데려다 주었다.

그곳은 침실 겸 거실로 화려하고 고상한 취미의 가구로 장식이 되어 있었다. 낮고 긴 침대 위에는 조금 낡긴 했지만 아름다운 페르시아 양탄자가 덮여 있었고 앤 여왕 시대의 근사한 호두나무 옷장도 있었는데, 포와로가 보기엔 히코리 로 26번지인 이 호스텔에 원래 비치되어 있었던 가구 같지는 않았다.

발레리 호브하우스는 기다리고 있다가 포와로를 맞아들였다. 그녀는 조금 피곤한 표정이었고 눈 주위에는 어두운 그늘이 져있었다.

"아, 여긴 참 좋군요." 포와로는 그녀에게 인사말을 건넸다.

"근사한데요. 분위기가 있는 방입니다."

발레리가 그의 말에 미소를 지었다.

"이 방엔 꽤 오래 묵었어요. 2년 반……, 아니, 거의 3년 되는 셈이죠. 이젠 자리를 잡은 터라 제 물건들이 꽤 생겼어요."

"마드모아젤, 당신은 학생은 아니죠?"

"아, 예, 아니에요. 순전히 상업적인 거지만 직업을 갖고 있죠"

"화장품 회사?"

"예, 사브리나 페어라는 미용실과 거래하는 바이어 중 하나예요. 저 역시 우리 회사의 주를 조금 갖고 있답니다. 우리 회사에서는 미용도구 말고도 부업적인 취급품들이 상당히 많답니다. 액세서리 같은 종류죠. 파리 신제품들도 있고요. 그게 제가 담당하는 부서예요."

"그렇다면 아가씨는 파리하고 유럽 대륙에 갈 일이 자주 생기겠군요?"

"아, 예 한 달에 한 번쯤, 그보다 더 자주 갈 때도 있어요."

"이거 자꾸 이것저것 물어서 미안합니다." 포와로가 사과했다.

"쓸데없는 호기심이라고 생각할지 모르지만……."

"괜찮아요." 그녀는 그의 말을 가로막았다.

"지금 우리가 처한 상황에서는 그런 호기심쯤이야 견뎌내야지 어쩌겠어요. 어저께도 샤프 경감님한테서 여러 가지 질문을 받았는걸요. 그런데 포와로 씨께서는 낮은 팔걸이의자보다 등이 꼿꼿한 의자를 좋아하시는 것 같군요."

"아주 명민한 분이시로군요, 마드모아젤."

포와로는 조심스럽게 등 높은 의자에 기대어 앉으며 대답했다.

발레리는 긴 의자에 앉은 뒤 그에게 담배 한 대를 권한 다음 자기도 한 대 빼어 물고는 불을 붙였다. 포와로는 그녀를 주의 깊게 살펴보았다.

그녀에게는 어딘가 신경질적이고 초췌한 듯하면서도 우아한 아름다움이 깃들여져 있었고, 그 때문에 포와로에게는 평범한 아름다움 이상의 묘한 매력과 감동이 느껴졌다. 지적이면서도 매력적인 아가씨라고 생각했다. 그러고는 그녀의 신경질적인 태도가 최근 경찰에게 이것저것 심문을 받느라 그렇게 된 것인지, 아니면 원래 그녀의 성격의 일부분인지 궁금한 심정이 되었다.

그때 문득 그가 처음으로 이곳에서 저녁식사를 하러 왔을 때도 그녀가 그처럼 신경질적인 태도를 보였음을 상기해 냈다.

이윽고 그가 물었다.

"샤프 경감이 당신에게 이것저것 심문했다고요?"

"예, 그래요."

"그리고 당신은 알고 있는 것 모든 사실을 다 그에게 얘기했겠죠?"

"물론이죠."

"글쎄요, 과연 그랬을지……."

포와로가 대꾸했다. 그러자 발레리는 묘한 표정을 지었다.

"포와로 씨는 제가 샤프 경감님에게 무슨 대답을 했는지 직접 그 자리에 안 계셨으니까 모르시지요." 그녀의 대꾸였다.

"아, 그야 그렇죠. 그냥 한번 생각해본 것뿐입니다. 사실 난 원래 이것저것 쓸데없는 생각들을 많이 한답니다. 다 여기 들어 있죠."

그러면서 그는 자기 머리를 툭툭 쳐보았다.

그러는 포와로의 몸짓이 일부러 익살스럽게 자기 말을 눙쳐버리려는 것임은 누가 보더라도 알 수 있었다. 그것은 그가 이따금 하는 버릇이었다.

하지만 발레리는 그의 행동을 보고도 웃지 않고 똑바로 쏘아보다가 단도직입적으로 말했다.

"요점을 솔직히 말씀해주세요, 포와로 씨. 무슨 말씀을 하시려는 건지 통 알수가 없군요."

"하지만 이게 뭔지는 아시겠지요, 호브하우스 양?"

포와로는 주머니에서 자그마한 꾸러미를 꺼내어 물었다.

"포와로 씨, 전 투시안을 갖춘 초능력자가 아니에요. 종이로 포장한 속을 어떻게 알겠어요?"

"이 안의 것은……." 포와로는 천천히 입을 뗐다.

"패트리셔 레인 양이 도난당한 반지입니다."

"패트리셔의 약혼반지 말이에요? 그러니까 그녀가 어머니에게서 물려받은 반지를 말씀하시는 거예요? 대체 어떻게 해서 그걸 선생님이 갖고 계시죠?"

"내가 하루나 이틀 정도 빌려달라고 했습니다."

발레리는 다소 놀랐는지 눈썹이 치켜 올라갔다.

"그랬군요." 그녀는 상자를 살펴보며 말했다.

"난 이 반지에 관심이 많았답니다. 이게 어떻게 행방불명되었는지, 그리고 어떻게 돌아왔는지 등등에 대해서 말이오. 그래서 레인 양에게 좀 빌려달라고 부탁을 했더니 쾌히 빌려주더군요. 그래서 이걸 갖고 곧장 보석상을 하는 내 친구에게 갔습니다."

"그래서요?"

"친구한테 이 다이아몬드를 감정해 달라고 했죠. 기억하실지 모르겠지만 아주 큰 다이아몬드에 양옆으로 작은 다이아몬드가 장식되어 있습니다. 기억하실는지, 마드모아젤?"

"예, 그런 것 같아요. 정확히는 기억나지 않지만요."

"아니, 그걸 만진 적도 있잖습니까? 당신 수프 접시에서 나왔으니까."

"아, 그래요, 그렇게 해서 다시 찾아냈었죠! 물론 기억하고말고요. 하마터면 삼킬 뻔했는걸요."

말하고 나서 발레리는 짤막하게 웃음을 터뜨렸다.

"그러고 나서 내가 그 친구한테 이 다이아몬드에 대해 의견을 들려 달라고 했지요."

포와로가 계속 말을 이었다.

"그랬더니 그 친구가 뭐라고 했는지 아십니까?"

"그걸 제가 어떻게 알겠어요?"

"그 친구 말이 이 돌은 다이아몬드가 아니라는 거였어요. 그냥 지르콘이라는 광석이랍니다. 백색 지르콘."

"어머나!"

발레리는 그를 뚫어지게 응시했다. 그러고는 다시 입을 연 그녀의 목소리는 조금 불안정한 듯싶었다.

"선생님 말씀은, 패트리셔는 그 반지를 다이아몬드라고 생각했는데 그게 아니라 지르콘이었다는 말씀이세요?"

포와로는 고개를 내저었다.

"아니, 그런 뜻이 아닙니다. 내가 알기론 그건 분명히 패트리셔 레인 양의 어머니가 물려준 약혼반지였습니다. 패트리셔 레인 양은 좋은 가문 출신의 숙녀이고, 그녀의 집안 식구들도 모두 최근 세제 개편이 있기 전까지는 안락한 환경에서 살았을 겁니다. 그런 계층의 사람들은 약혼반지에 꽤나 돈을 들이게 마련이지요. 약혼반지를 아주 근사한 걸로, 다이아몬드 반지거나 아니면 적어도 값비싼 보석을 박은 반지로 하곤 하죠. 분명히 확신하는데, 레인 양의 아버지는 그녀의 어머니에게 값비싼 약혼반지를 선물로 주었을 겁니다."

"그 점에 대해서는 저도 적극 동감이에요. 패트리셔의 아버지는 시골 지주라고 하니까요.”

“그렇게 볼 때 이 반지의 돌은 그 뒤에 누가 다이아몬드와 바꿔치기하여 박아 넣은 거라고 할 수 있습니다.”

“제 추측으로는…….” 발레리가 천천히 말을 이었다.

“패트가 거기 박힌 다이아몬드를 잃어버리고 나서 다시 새것으로 사서 넣을 능력이 없으니까 그 대신 지르콘으로 박아 넣은 게 아닌가 싶군요.”

“그것도 있을 수 있는 일이겠지요.” 포와로가 대꾸했다.

“하지만 난 그렇게 생각하지 않아요.”

“그럼 포와로 씨는 어떻게 된 거라고 생각하시는데요?”

“내 생각으로는 실리아 양이 그 반지를 가져가서 다이아몬드를 빼내고서 지르콘으로 바꾼 뒤에 돌려주었을 것 같소.”

발레리는 흥분하여 몸을 벌떡 일으켜 세웠다.

“그럼 포와로 씨는 실리아가 고의로 그 다이아몬드를 훔쳤다고 생각하시는 건가요?”

포와로는 고개를 내저었다.

“아니, 그게 아니오. 마드모아젤, 당신이 훔쳤다고 생각하오.”

발레리 호브하우스는 훅 하고 숨을 내쉬었다.

“어머나, 맙소사!” 그녀는 비명을 질렀다.

“정말 어떻게 되신 것 아니에요? 증거도 없이 그런 소리를…….”

“아니, 그렇지 않소.” 포와로가 말을 잘랐다.

“증거가 있소. 반지는 수프 접시에서 발견되었소. 그런데 저번에 나 역시 이 곳에서 저녁식사를 한 적이 있지 않소? 그때 나는 접시에 수프를 어떻게 따르는가를 자세히 살펴보았소. 그랬더니 사이드 테이블 위의 뚜껑 달린 그릇에서 덜어주더군. 때문에 누군가가 자기 수프 접시 속에서 반지를 발견했다면 그 접시에 반지를 넣을 사람은 수프를 따라주는 사람이거나(이 경우에는 제로니모가 되겠지요) 그 수프 접시의 임자뿐이오. 즉, 당신뿐이라는 결론인 거요! 제로니모가 그런 짓을 하리라곤 생각되지 않으니까.

당신이 반지를 수프 접시 속에 넣은 건 즐기기 위해서였소. 이런 말 해도 될지 모르겠지만 당신은 다소 유머러스한 극적 감각이 있는 것 같소 반지를 집어든다. 비명을 지른다! 내가 보기엔 당신은 그 부분에서 너무 유머 감각을 발휘한 나머지 그만 자신한테 불리한 짓을 저지른 것 같소"

"말씀 다 끝나셨나요?" 발레리가 경멸조로 내쏘았다.

"아, 아니오 다 안 끝났소 그날 저녁에 실리아가 없어진 물건이 자기 소행이라고 고백했을 때 난 몇 가지 사실을 눈치 챘소 한 예를 들면 이 반지에 대해 이야기할 때 그녀 말이 이랬소 '난 그 반지가 얼마나 비싼 건지도 몰랐어요. 그게 비싼 건지 알고서는 곧 돌려주려고 했죠.' 대체 그녀가 그 반지가 값비싼 것인 줄 어떻게 알았을까요, 발레리 양? 대체 누가 그녀에게 그 반지가 값비싼 것이라고 이야기해주었을까요?

그리고 또 찢어진 스카프 이야기를 할 때 실리아가 이런 뜻의 말을 하더군요. '스카프는 별일 없었어요. 발레리가 별로 개의치 않았으니까요……' 당신 것인, 비싸고 품질 좋은 스카프가 갈기갈기 찢어졌는데도 당신은 별로 개의치 않은 건 왜지요? 그 말을 듣고 난 즉각 실리아가 물건들을 훔치고 자신을 도벽광처럼 보이게 하여 콜린 맥내브의 관심을 끈다는 계획을 누군가가 실리아에게 알려준 것이 아닌가 하는 인상을 받았소 그 누군가는 실리아보다 훨씬 똑똑하고 심리학적인 지식도 꽤 갖춘 사람일 것이 분명했고 말이오 당신은 실리아에게 그 반지가 비싼 것이라고 말해준 다음에 그녀에게서 반지를 받아 접시에서 발견한 것처럼 연극을 꾸몄소 그리고 역시 같은 식으로 당신은 그녀에게 당신의 스카프를 찢어놓으라고 시켰던 거요."

"그건 모두 사견(私見)에 불과해요." 발레리가 대답했다.

"그리고 모두 억지 논리라고요. 경감님도 실리아에게 그런 수를 써보라고 부추긴 것이 저 아니냐고 하시더군요."

"그래, 뭐라고 대답했나요?"

"그런 터무니없는 말씀 마시라고 그랬죠."

"그럼 나한테는 뭐라고 대답할 건가요?"

발레리는 탐색하듯이 포와로를 바라보고 있다가 이윽고 짤막하게 웃음을 터뜨린 뒤, 담배를 비벼끈 다음 등에 쿠션을 대고 기대앉으며 말했다.

"선생님 말이 맞아요. 제가 그녀에게 시켰어요."

"왜 그랬는지 이유를 물어봐도 되겠소?"

발레리는 초조한 듯이 대답했다.

"아, 그야 뭐 바보 같은 선심에서 그런 거지 뭐겠어요. 자비심을 빙자한 간섭이랄까. 글쎄, 실리아가 꼭 유령처럼 흐느적거리면서 자기한테 눈길 한 번 안 주는 콜린에게 넋이 빠져 있지 않겠어요. 바보처럼 말이에요! 그런데 정작 그 콜린이라는 사람은 심리학이니 콤플렉스니 정서적 장애니 그런 것들에만 푹 빠져 있는 오만불손하고 저 잘난 줄만 아는 그런 사내였어요. 그래서 제 생각에 이거 콜린을 한번 놀려주면 정말 재미있겠다고 생각했죠.

그리고 또 실리아가 그렇게 비참해하는 꼴도 보기 싫었고요. 그래서 어느 날엔가 그녀를 붙잡아놓고 전체적인 계획을 대충 일러주고는 한번 해보라고 구슬렸죠. 그녀는 그런 짓을 한다는 데 조금 긴장했지만 스릴도 동시에 느꼈던 것 같아요. 그랬는데, 그녀가 글쎄 처음 벌인 일이 욕실에 패트의 반지가 있는 것을 보고는 그걸 슬쩍한 거예요. 진짜 값비싼 보석 반지를 말이에요. 그런 걸 훔치면 소동이 일어날 게 뻔하고 경찰이 개입되면 사건이 심각해질 게 분명할 텐데 그런 짓을 저지르고 만 거예요. 그래 제가 반지를 빼앗아서는 무슨 수를 쓰든지 돌려주는 방법을 강구해 보겠다고 하고는 이제 앞으로 훔치려거든 모조 보석이나 화장품을 훔치라고 한 다음, 별로 말썽 없을 제 물건 하나를 망쳐놓아 보라고 시켰죠."

포와로는 깊은 숨을 몰아쉬었다.

"내가 생각했던 것하고 똑같군."

"지금 생각하니 그런 짓을 하지 않는 건데 그랬어요."

발레리가 침통하게 말했다.

"하지만 전 정말 좋은 뜻에서 그랬어요. 이런 말 하기는 겸연쩍고, 또 진 톰린슨 같은 여자하고 똑같이 되는 것 같아 싫지만 어쨌든 사실이에요."

"자, 그럼 이제 패트리셔 양의 반지 사건은 대개 윤곽이 잡혔군요. 그러니까 실리아 양은 그 반지를 당신한테 돌려주었고, 당신은 그것을 어디에선가 발견한 척하고는 패트리셔 양한테 돌려준다는 계획이었다는 말이죠. 하지만 그것을 패트리셔 양에게 돌려주기 전에 혹시 무슨 일이 없었나요?"

그는 그녀의 손가락이 목에 감고 있는 스카프 끄트머리를 접었다 폈다 하는 것을 지켜보고 있다가 이번에는 좀더 달래는 듯한 어조로 입을 열었다.

"그동안 괴로웠을 테죠, 그렇죠?"

그녀는 포와로를 쳐다보지도 않고 가볍게 고개를 끄덕였다.

"다 이야기하겠다고 말씀드렸죠."

그녀는 쓰디쓴 목소리로 입을 열었다.

"포와로 씨, 제겐 문제가 하나 있답니다. 다름 아니라 도박을 좋아한다는 거죠. 그런 성격은 어떤 사람에게는 선천적으로 타고나는 거랍니다. 그 때문에 자기 자신도 정말 어쩔 수가 없는 거지요. 전 지금 메이페어(런던 하이드 파크 동쪽의 상류 주택지)에 있는 클럽 회원이랍니다. 아, 그곳이 어디인지는 말씀 못 드려요. 경찰이 습격한다거나 하는 사태를 몰고 오는 건 싫으니까. 그러니 지금 제가 그 클럽 소속이라는 사실만 말씀드리는 걸로 넘어가 주시기 바라요.

그 클럽에서는 룰렛(회전하는 원반 위에 공을 굴리는 도박)이니 바카라(카드를 쓰는 도박의 일종) 같은 것을 하지요. 얼마 전에 전 그곳에서 계속 엄청나게 잃었답니다. 마침 그때 패트의 반지를 손에 넣자 딴 생각이 났어요. 우연히 지르콘 반지를 파는 보석상을 지나치다가 그런 생각이 든 거지요. '그래, 이 다이아몬드를 백색 지르콘으로 끼워넣으면 패트는 전혀 눈치 못 챌 거야!'라고 생각하게 됐죠. 사실 평소에 잘 끼던 반지는 자세히 들여다보는 법이 없잖아요. 다이아몬드가 다른 때보다 조금 윤이 나지 않는다고 생각되더라도 좀 닦아야겠구나 하고 생각하는 게 고작이지요.

결국 전 그 충동에 지고 말았답니다. 다이아몬드를 빼내서 팔아버린 뒤에 지르콘으로 바꾸어 넣고는 바로 그날 밤 제 수프 접시에서 발견한 척 연극을 꾸몄죠. 예, 사실 어리석은 짓이었어요. 자, 이게 다예요. 전부 다 말씀드렸어요. 하지만 솔직히 말씀드리면 그 일로 인해서 실리아를 수치스럽게 만들 생각은 추호도 없었답니다."

"그래, 알겠소." 포와로는 고개를 끄덕였다.

"당신은 그저 우연히 다가온 기회를 이용했을 뿐이니까. 손쉬운 길이라 그것을 택한 것뿐이겠죠. 하지만 그 점에 있어서 당신은 큰 실수를 범했소, 마드 모아젤."

"저도 알고 있어요." 발레리가 딱딱한 어조로 말했다.

이어 그녀는 비참한 심정이 되어 소리쳤다.

"하지만 그게 이제 무슨 상관이겠어요! 아, 원하신다면 저를 붙잡아 가셔도 좋아요. 패트한테도 말하세요. 경감님께도 말하시고요. 온 세상에 다 공표하세 요! 하지만 그런들 무슨 소용이 있겠어요? 그런다고 해서 실리아를 죽인 범인 이 나오나요!"

포와로는 자리에서 일어났다.

"그거야 모르는 일이오. 도움이 될지 안 될지는. 하지만 우선은 별로 중요하 지 않은 것들과 핵심을 혼란시키는 것들은 한 가지씩 벗겨내서 제거해야 하지 않겠소? 나로서는 가엾은 실리아 양을 부추겨서 그런 연기를 하게 시킨 것이 누구인지 알아내는 일이 중요했으니 말이오. 이젠 알았으니 됐소. 그 반지에 대해서 말인데, 내 생각에는 패트리셔 레인 양에게 가서 아가씨가 한 일을 솔 직히 밝히고 정중하게 사과하는 게 좋을 듯싶소."

발레리는 얼굴을 찡그렸다.

"그거 대체적으로 좋은 충고인 듯싶군요. 예, 좋아요. 울며 겨자 먹기지만 어쨌든 패트에게 가서 다 말하겠어요. 패트는 마음이 좋으니까 용서해줄지도 모르지요. 언제든 다이아몬드를 다시 살 돈이 생기면 다시 끼워 놓겠다고 하 겠어요. 그걸 원하시는 거죠, 포와로 씨?"

"내가 원한다기보다는 그렇게 하는 것이 좋을 듯싶어 말한 게요."

그때 쾅당 하고 문이 열리며 허바드 부인이 들어왔다.

그녀는 가쁜 숨을 몰아쉬고 있었는데 그 표정에 발레리는 저도 모르게 비 명을 질렀다.

"무슨 일이세요, 아주머니? 대체 무슨 일이에요?"

허바드 부인은 무너지듯 의자에 털썩 주저앉았다.

"니콜레티스 부인이……."

"닉 부인? 그 부인이 어쨌는데요?"

"오, 오, 하나님. 부인이 죽었어요!"

"죽어요?" 발레리가 거친 목소리로 부르짖었다.

"왜요? 언제 그랬어요?"

"어젯밤 길에서 죽어 있는 걸 누가 발견했대나 봐요. 사람들이 경찰서로 떠메고 갔다더군요. 경찰 말이 부인은……, 부인은……."

"술을 마셨다는 건가요?"

"그래요, 술을 마셨대요. 그래도 그렇지, 죽다니……."

"가엾은 닉 부인!"

발레리가 쉰 듯한 목소리로 떨며 말했다.

포와로는 온화하게 입을 열었다.

"마드모아젤, 당신은 부인을 좋아했소?"

"예, 좀 이상하게 들리실지 모르지만, 좀 심술궂은 노파였으니까요. 하지만, 예, 그래요, 좋아했어요. 제가 3년 전에 처음 여기 왔을 때만 해도 부인은 지금처럼 변덕스럽지 않았어요. 아주 좋은 사람이었어요. 재미있고, 다정하고. 그런데 작년부터 너무나 변했어요."

발레리는 허바드 부인을 바라보았다.

"몰래 술을 마셨기 때문에 그렇게 된 거겠지요? 부인 방에서 빈 병이 많이 나왔다면서요?"

"그래요."

허바드 부인은 머뭇거리며 대답하다가 갑자기 울음을 터뜨렸다.

"다 내 탓이야! 어젯밤 부인을 혼자 집에 보내는 게 아니었는데! 부인은 뭔가 두려워하고 있었는데……."

"두려워했다고요?" 포와로와 발레리가 동시에 말했다.

허바드 부인은 괴로운 표정으로 고개를 끄덕였다. 그녀의 둥글고 온화한 얼굴이 괴로움으로 인해 일그러져 있었다.

"그래요, 불안하다고 자꾸만 말하던걸요. 그래서 제가 대체 뭘 두려워하느냐고, 얘기해 보라고 했지만 대꾸도 하지 않았어요. 사실 부인은 원래 과장이 심해서 진짜로 그 속을 알 수가 없었지만, 그래도 이건 정말—제가 그래도 계속

파고들었더라면……."

발레리가 그녀의 말을 가로막았다.

"설마 아주머니는 그 부인도 그걸, 그 사실을 알고……."

그녀는 공포의 빛을 띤 채 말을 멈추었다.

포와로가 물었다

"경찰은 사인이 뭐라고 하던가요?"

"말 안 했어요. 화요일에 검시가 있을 거라고……."

허바드 부인이 비참하다는 듯 대답했다.

제15장

새 런던경시청 건물의 한적한 방에 네 명의 남자가 둥근 탁자 주위에 둘러 앉아 있었다.

회의를 주재하는 사람은 마약전담반의 와일딩 총경이었다. 그 옆으로는 벨 경사가 앉아 있었는데, 그는 퍽 활기차 보이고 낙천적인 모습이 꼭 사냥감을 열심히 쫓는 그레이하운드 사냥개 같았다. 샤프 경감은 자기 의자에 기대고 앉아 있었는데, 말이 없고 긴장한 모습이었다. 네 번째 사람은 바로 에르퀼 포와로였다. 그리고 테이블 위에는 배낭 하나가 놓여 있었다.

와일딩 총경은 깊은 생각에 잠긴 듯이 턱을 쓰다듬고 있었다.

"그것참 기발하고 재미있는 생각입니다, 포와로 씨."

이윽고 총경이 신중한 어조로 입을 열었다.

"말씀드렸듯이 이건 그저 내 생각일 뿐입니다."

포와로가 대답했다.

와일딩은 고개를 끄덕였다.

"이제 대체적인 윤곽은 잡은 셈이오. 밀수란 언제나 있기 마련이지요. 한쪽 패거리들을 소탕하고 나면 그 뒤의 공백기를 타서 다른 곳에서 또 무슨 일이 일어나게 되지요. 내가 맡은 마약 전담반에서 알아낸 것만 하더라도 지난 1년 반 동안 많은 수량이 국내에 반입되었더군요. 대개 헤로인이죠. 코카인도 상당량 있고. 영국도 그렇고 대륙도 그렇고 마약 지점망이 한두 군데가 아니랍니다. 프랑스 경찰도 그것들이 어떻게 반입되어 들어오는지에 대해선 한두 가지 단서를 잡았지만 어떻게 반출되어 나가는지에 대해서는 오리무중이라고 합니다."

포와로가 다시 입을 열었다.

"내가 제대로 알아들은 거라면 이제 문제는 크게 세 가지로 나누어 볼 수 있다는 말이로군요. 우선 마약 보급 문제가 있고 또 그 마약 적송품이 어떤 경로로 국내에 반입되어 들어오는가에 대한 문제, 그리고 마지막으로 마약사업을 운영해 이득을 취하는 자가 누구냐 하는 문제 아닙니까?"

"대략 얘기해서 바로 그렇습니다. 우리도 조무래기 마약 보급책들에 대해서는 꽤 많이 알고 있지요. 마약보급 경로에 대해서도 그렇고 말이오. 그중 어떤 자들은 잡아들이기도 하지만 또 어떤 자들은 혹시 그들을 통해 대어를 낚을까 해서 그냥 놔두기도 합니다.

마약은 여러 가지 경로로 보급됩니다. 나이트클럽, 술집, 약국, 무면허 의사 등등이 있고, 또 여자들의 유행 의상 디자이너나 미용사들을 통해 보급되는 수도 있지요. 경마장에서 전해지기도 하고 골동품 경매장, 또는 사람이 붐비는 상가에서 전해지는 수도 있고 말입니다. 하지만 이런 이야기를 시시콜콜 다할 필요는 없을 테지요. 지금 중요한 건 그게 아니니까. 그런 일이라면 우리도 잘 뒤쫓을 수 있지요.

게다가 그 소위 '대어'라는 인물들 중에서도 유력한 용의자들이 몇몇 있습니다. 사회적으로 명망이 높고 부호인 신사 한두 사람을 의심하고 있는데, 겉으로 볼 때는 전혀 혐의를 둘 수 없는 완벽한 사람들이지요. 그만큼 아주 주의 깊고 신중한 자들이랍니다. 그 자들은 절대 자기 손으로 마약을 직접 다루는 일이 없어요. 그 때문에 조무래기들은 그 대어들의 정체조차 모르는 수가 많지요. 하지만 그래도 어쩌다가 그들 중 하나가 실수를 하는 경우가 있는데 그럴 때, 탁 목덜미를 잡는 겁니다."

"모두 내가 상상했던 대로군요. 그런데 내 관심을 끄는 건 두 번째 사항입니다. 마약이 대체 어떻게 해서 국내로 들어오게 되는 겁니까?"

"아, 그건 이렇습니다. 여기 영국은 섬나라 아닙니까. 그 때문에 그동안 제일 많이 써온 방법은 해상으로 운반해 오는 거죠. 화물선을 타고 와서 동해안 혹은 남쪽 작은 만에 조용히 닻을 내리는 겁니다. 그러고 나서 모터보트를 타면 영국 해협을 아무도 모르게 살짝 건널 수 있지요.

그 방법은 가끔 성공하는 수가 있지만, 조만간 우리도 그 모터보트의 주인에게 혐의를 두게 되고 그 모터보트 주인은 다시는 그런 짓을 할 기회가 없게 되는 겁니다. 최근에는 비행기 편으로 한두 번 마약이 밀반입된 적이 있지요. 뇌물도 제공되는데다가 워낙 거액이라 너무나 인간적인 항공기 승무원이나 인부 중 하나가 그 유혹에 넘어가고 마는 거지요.

그리고 또 수입상들을 통해 들어오는 방법도 있습니다. 그랜드 피아노니 그런 것들을 들여온다는 그 훌륭한 회사들에서 말이지요! 물론 그런 작자들도 썩 교묘하게 해나가고 있지만 그래도 끝판에 가서는 결국 우리도 알아내고 만답니다."

"그러니까 뒷전으로 불법거래를 할 때가 제일 어려운 점이란 말이시죠? 외국에서 국내로 들어오는 경로 말입니다."

"그렇습니다. 덧붙여 말하자면, 그동안 우리는 걱정이 많았지요. 우리가 미처 따라잡을 수 없을 정도로 많은 마약이 반입되어 오고 있었으니까요."

"다른 것들은 어떻습니까, 보석 같은 것 말입니다."

벨 경사가 입을 열었다.

"그것 역시 많은 양이 거래되고 있습니다. 남아프리카와 호주에서, 그리고 어떤 것은 극동지역에서 밀수 다이아몬드하고 다른 보석류가 반출되어서 꾸준히 이곳으로 들어오고 있는데, 대체 어떤 경로로 들어오는지를 도통 알 수가 없습니다.

요전에는 프랑스에서 온 어느 평범한 관광객 아가씨가 안면이 있는 친지에게서 구두 한 켤레를 영국 해협 건너편으로 좀 가져다 달라는 부탁을 받았답니다. 뭐, 새 구두도 아니고 세금이 붙은 것도 아닌 구두였는데 잊어먹고 가지고 오지 않았다고 하면서 말입니다. 그래서 그 아가씨는 별 의심 없이 부탁을 받아들였답니다. 그런데 우연히 우리가 그 구두를 보게 된 겁니다. 결국 그 구두 뒤축이 뻥 뚫린 채 그 안에 세공 안 된 다이아몬드가 가득 차 있는 것을 발견했지요."

와일딩 총경이 다시 입을 열었다.

"그런데, 포와로 씨, 대체 당신이 뒤쫓는 게 뭡니까? 마약입니까? 밀수 보석입니까? 대체 뭔가요?"

"둘 답니다. 아니, 엄밀히 말하면 고가(高價)이고, 부피가 작은 물건이면 뭐든지 흥미 있습니다. 영국 해협을 오가면서 그러한 물품을 운반하는 운송 루트가 있을 겁니다. 훔친 보석이나 세팅에서 빼낸 것들을 영국에서 가져가고 그 대신 밀수 보석이며 마약 종류를 들여오는 겁니다. 그걸 맡은 것은 마약 보급책하고는 상관없는 작은 무역회사가 위탁을 받아서 하는 일일 테죠. 아마 굉장히 남는 게 많은 장사일 겁니다."

"그렇죠, 바로 그겁니다! 1만 파운드, 또는 2만 파운드 가치의 헤로인이라도 아주 작은 공간에 넣을 수 있고, 또 세공하지 않은 고급 보석 역시 그렇기는 마찬가지니까요."

"사실 그렇습니다." 포와로가 말했다.

"밀수입자의 약점은 언제나 인간적인 요소와 관련되어 있습니다. 밀수를 저지르다 보면 조만간 어떤 인간—항공기 승무원이라든가 조그만 요트를 가지고 이리저리 쏘다니는 요트광, 너무 자주 프랑스에 오가는 젊은 여자, 아무리 보아도 분수 넘게 돈을 버는 듯싶은 수입업자, 별로 뚜렷한 생계수단도 없으면서 잘사는 남자 등등이 의심을 사게 됩니다. 하지만 만일 아주 전혀 그럴 법하지 않은 사람을 시켜 마약을 밀반입시킨다면, 한술 더 떠서 매번 다른 사람을 시켜서 밀반입시킨다면 여간해서 그 물건을 발견하기가 힘들어지죠."

와일딩은 손가락으로 배낭을 가리켰다.

"그래, 당신은 이 물건이 의심이 간다는 말이지요?"

"그렇습니다. 오늘날 마약에 관계된 일로 가장 의심을 덜 받을 만한 인물들이 누구겠습니까? 바로 학생들이죠. 성실하고 공부 열심히 하는 학생들 말입니다. 등에 간단한 짐만 짊어지고 여기저기 돌아다니기도 하고, 유럽 전역을 히치하이킹으로 질주하기도 하는 그런 학생들.

하지만 만일 특정한 학생이 계속 물건을 들여오게 되면 경찰 측에서 곧 그의(혹은 그녀의) 정체를 알게 됩니다. 그러니까 조직망을 짜는 데 가장 중요한 것은 마약 운반을 맡을 인물은 전혀 남의 의심을 받지 않을 만한 사람으로 아주 여러 명 책정해 놓는 일입니다."

와일딩은 턱을 문질렀다.

"그럼 포와로 씨의 생각엔 그자들이 그 조직망을 어떻게 짜낸 듯싶습니까?"

에르퀼 포와로가 어깨를 으쓱했다.

"아까도 말했듯이 이건 순전히 내 추측에 불과합니다. 그리고 세부사항에 있어서는 많이 다를 겁니다. 하지만 전체적으로는 이런 식으로 진행되지 않았나 싶습니다만. 우선 가게에 한 줄로 배낭을 늘어놓습니다.

그 배낭들은 모두 다른 보통 배낭처럼 흔히 보는 평범한 배낭이죠. 하이킹에 알맞게 튼튼하게 만든 물건들입니다. 하지만 '다른 보통 배낭' 하고는 엄밀히 다릅니다. 밑바닥의 솔기 부분이 조금 다른 모양이니까요. 보시면 아시겠지만 그 배낭들의 솔기는 떼어내기가 아주 쉽고 또 보석처럼 단단한 물건이나 마약 가루를 골판지 골 속에 넣도록 두껍고 튼튼하게 되어 있습니다. 하지만 자세히 살펴보지 않으면 절대 알 수가 없지요. 알약으로 된 헤로인이나 코카인 가루는 자리도 별로 차지하지 않으니까요."

"바로 그렇습니다."

총경이 대답했다.

그는 배낭들을 재빨리 살펴보면서 말했다.

"과연 그렇군요. 이 정도 공간이면 5~6천 파운드어치의 마약은 문제없이 집어넣을 수 있겠는데. 아무한테도 눈치 채이지 않고 말입니다."

"예, 그렇지요." 에르퀼 포와로가 말을 이었다.

"정말 대단합니다! 배낭을 만들어서 시장에다 팝니다. 아마 한 상점에서만 팔진 않겠죠. 상점 주인은 한 패거리일 수도 있고 아닐 수도 있습니다. 상점 주인은 그저 다른 캠핑 도구 제조회사 제품과 비교해서 싼 물건이라고 생각하고 들여놓았을 뿐인지도 모르는 거죠. 하지만 그 배후에는 분명한 범죄 조직이 있습니다. 의과 대학에(런던 대학일 수도 있고, 다른 곳일 수도 있죠) 다니는 학생들 명단이 비밀리에 보관되어 있을 겁니다. 누군가 진짜 학생이거나 학생인 척하는 인물이 그 일당의 우두머리를 맡을 수도 있지요.

학생들은 외국으로 떠납니다. 그런데 돌아오는 길 어디에선가 이 이중 배낭이 다른 배낭과 바꿔치기 됩니다. 그러고 나서 학생들은 영국으로 돌아올 때 세관에서 의례적인 검사를 받기 때문에 들키지 않고 무사히 자기 호스텔까지

오게 되는 거지요. 돌아온 뒤 그 학생은 배낭에서 마약과 보석을 꺼낸 뒤 빈 배낭은 찬장이나 방구석에 처박아 둡니다. 물론 이때쯤 해서 다시 배낭을 교환할지도 모릅니다. 범죄에 쓰인 배낭을 수거해 가고 그 대신 보통 배낭을 그 자리에 두는 거지요."

"그럼 포와로 씨, 당신 생각엔 히코리 로에서 바로 그런 일이 있었을 거란 말입니까?"

포와로는 고개를 끄덕였다.

"예, 그렇게 추정하고 있습니다."

"그런데 대체 어떻게 해서 그런 생각에 착안하게 되었는지요? 당신 말이 맞는다고 가정하고 말입니다."

"배낭 하나가 갈기갈기 찢어졌더군요."

포와로가 이어서 설명해 나갔다.

"대체 왜 그런 일이 일어났을까요? 그 이유를 생각해내기가 쉽지 않기 때문에 우선은 그 이유를 여러 가지로 상상해 보아야 합니다.

제일 먼저, 히코리 로의 학생들이 사용하는 배낭들은 뭔가 좀 이상한 점이 있습니다. 너무 싸다는 사실이지요. 그런데 히코리 로에서는 여러 가지 이상한 일들이 벌어졌고, 그 일들을 벌인 아가씨는 절대 그 배낭만은 자신이 한 짓이 아니라고 주장합니다.

그 아가씨는 이미 다른 일들은 자기 짓이라고 고백했는데도 굳이 그 배낭을 찢어놓은 것만은 인정 하지 않을 이유가 없습니다. 그렇기 때문에 그녀의 말은 믿어야 합니다. 그렇게 보면 배낭이 그렇게 찢어진 데에는 분명히 다른 이유가 있는 거지요. 게다가 튼튼한 배낭을 그렇게 망가뜨리는 것도 쉬운 일이 아닙니다. 퍽 힘든 일이죠. 아마 누군가가 그 일을 하느라고 퍽 힘이 들었을 겁니다.

나는 그 배낭이 경찰이 호스텔에 묵고 있는 학생을 찾으러 온 날 그렇게 찢어졌다는 사실을 알고 거기서 단서를 얻었습니다. 아, 물론 그 날짜가 반드시 그날이었다는 건 아닙니다. 아무래도 얼마간의 기간이 경과된 일이라 기억이 정확하지 않을 수도 있었으니까요.

경찰이 호스텔에 온 것은 물론 다른 일 때문이었습니다. 하지만 이렇게 생각해 볼 수도 있습니다. 누군가가 이 마약밀매와 관련된 자가 있습니다. 그런데 그날 저녁 그가 호스텔로 돌아와 보니 경찰이 와 있고 지금 2층에서 허바드 부인과 함께 이야기를 나누고 있다는 겁니다. 그렇게 되면 그는 곧 그 경찰이 밀수 때문에 수색을 하러 온 거라고 단정을 하게 되지요. 그런데 바로 그 당시 외국에서 가져온 지 얼마 안 되는 배낭이 그 집 안에 있었다고 가정해봅시다. 밀수품이 든 배낭 말입니다.

자, 그럼 이제 경찰이 뭔가 단서를 잡은 이상 학생들의 배낭을 조사하러 다시 히코리 로에 올 것은 뻔합니다. 그렇다고 해서 문제의 배낭을 집 밖으로 가지고 나갈 수는 없습니다. 왜냐하면 집 밖에 정찰하고 망을 보는 경찰관이 한 명쯤 와서 대기하고 있을 테니까요.

그런데 배낭은 어디다 감추거나 가려놓기엔 좀 큰 물건입니다. 그렇다면 제일 손쉬운 방법은 배낭을 갈기갈기 찢어서 그 조각들을 보일러실의 허섭스레기 같은 것 안에 처박아두는 겁니다. 만일 가져온 것이 마약이나 밀수 보석이라면 임시방편으로 목욕용 소금 같은 것 속에 감춰둘 수도 있지요. 하지만 그런 것들을 꺼내고 배낭을 비워놓았다 하더라도 그 배낭 안에는 자세히 검사해보면 틀림없이 헤로인이나 코카인의 흔적이 남아 있게 마련입니다. 그래서 배낭을 처리해야만 했던 거죠. 충분히 있을 수 있는 일이라고 동감하실 테지요?"

"아까도 말했지만 그건 하나의 가설일 뿐입니다."

와일딩 총경이 말했다.

포와로는 이어서 계속 말했다.

"또한 지금까지는 별로 중요하게 생각되지 않던 작은 사건이 알고 보면 배낭과 연관된 사건이었을 수도 있습니다. 그 집의 이탈리아인 하인 제로니모의 말에 의하면 경찰이 왔었던 그날엔……, 아니, 그 당시 어느 날 홀 안의 불이 나갔다는 겁니다. 그래서 그는 바꿔 낄 전구를 찾으러 갔지만 예비용 전구까지 없어졌다는 것을 발견했습니다. 분명히 하루 이틀 전에 그 서랍에 여분의 전구가 있는 것을 보았는데 말입니다.

사실 이건 어디까지나 가능성이 있는 일로 생각해본 것뿐이니까 내 짐작이 꼭 옳다고 말할 수는 없습니다. 즉, 누군가가 밀수사건에 관련되어 양심에 걸리는 것이 있는 사람이 혹시 경찰이 자기 얼굴을 밝은 불빛 아래서 보면 알아볼까 봐 걱정을 했던 거지요. 그래서 그는 홀 안에 있는 전구를 살짝 떼어내고는 바꾸어 끼울 전구를 없애버렸습니다. 그 때문에 홀에는 촛불만 켜놓을 수밖에 없었지요. 물론 어디까지나 가정일 뿐이지만 말입니다."

"정말 그럴 듯한 가정이군요."

와일딩이 입을 열었다.

"진짜 있을 수 있는 일입니다. 이건 생각해볼수록 가능성이 있는 이야기입니다."

벨 경사가 열띤 어조로 말했다.

와일딩이 다시 말했다.

"하지만 그게 사실이라면, 히코리 로 말고도 다른 곳이 또 있을 테지요?"

포와로는 고개를 끄덕였다.

"아, 물론이오. 아마 그 조직은 학생들 클럽이니 뭐니 하는 아주 많은 곳에 손을 뻗치고 있을 겁니다."

"그럼 그 사이에 연결된 조직을 찾아내야 하겠군." 와일딩이 말했다.

샤프 경감이 그때 처음으로 입을 열었다.

"예, 그런 조직이 있습니다. 아니, 있었습니다. 학생들 클럽과 단체 몇 군데를 운영하는 여자가 있었지요. 바로 히코리 로에 있던 여자, 니콜레티스 부인입니다."

와일딩이 포와로를 흘끗 보았다.

"예, 그렇습니다." 포와로가 입을 열었다.

"여러 가지 정황으로 보아 니콜레티스 부인이 꼭 들어맞지요. 우선 그녀는 그런 클럽과 단체에서 경제적인 이득을 거둬들이고 있었습니다. 그녀 자신이 직접 운영하지는 않지만 말입니다.

그녀가 택하는 방법은 누군가 아주 성실하고 전과(前科) 같은 것이 없는 사람을 골라서 그곳들을 대신 운영하게 하는 겁니다. 내 친구인 허바드 부인이 바로 그런 계획에 말려든 사람이지요. 그리고 니콜레티스 부인은 운영자금을 대는 겁니다. 하지만 아무래도 내가 보기엔 니콜레티스 부인도 큰 거물 밑에 있는 조무래기였던 것 같습니다만."

"흐음—."

와일딩이 생각에 잠긴 어조로 말했다.

"니콜레티스 부인에 대해 좀더 알아보면 아주 재미있을 것 같군."

샤프 경감이 고개를 끄덕였다.

"예, 그렇지 않아도 그녀를 자세히 조사하고 있습니다. 그녀의 출신배경이며 배후 말입니다. 아주 신중하고 은밀하게 해야 합니다. 수사한다는 소문이 나서 우리가 노리는 대어들이 놀라 도망가면 안 되니까요. 누가 그녀에게 돈을 댔는지도 역시 조사하고 있습니다. 그 여자, 아주 감때사나운 여자더군요."

그는 수색영장을 갖고 그 호스텔에 갔을 때 니콜레티스 부인이 야단법석을 피웠던 그 때의 상황을 자세히 설명했다.

"브랜디 병이라고?" 와일딩이 물었다.

"그럼 알코올 중독자란 말인가? 그렇다면 일이 더 쉬워지겠군. 그런데 그 여자 어떻게 되었나, 도망쳤나?"

"아뇨, 총경님. 그 여자는 죽었습니다."

"죽었어?" 와일딩이 눈썹을 치켜 올리며 물었다.

"누군가한테 당한 거란 말이지?"

"예, 그렇게 생각합니다. 시체부검을 해보면 분명히 알겠지요. 제가 보기엔 그 부인이 요즘 쓸데없이 입을 놀리기 시작했던 것 같습니다. 아마 살인에 찬성하지 않았겠지요."

"실리아 오스틴 사건을 말하는 거로군. 그 아가씨는 뭔가 알고 있었나?"

"그렇소. 알고 있었습니다." 포와로가 대답했다.

"하지만 나보고 굳이 말하라고 한다면 그녀는 자신이 알아낸 것이 뭔지도 몰랐을 겁니다!"

"그 말은 그러니까 그 아가씨가 뭔가 알기는 했는데 그것이 내포한 의미를 몰랐다는 말이지요?"

"예, 바로 그겁니다. 그 아가씨는 별로 똑똑한 편은 아니었으니까. 아마 추측해 보려고 애쓰다가 실패했겠지요. 어쨌든 그 아가씨는 뭔가를 보거나 듣고서 별다른 의심 없이 그 사실을 입 밖에 낸 것이 틀림없습니다."

"그녀가 보거나 들은 게 뭔지는 짐작 못하겠습니까?"

"몇 가지는 추측해볼 수 있지만, 추측 이상은 아닙니다. 우선 그 아가씨가 여권에 대해 이야기한 게 있었죠. 그 호스텔의 학생 중 누가 또 다른 가명으로 여권을 위조해 유럽 대륙을 돌아다닌 것은 아닐까요? 그래서 그 사실이 드러나게 되자 누군가가 심각한 위험을 느낀 것이 아닐까요? 단순히 누군가가 화가 나서 그 배낭을 찢는 장면을 본 것일 수도 있고, 아니면 누군가가 배낭 밑바닥을 들어내는 것을 보았지만 그 사람이 무슨 짓을 하는지 몰랐을 수도 있고 혹시 누군가가 전구를 떼어내는 장면을 본 것은 아닐까요? 그래서 그 일의 중요성을 깨닫지 못하고서는 누군가에게 무심코 말해버렸을지도 모릅니다. 아, 몽듀!(Mon Dieu, 빌어먹을!)"

에르큘 포와로는 초조한 듯이 외쳤다.

"추측, 추측, 추측뿐이니! 조금만 더 증거가 있어야 하는데. 언제나 그렇지. 증거가 충분한 경우는 절대 없다니까!"

"진정하십시오." 샤프 경감이 말했다.

"우선 니콜레티스 부인의 전력부터 조사해보면 뭔가 나올 겁니다."

"그러니까 그녀가 입을 열지도 모른다고 생각해서 그들을 해치운 거란 말이지? 두고 보았다면 과연 그녀가 입을 열었을 것 같소?"

"그녀는 한동안 남몰래 술을 마시고 있었습니다. 그 말은 그녀의 신경이 날카로워질 대로 날카로워져 있었다는 뜻이 됩니다."

샤프 경감이 말했다.

"그 때문에 좀더 기다렸으면 긴장을 참다못해 일의 전모를 털어놓고 말았을 겁니다. 공범자의 비밀을 털어놓는 배신자가 되는 거지요."

"하지만 실제로 밀수단을 통솔하지는 않았겠지?"

포와로는 고개를 내저었다.

"내 생각에는 그렇지 않았을 것 같습니다. 물론 일의 진척은 알았을 테지만, 그들 패거리의 배후인물이었다고는 도저히 생각되지 않으니까. 그래, 절대 아니지."

"그럼 그 배후인물에 대해서는 짐작 가는 게 없습니까?"

"추측이야 해볼 수 있지만, 틀릴지도 모릅니다. 예, 그렇습니다. 틀릴지도 모르지요!"

제16장

1

"히코리, 디코리, 독—." 나이젤이 흥얼거렸다.

"쥐가 시계 위를 달려간다. 경찰이 '우' 하고 소리친다. 과연 피고석에 서게 되는 사람은 누구일까?" 이렇게 말한 그가 다시 덧붙였다.

"말하느냐 마느냐, 그것이 문제로다!"

말을 마친 그는 새로 커피를 따라 들고 아침 식탁으로 되돌아왔다.

"뭘 얘기한다는 거야?" 렌 베이트선이 물었다.

"아는 건 뭐든지 말이야."

나이젤은 이렇게 말하며 점잔 빼듯이 손을 내저었다.

그때 짐 톰린슨이 꾸짖듯이 나섰다.

"얘기해야지 무슨 소리예요! 수사에 도움이 되는 정보가 있다면 모두 경찰에 이야기해야 돼요. 그래야 옳아요."

"우리 사랑스러운 진 아가씨의 말씀이로다." 나이젤이 흥얼거렸다.

"아, 농담은 싫어."

르네가 대화에 끼어들겠다는 듯이 말했다.

"뭘 말하겠다는 거야?" 렌이 재차 물었다.

"우리가 알고 있는 것 모두 말이야." 나이젤이 대꾸했다.

"우리 서로에 대해 알고 있는 것 말이지."

그가 설명조로 덧붙이는 말이었다. 이어 그의 눈길이 짓궂게 반짝이며 식당 안을 재빠르게 휘둘러보았다.

"사실, 우리는 서로에 대해 아는 것이 많잖아?"

그가 짐짓 명랑하게 말했다.

"한집에 살다 보면 으레 그런 거니까."

"하지만 어떤 일이 중요한지 아닌지를 누가 알 수가 있나? 경찰 소관이 아닌 일도 많은데."

아메드 알리가 말했다. 그는 샤프 경감이 자신이 수집한 엽서에 대해 모욕적인 언사를 한 일을 기억해 내고는 흥분하여 아키봄보에게 시선을 돌렸다.

"경찰이 자네 방에서 퍽 재미있는 것을 발견했다던데."

원래의 피부 색깔 때문에 아키봄보의 얼굴이 붉어졌는지 어땠는지는 알 수 없었지만, 그의 눈꺼풀이 깜빡이는 것으로 미루어 보아 꽤 불쾌한 모양이었다.

"우리나라에서 행하는 미신적 관습 같은 거지. 이곳에 올 때 우리 할아버지가 준 거야. 물론 난 그것에 대해 별로 존경심을 갖고 있지 않아. 나는 현대적이고 과학적인 인간이니까. 마술 같은 것도 믿지 않아. 하지만 내 말이 서툴러서 그걸 경찰한테 설명하기 힘들었어."

"우리 친애하는 진 양께서도 비밀이 있으시겠지."

나이젤이 이렇게 말하며 톰린슨 양에게 시선을 돌렸다.

하지만 짐 톰린슨은 그런 모욕적인 수색은 못하게 하겠다고 흥분한 목소리로 외쳤다.

"난 여길 떠나 YMCA로 가겠어요!"

"저런, 진정해요, 진." 나이젤이 달랬다.

"그러지 말고 다시 한 번 생각해봐요."

"참, 그만둬요, 나이젤!" 발레리가 지겨운 듯 나섰다.

"경찰이야 상황이 이러니 이것저것 캐물을 수밖에 더 있어요?"

콜린 맥내브가 말을 꺼내기 전에 헛기침을 했다. 그가 엄숙히 판결이라도 내리는 듯한 어조로 말했다.

"내 의견으로는, 이제 우리는 현재 상황을 분명히 정리해야 한다고 봐. 우선 닉 부인의 사인이 뭐지?"

"시체부검을 하면 그때 알게 되겠지."

발레리가 짜증스럽게 말했다.

"그렇지도 않을걸." 콜린이 다시 대답했다.

"내 보기엔 경찰에서는 분명히 검시를 뒤로 미룰 테니까."

"심장마비라지, 아마? 길거리에 쓰러졌다니까." 패트리셔가 말했다.

"취해서 인사불성이었다더군." 렌 베이트선이 말했다.

"순경이 경찰서에 옮겼을 때만 해도 말이야."

"그러니까 부인은 알코올 중독자였군." 짐이 대꾸했다.

"나도 늘 그렇지 않을까 의심은 하고 있었는데, 듣기로는 경찰이 집을 수색했을 때 찬장에서 빈 브랜디 병이 무더기로 발견되었다지?"

"아무튼 진 양은 모르는 게 없다니까."

나이젤이 감탄한 어조로 말했다.

"그래서 그녀가 가끔 그렇게 별나게 굴었군요." 패트리셔가 말했다.

콜린이 다시 헛기침을 했다.

"에—헴! 토요일 저녁에 집에 돌아오다가 우연히 퀸스 네클리스로 들어가는 걸 봤지."

"아마 거기서 그렇게 술에 취했다지?" 나이젤이 말했다.

"그럼 단순히 과음 때문에 죽은 건가요?" 진이 물었다.

렌 베이트선이 고개를 내저었다.

"뇌출혈이란 말인가? 글쎄, 그럴 것 같진 않은데……."

"맙소사, 설마 그녀 역시 살해되었다고 생각하는 건 아니겠죠?"

진이 외쳤다.

"내 생각엔 그게 분명해." 샐리 핀치가 입을 열었다.

"하지만 뭐 놀랄 일도 아니야."

"얘기해봐요." 아키봄보가 말했다.

"누군가가 그녀를 죽였다는 거지? 그게 사실이야?"

그는 애타게 알고 싶다는 듯이 이 얼굴 저 얼굴을 번갈아 가면서 둘러보았다.

"아직 단정 지을 만한 근거는 없어." 콜린이 말했다.

"대체 누가 그녀를 죽이려고 했단 말이에요?" 주느비에브가 물었다.

"남겨놓을 재산이 많았나요? 부자라면 그럴 수도 있겠지만."

"그 여자는 정신이 좀 이상해지는 중이었어요." 나이젤이 대꾸했다.

"모두들 그녀를 죽였으면 하고 바랐을걸, 나도 종종 그랬으니까."

그는 이렇게 덧붙이고는 느긋한 태도로 마멀레이드를 빵에 발랐다.

2

"샐리 양, 뭣 좀 물어봐도 되겠어요? 아침식사 때 한 얘긴데 그 뒤부터 계속 그 생각만 하게 되는군요"

"글쎄요, 아키봄보, 내가 당신이라면 그런 일에 골머리를 썩이지는 않을걸요. 건강에 좋지 않으니까."

샐리와 아키봄보는 리젠트 공원 야외식당에서 점심을 들고 있었다. 이제 본격적으로 여름이 시작된 모양이라 야외식당도 문을 열고 있었다.

아키봄보는 침울하게 입을 열었다.

"아침 수업 내내 기분이 언짢았어요. 교수가 하는 질문에도 대답을 하지 못할 지경이었다니까요. 교수는 내게 꾸지람을 하더군요. 책만 외울 줄 알지, 스스로 생각할 줄은 모른다고요. 하지만 내가 여기 유학 온 것은 책에서 많은 것을 배우기 위해서 아니에요? 그리고 사실 난 영어 실력이 짧으니까 책에 나오는 말들이 내가 하는 말보다 훨씬 낫잖아요. 게다가 오늘 아침에는 지금 히코리 로에서 벌어지는 일이 뭔지, 말썽거리가 뭔지 그것 말고는 아무 생각도 할 수 없지 뭡니까?"

"당신 말이 맞아요." 샐리가 대답했다.

"나도 오늘 아침에는 통 정신을 집중할 수가 없었거든요."

"그래서 부탁하는 거예요. 아는 대로 나한테 얘기해주세요. 도무지 신경이 쓰여서 다른 일은 못하겠어요."

"그럼, 우선 당신이 생각하고 있는 것을 이야기해봐요."

"글쎄, 우선 그 붕, 사가……."

"붕사? 아, 붕산 말이군요! 그래, 그게 어떻게 되었어요?"

"글쎄, 잘 모르겠어요. 그건 산 같은 거라죠? 유황산 같은 거 말이에요."

"유황산하고는 조금 다르죠." 샐리가 대답했다.

"실험실에서 실험용으로 쓰는 것은 아니죠?"

"그런 걸로 실험을 했다는 소리는 별로 듣지 못했어요. 아주 약하고 해가 없는 액체니까."

"그 말은 그러니까, 눈에 넣어도 된다는 말이에요?"

"그래요. 그럴 때 자주 쓰죠."

"아, 그럼 이제야 알겠군. 찬드라 랄이 흰 가루가 들어 있는 작은 흰 병을 갖고 있어요. 그 가루를 뜨거운 물에 넣어서 그걸로 눈을 씻거든요. 그 가루는 욕실에 보관하곤 했는데 어느 날인가 그 가루가 없어져서 그가 아주 화를 냈어요. 그게 아마 붕─산인가 보죠?"

"그래, 그 붕산이 어떻게 되었다는 거죠?"

"차차 얘기할게요. 지금은 안 돼요. 좀더 생각해봐야겠어요."

"글쎄, 하지만 위험한 짓은 하지 말아요." 샐리가 대꾸했다.

"난 당신이 다음번 희생자가 되는 건 원치 않으니까, 아키봄보."

3

"발레리, 나한테 조언 좀 해줄 수 있겠어?"

"물론 해줄 수 있고말고, 진. 하지만 난 사람들이 왜 남한테서 조언을 들으려고 하는지 알 수가 없더라. 그것을 받아들이지도 않으면서 말이야."

"양심 문제 때문이야." 진이 대꾸했다.

"그렇다면 나한테 잘못 왔어. 난 양심이라고는 조금도 갖고 있지 않으니까 말이야."

"어머, 발레리, 제발 그런 식의 농담은 하지 마!"

"뭘, 사실인걸." 발레리가 말하면서 담배 한 개비를 꺼냈다.

"난 파리에서 옷을 몰래 들여오고 있어. 게다가 우리 살롱에 오는 아주 못생긴 여자들한테 아주 아주 예쁘다고 거짓말을 너무 쉽게 하거든. 그리고 돈이 궁할 때는 버스에 요금을 내지도 않고 슬쩍 타기도 해. 그래, 그건 그렇고, 대체 무슨 일이야?"

"나이젤이 아침식사 때 한 이야기에 대해서 말이야. 누군가 다른 사람에 대해 알고 있는 게 있다면 경찰에 꼭 이야기를 해야 할까?"

"그런 얼빠진 질문이 어디 있어? 그건 한마디로 딱 잘라서 얘기할 수 없잖아! 네가 얘기하고 싶은 비밀이란 게 뭔데? 아니, 얘기하고 싶지 않은 비밀이랄까."

"여권에 관한 거야."

"여권?" 발레리는 놀라 벌떡 몸을 일으켰다.

"누구 여권 말이야?"

"나이젤 여권 말이야. 나이젤의 여권은 위조된 거야."

"나이젤?" 발레리가 믿을 수 없다는 어조로 말했다.

"믿겨지지 않아. 있을 수 없는 일이야!"

"하지만 사실이야. 그리고 그 일에 대해 의문점이 있어. 경찰이 한 말이 생각나. 실리아가 여권에 대해 무슨 말을 했다는 거였어. 만일 실리아가 그 여권에 대한 사실을 알아냈기 때문에 그가 그녀를 죽였다고 한다면?"

"그런 신파조 같은 소린 하지 마." 발레리가 대꾸했다.

"터무니없는 소리라고. 그런데 여권에 대한 얘기는 도대체 어떻게 된 거야?"

"나도 봤어."

"어떻게 봤다는 거야?"

"아주 우연히, 우연히 봤어." 진이 속삭였다.

"한 1~2주일 전엔가 편지가 들어 있는 가방을 찾다가 실수로 나이젤의 서류 가방을 들여다보게 되었어. 둘 다 공동 휴게실 선반 위에 있었으니까."

발레리는 다소 언짢다는 듯이 짤막한 웃음을 터뜨렸다.

"그런 소리를 누가 믿는담! 대체 뭘 하고 있었던 거야? 탐색이라도 하고 있었어?"

"그렇지 않아! 정말이야." 진은 분개하여 소리쳤다.

"난 남의 사적인 서류 같은 거 들여다보는 짓은 절대 하지 않아! 난 그런 사람이 아니야. 그냥 그때 좀 멍청해 있어서 가방을 무심코 열고는 안을 들여다본 거야."

"이봐, 진, 그런 식으로 변명해보았자 소용없어. 나이젤의 서류 가방은 네 것보다 훨씬 크고 색깔도 아주 다르잖아. 그런 일을 했다는 것을 인정한다면 네가 그런 짓을 할 만한 사람이라는 것도 역시 인정하는 거야. 어쨌든 좋아. 넌 나이젤의 물건을 살펴볼 기회를 얻어서 그 기회를 사용한 거야."

그러자 진은 자리에서 벌떡 일어났다.

"좋아, 발레리, 정 이렇게 불쾌하고 삐딱하게 군다면 내가······."

"아니, 얘, 다시 앉아봐!" 발레리가 얼른 말렸다.

"얘길 계속 해봐. 차츰 흥미가 있어지기 시작하는데. 어떻게 되었는지 알고 싶어."

"그랬더니 글쎄, 그 여권이 있더라고." 진이 다시 말을 계속했다.

"가방 맨 밑바닥에 있었어. 이름이 씌어 있더라. 스탠퍼드라든가 스탠리라든가 뭐 그런 이름이었어. 그래서 내가, '나이젤이 다른 사람 여권을 이런 곳에 두다니 이상한데?' 하고 생각했지. 그러고는 펴보았더니 안에 찍힌 사진이 바로 나이젤이었던 거야! 어머니, 그가 왜 이중생활을 해야 하는지 모르겠니? 지금 내가 알고 싶은 건 이 이야기를 경찰에게 알려야 하느냐 마느냐 하는 거야. 알려야 한다고 생각하니?"

발레리가 웃음을 터뜨렸다.

"참 운 나쁘구나, 진. 별걸 다 갖고 고민을 해야 하니. 하지만 내가 보기엔 설명이 아주 쉬운 것 같아. 패트가 이야기해줬어. 나이젤이 돈이나 뭐 그런 것에 연관된 일 때문에 이름을 바꿔야 했다는 거야. 증권 같은 거라고 하는 듯했어. 내가 알기로는 본명이 스탠필드라나 스탠리라나 그렇대."

"아, 그래?" 진은 뭔가 꽤 석연치 않은 얼굴이었다.

"내 말이 믿겨지지 않으면 패트에게 직접 물어봐."

"아니, 아냐, 뭘! 네 말이 사실이라면 내가 잘못 안 거겠지."

"다음번에는 행운을 빈다." 발레리가 말했다.

"그게 무슨 소리지, 발레리?"

"넌 지금 나이젤을 옭아매려 하고 있잖아? 경찰한테서 의심을 받게 하고 싶은 거지?"

진은 몸을 일으켰다.

"이봐, 발레리, 믿지 않을지 모르지만 난 내 의무를 다하고 싶었을 뿐이야."

말을 마친 그녀는 방을 나섰다.

"쳇, 지겨워!" 발레리가 외쳤다.

그때 노크 소리가 들리고 이번에는 샐리가 들어왔다.

"무슨 일이니, 발레리? 입이 한자나 나와 있으니."

"저 꼴 보기 싫은 진 때문에 그래. 정말 아주 피곤하다니까! 혹시 말이야, 너, 만에 하나 가엾은 실리아를 죽인 게 저 진이라고 생각진 않니? 난 만일 진이 피고석에 서 있는 것을 보면 좋아서 춤이라도 출 거야."

"그건 나도 동감이야." 샐리가 말했다.

"하지만 별로 있을 법하지 않은 일이야. 진은 누구를 죽이려고 제 목을 걸 여자가 아니거든."

"그럼 너 닉 부인에 대해서는 어떻게 생각하니?"

"글쎄 뭘 어떻게 생각해야 할지 모르겠어. 검시가 있으면 이제 곧 진상을 알게 되겠지."

"난 십중팔구는 닉 부인 역시 타살된 거라고 생각해."

발레리가 단호하게 말했다.

"하지만 무슨 이유로! 대체 이 집에서 무슨 일이 일어나고 있는 걸까?"

"나도 그걸 알았으면 좋겠다. 샐리, 너, 사람들을 관찰한 적 있어?"

"뭐랄까, 사람들을 바라보면서 속으로, '범인은 너지?' 하는 거 말이야. 샐리, 내 육감인데 이 호스텔에 누군가 미친 인간이 있어. 완전히 미친 누군가가……, 사람 죽이는 일을 아무렇지도 않게 생각하는 인간."

이렇게 말하면서 발레리는 몸을 떨었다.

"아유, 떨려! 누군가가 내 무덤 위를 걸어가는 것 같은 느낌이야."

4

"나이젤, 얘기할 게 좀 있어요."

"뭔데, 패트?" 나이젤은 서랍을 열심히 뒤지면서 대답했다.

"대체 이놈의 노트들을 내가 어떻게 했더라? 여기다 분명히 넣어두었는데 말이야."

"아유, 나이젤, 제발 좀 그렇게 헤쳐놓지 말아요. 방 안이 온통 어질러져 있어서 방금 내가 말끔히 치워놓았는데!"

"하지만 젠장, 노트를 찾아야 하는 걸 어떻게 해!"

"나이젤, 제발 내 말 좀 들어요!"

"좋아, 좋아. 너무 그렇게 법석 떨지 말아요. 대체 무슨 일인데 그래?"

"고백해야 할 게 있어요."

"설마 살인을 고백하려는 건 아니겠지?"

나이젤이 언제나 그렇듯이 장난기 어린 말투로 물었다.

"그건 물론 아녜요!"

"그거 다행이군. 그럼 살인보다 좀 가벼운 죄로 뭘 고백하겠다는 거지?"

"요 전날 내가 당신 양말을 꿰매서 이 방으로 가져왔을 때였어요. 그러고는 양말을 당신 서랍에 넣으려니까……."

"그래서?"

"그랬더니 서랍 안에 모르핀 병이 있지 뭐예요. 당신이 얘기했던 것, 병원에서 가져왔다던 그 약병 말이에요."

"아, 그랬군. 그래서 그렇게 안달했군."

"하지만, 나이젤, 그 약병이 당신 서랍 속 양말 틈에 있었으니 아무라도 맘만 먹으면 찾아낼 수 있었다는 얘기 아녜요?"

"누가 그걸 찾는단 말이야? 당신 말고는 내 양말 속을 뒤지는 사람이 어디 있어?"

"그야 그렇지만 내 생각엔 아무래도 그걸 그냥 그렇게 내버려두면 큰일 날 것 같았어요. 게다가 저번에 당신이 내기에 이긴 뒤에 그 약병들을 없애버린다고 했는데, 아직 그게 거기 있으니 너무 위험한 일이잖아요."

"그야 물론이지. 사실 아직 그 모르핀만은 치우지 않았어."

"내 생각엔 큰일이 날 것 같았어요. 그래서 그 병을 꺼내서 안에 든 독극물을 비우고 나서 대신 해가 없는 중탄산소다를 넣어두었지요. 겉보기로는 둘

다 똑같으니까요."

나이젤은 노트를 찾느라 휘젓던 손을 딱 멈추었다.

"이런 맙소사! 그게 정말이야? 그러니까 내가 렌하고 콜린한테 그 병에 든 것이 주석산염 모르핀인지 뭔지 라고 맹세했는데, 그게 주석산염이 아니고 중탄산소다였다는 말이야?"

"그래요. 사실⋯⋯."

나이젤은 얼굴을 찌푸리며 그녀의 말을 가로막았다.

"하지만 그게 내기를 무효로 할 만한 것인지 모르겠어. 물론 나야 그 사실을 몰랐다고 하지만⋯⋯."

"하지만, 나이젤, 그런 약을 그런 곳에 두는 건 너무 위험한 일이잖아요."

"맙소사, 패트, 왜 그렇게 만사에 안달이야! 그리고 그 진짜 내용물은 어떻게 했어?"

"중탄산소다 병 속에 넣어서 내 손수건 서랍 뒤편에 넣어두었어요."

나이젤은 조금 놀란 듯이 그녀를 바라보았다.

"이거야 정말, 패트, 당신 머리 쓰는 건 가끔 필설로 다할 수 없을 만큼 엉뚱하다니까. 대체 그렇게 해놓은 이유가 뭐지?"

"내 생각엔 내 서랍이 더 안전할 듯싶어서⋯⋯."

"이봐요, 아가씨, 모르핀은 어딘가에 열쇠를 채워두고 놔두어야지 그렇지 않으면 내 양말꾸러미 속에 있든 당신 손수건 속에 있든 위험하기는 마찬가지라고!"

"아니, 그렇지 않아요. 마찬가지가 아니라고요. 우선 내 방은 독방이고, 당신은 방을 같이 쓰고 있잖아요."

"그럼 설마, 당신, 그 가엾은 영감쟁이 렌이 나 몰래 모르핀을 슬쩍할지도 모른다고 생각했던 거야?"

"난 그 이야기를 당신한테 절대 하지 않으려고 했어요. 하지만 이젠 해야겠어요. 왜냐하면, 그 모르핀 병이 사라졌기 때문이에요."

"경찰이 입수해 갔단 말이지?"

"아니, 그게 아니에요. 경찰이 오기 전에 없어져 버렸어요."

"아니, 그럼 설마……"

나이젤은 소스라치게 놀라 그녀를 뚫어지게 바라보았다.

"자, 자, 얘기를 정리해보자고. 그러니까 '중탄산소다'라는 레테르가 붙은 병 속에, 실은 주석산염 모르핀이 들어 있었고, 그 병은 누구나 배 아플 때 잠깐 한 숟가락 떠먹을 수 있을 만한 곳에 굴러다니고 있었단 말이지? 맙소사, 패트, 이게 무슨 일이야! 대체 처음에 그 약을 발견했을 때 그렇게 신경 쓰였으면 왜 버리고 말지 그랬어?"

"그건 비싼 거잖아요. 그래서 어디다 내버리는 것보다는 병원에 돌려줘야 한다고 생각했죠. 당신이 내기에 이기는 것을 보고 그 뒤에 곧 실리아에게 돌려주어 병원에 갖다놓으라고 말하려 했죠."

"그래, 당신은 지금 당신이 그걸 그녀에게 주지 않았기 때문에 그녀가 그걸 마시고 자살을 했고, 그 때문에 그게 다 내 잘못이란 말이지? 이봐, 진정하고 차분히 얘기해봐. 그게 언제 없어졌지?"

"글쎄, 모르겠어요. 실리아가 죽기 전날 찾아보았는데 없었어요. 그때 난 그 저 어디 딴 곳에 두었나 했어요."

"그러니까 그게 사라진 것이 실리아가 죽기 전날이라고?"

"그래요, 그런 것 같아요."

얼굴이 밀랍처럼 하얘진 패트리셔가 대답했다.

"난 정말 어리석은 짓을 저질렀나 봐요."

"그 정도가 아니야." 나이젤이 대꾸했다.

"흐리멍덩한 사내와 괜히 양심가인 척하는 여자 때문에 이 얼마나 엄청난 짓을 저질렀는지 보란 말이야!"

"나이젤, 내가 경찰에 가서 고백해야 한다고 생각해요?"

"이런 젠장! 그래야 할 것 같아. 만일 그렇게 되면 잘못은 다 내가 뒤집어 쓸 테지."

"아니, 아니에요, 나이젤. 다 내 탓이에요! 내가……"

"처음에 그놈의 약을 훔쳐온 건 나 아니야! 아아, 처음에는 그저 장난 같은 짓으로 생각했는데 이젠, 벌써 법정에서 준엄한 선고가 떨어지는 소리가 들리는 것 같군."

"미안해요. 그 병을 감출 때만 해도 난 정말 진심으로 좋은 뜻에서……."

"그래, 정말 좋은 뜻에서였겠지. 나도 알아. 안단 말이야! 하지만, 이봐, 패트, 난 그 물건이 없어졌다는 것을 믿을 수 없어. 아마 당신이 어디다 두고서 잊어먹었을 거야. 당신도 가끔 물건을 잘못 두곤 하잖아?"

"그건 그래요. 하지만……."

그녀는 망설이며 중얼거렸다. 그녀의 찌푸린 얼굴 위에 서서히 의심스러운 빛이 나타나기 시작했다.

그것을 본 나이젤이 벌떡 일어났다.

"자, 그럼 당신 방으로 가서 샅샅이 뒤져봅시다."

5

"나이젤, 그건 내 속옷이에요!"

"이봐, 패트, 이 단계에 와서 그런 허튼 소리를 하면 어떻게 해! 팬티 사이에 약병을 숨겨놓았었다면서?"

"그건 그래요. 하지만 그게 아니라……."

"방 안을 몽땅 뒤져보기 전에는 뭐든지 단정할 수 없어. 게다가 퍽 재미있는데, 뭘."

바로 그때 문쪽에서 짧은 노크 소리가 들리고 샐리 핀치가 들어왔다. 방 안에 들어온 그녀의 눈이 놀라움으로 크게 떠졌다. 패트는 양손에 나이젤의 양말을 잔뜩 안은 채 침대 위에 앉아 있었고, 나이젤은 옷장 서랍을 전부 빼낸 채 사냥감을 찾아 헤매는 테리어 종 사냥개처럼 풀오버 스웨터 사이를 미친 듯이 파헤치고 있었다. 그리고 그의 주위에는 팬티며 브래지어, 스타킹, 그리고 그 밖의 여러 가지 여자용 속옷들이 널려 있었다.

"아니고, 맙소사!" 샐리가 소리쳤다.

"대체 이게 무슨 짓들이야!"

"중탄산소다 가루약을 찾고 있어." 나이젤이 짤막하게 대꾸했다.

"중탄산소다? 그건 왜?"

"배가 아파서 말이야." 나이젤이 싱긋 웃으며 다시 대답했다.

"아이고, 배야, 이런 복통엔 중탄산소다밖에는 신통한 약이 없거든."

"그 약은 나도 어디엔가 좀 두었는데."

"고맙지만 사양이야, 샐리. 난 꼭 패트의 약이라야만 해. 내 증세에는 패트가 가진 약 상표만이 듣거든."

"웃기지 말아요." 샐리가 내쏘았다.

"패트, 대체 나이젤이 뭘 하는 거야?"

패트리셔가 괴로운 얼굴로 고개를 내저었다.

"혹시 내 중탄산소다 병 못 보았니, 샐리? 병 밑바닥에 아주 조금 남아 있었는데."

"아니, 못 봤어."

샐리는 호기심 어린 표정으로 패트리셔를 바라보다가 문득 눈살을 찌푸렸다.

"가만있어 봐, 이 집 안 누군가가……, 아니, 모르겠다. 역시 기억이 안 나. 헌데 혹시 우표 좀 갖고 있어, 패트? 편지를 부쳐야 하는데 다 떨어졌지 뭐야?"

"저기 서랍을 찾아봐."

샐리는 독서용 책상에 붙은 작은 서랍을 열고 우표책을 꺼내 손에 들고 있던 편지에 우표를 붙인 뒤, 우표책을 다시 서랍 안에 넣고는 2펜스 반을 책상 위에 놓았다.

"고마워. 네 편지도 같이 부쳐줄까?"

"그래, 아니, 아냐. 나중에 내가 부칠게."

샐리는 고개를 끄덕이고는 방을 나갔다.

패트는 들고 있던 양말을 떨어뜨리고 손가락을 신경질적으로 비틀어댔다.

"나이젤!"

"왜?"

나이젤은 옷장을 뒤지다가 지금은 코트 주머니를 뒤지는 데에 정신이 팔려 있었다.

"고백해야 할 게 있어요."

"아이고, 하나님, 패트, 대체 무슨 짓을 또 저질렀다는 거야?"

"당신이 화낼 것 같아서요."

"이미 화가 날 경지는 지났어. 그저 겁이 좀 날 뿐이지. 만일 실리아가 내가 훔쳐온 독약으로 독살당한 거라면 이제 난 꼼짝없이 교수형 아니면 교도소에서 썩을 신세니까 말이야."

"내가 하려는 말은 그것하고는 상관없는 일이에요. 당신 아버지에 대한 이야기지."

"뭐라고?"

나이젤이 홱 몸을 돌렸다. 그의 얼굴에 도저히 믿을 수 없다는 경악의 표정이 어렸다.

"당신 아버님이 몹시 편찮으시다는 건 알고 있죠?"

"아버지가 얼마나 편찮으시든 내가 알게 뭐야!"

"어젯밤 라디오에 나오던걸요. '저명한 학자 아서 스탠리 경이 현재 숙환으로 중태에 있다는 소식입니다.'라고요."

"VIP가 되는 것도 나쁘지 않군. 조금만 아파도 온 세상이 야단법석이니 말이야."

"나이젤, 아버님이 정말 아프시다면 당신은 아버님과 꼭 화해해야 해요."

"천만에, 지옥에나 가라지!"

"하지만 정말 위독하시다면……."

"우리 아버지는 건강할 때나 위독할 때나 탐욕스러운 돼지임엔 변함이 없어!"

"나이젤, 그런 소리하면 못써요. 아버지에게 그렇게 냉정하고 모질다니!"

"이봐, 패트, 얘기했었잖아. 우리 아버지는 우리 어머니를 죽였다고."

"기억해요, 얘기했죠. 그리고 당신이 어머니를 극진히 사랑했던 것도 알고요. 하지만 내가 보기엔 당신이 너무 과장해서 말하는 것 같아요. 세상 남편들이란 아내에게 불친절하고 무뚝뚝해서 부인들이 괴로워하고 비참해하는 일이 많은 법이에요. 그걸 갖고 당신 아버지가 어머니를 죽였다고 하는 건 너무 과장이에요. 절대 그렇지가 않다고요."

"그런 일에 대해서 잘도 아는군."

"당신은 분명히 언젠가 후회하고 말 거예요. 아버님이 돌아가시기 전에 진작 화해할 걸 하고 말이에요. 그래서……."

패트는 잠깐 말을 멈추고 심호흡을 했다.

"그래서 내가, 내가 당신 아버지에게 편지를 썼어요. 편지에서……."

"편지를 썼다고? 샐리가 부쳐주겠다던 그 편지 말이군?"

나이젤은 성큼성큼 걸어 책상 앞으로 다가갔다.

"그래, 이제야 알겠어."

그는 주소가 쓰이고 우표까지 붙여져 있는 편지를 집어들더니 신경질적으로 그 편지를 갈가리 찢어 휴지통에 처넣었다.

"자, 이젠 됐어! 그리고 다시 경고하는데, 앞으로 두 번 다시 이 따위 짓은 할 생각 말라고!"

"나이젤, 당신 정말 구제 못할 어린애처럼 구는군요. 그 편지야 찢어버릴 수 있지만 내가 또 한 통 쓰면 그뿐이라는 것을 왜 몰라요! 난 정말 그럴 거라고요."

"패트, 당신이야말로 정말 구제 못할 만큼 감상적이야! 아버지가 우리 어머니를 죽였다고 한 말, 추도도 틀림없는 사실이라는 생각은 전혀 해보지 않았어? 우리 어머니는 베로날(수면제의 일종) 과용으로 돌아가셨단 말이야. 검시 때는 실수로 과용한 거라고 경찰이 그랬지. 하지만 우리 어머니는 실수로 그런 게 아니야. 아버지가 그걸 어머니에게 먹인 거라고. 당시 우리 아버지는 다른 여자하고 결혼하고 싶어 했는데 어머니가 이혼을 해주지 않으려고 했어.

그야말로 흔해빠진 살인극 스토리지. 당신이 만일 내 처였다면 어떡했겠어? 경찰에 아버지를 고발했을 것 같아? 하지만 우리 어머니는 그걸 원치 않았을 거야. 그래서 난 내가 선택할 수 있는 유일한 길을 택했지. 그 돼지한테 그랬지. 아버지가 한 짓을 알고 있다고. 그러고는 영원히 아버지하고 결별한 거야. 난 심지어 이름까지 바꿨어."

"나이젤, 미안해요. 그런 일이 있었으리라고는 꿈에도……."

"됐어, 이젠 알았으니까. 명망 높으시고 존경할 만한 스탠리 경, 항생물질

연구에 지대한 공헌을 하신 분, 월계수처럼 번창하시라! 그런데 안타깝게도 아버지가 좋아하던 그 젊은 여자는 끝내 아버지하고 결혼하지 않고 내빼버렸지. 아마 아버지가 한 짓을 눈치 챈 모양이야."

"나이젤, 정말 무슨 말을 해야 할지……."

"됐어, 이젠. 그 이야기에 대해선 다시는 이야기도 꺼내지 말자고. 그럼 중탄산소다를 찾는 문제로 되돌아가 보기로 할까. 자, 빨리 당신이 그놈의 물건을 어떻게 했는지 자세히 기억해봐. 머리를 고이고 곰곰이 생각해보라고, 패트."

6

주느비에브는 자못 흥분한 모습으로 공동 휴게실에 들어섰다. 그리고는 그곳에 모인 학생들에게 낮고 떨리는 목소리로 입을 열었다.

"이제 알았어요. 확실히, 확실히 알았다고요. 누가 실리아를 죽였는지 말이에요!"

"그게 누구야? 주느비에브?" 르네가 물었다.

"무슨 일이 있었길래 그렇게 확신에 찬 얼굴이지?"

주느비에브는 몸을 돌려 공동 휴게실 문이 닫혀 있는지 신중히 확인하고서는 목소리를 더욱 낮추었다.

"그건, 나이젤 채프먼이에요."

"나이젤 채프먼이라고? 무슨 증거로?"

"들어봐요. 내가 조금 전 우연히 복도를 지나쳐서 이리로 내려오는데 패트리셔 방에서 누군가가 이야기하는 소리가 들렸어요. 들어보니 나이젤이더라고요."

"나이젤이 패트리셔의 방에?"

진이 언짢다는 듯한 목소리로 입을 열었지만 주느비에브는 개의치 않고 말을 계속했다.

"그 사람 말이 자기 아버지가 어머니를 죽였다고 하더군요. 그래서, 푸르 사(Pour ca; 맙소사!), 자기 이름까지 바꾸었다는 거예요. 이젠 분명하지 뭐예요? 나이젤 아버지는 살인자였던 거예요! 그래서 나이젤은 그 피를 이어받아……."

"가능성이 있는 이야기로군."

찬드라 랄이 대번에 흡족한 듯이 그 가능성에 달려들었다.

"분명히 있을 수 있는 이야기죠. 나이젤은 좀 무지막지하고 정신의 균형이 잡혀 있지 않아요. 자제력이라고는 전혀 없으니 말입니다. 그렇게 생각하지?"

그는 동감을 구하는 눈길로 아키봄보를 바라보았다.

그러자 아키봄보는 검고 곱슬거리는 머리를 힘차게 끄덕이고는 흰 이를 드러내면서 흡족한 듯이 싱긋 웃었다.

진이 입을 열었다.

"사실 나도 늘 느껴온 건데, 나이젤한테는 도덕심이 없어요. 아주 철저히 타락한 사람이라고요."

"치정에 얽힌 살인이로군." 아메드 알리가 말했다.

"실리아를 죽인 거야. 실리아는 얌전한 아가씨니까(품행 방정하고) 결혼하기를 바랐는데 나이젤은……."

"당치도 않은 소리."

레너드 베이트선이 더 이상 참을 수 없다는 듯이 외쳤다.

"뭐라고 그랬어?"

"개수작 말라고 했어!" 렌이 다시 소리쳤다.

제17장

1

경찰서의 한 취조실에서 나이젤은 잔뜩 긴장한 채 샤프 경감의 냉엄하고 엄숙한 눈을 쳐다보고 있었다. 그는 지금 약간 말을 더듬으면서 막 끝맺을 참이었다.

"채프먼 씨, 당신이 지금 말한 게 아주 중요한 의미를 갖고 있는 말이라는 걸 깨닫고 있소? 이건 아주 심각한 진술이오."

"물론 알고 있습니다. 하지만 급한 일이라고 생각되지 않았으면 그 얘기를 하러 여기까지 오지도 않았을 겁니다."

"그러니까 당신 말은 레인 양이 지금 자신이 모르핀이 든 중탄산소다 병을 마지막으로 본 게 언제인지를 기억하지 못한다는 말이지요?"

"지금 패트는 머릿속이 온통 뒤죽박죽이 되어 있습니다. 그때 상황을 자세하게 생각하려고 하면 할수록 더욱더 머리가 혼잡스럽기만 하다는 겁니다. 그녀 말이, 저 때문에 더욱 머리가 혼란스러워졌다는 거예요. 그리고는 제가 경감님께 와 있는 동안 조용히 기억을 더듬어 보겠다더군요."

"그렇다면 당장 히코리 로로 가보는 게 좋겠소."

샤프 경감이 이렇게 말하고 있는데 탁자 위에 놓인 전화가 따르릉 하고 울리는 바람에 나이젤의 이야기를 들으며 적고 있던 경사가 팔을 뻗어 수화기를 들었다. 그는 전화 저편의 이야기를 들으며 입을 열었다.

"레인 양입니다. 채프먼 씨하고 통화하고 싶답니다."

나이젤은 탁자 위로 몸을 기울여 경사에게서 수화기를 받아 들었다.

"패트? 나, 나이젤이오."

패트의 목소리는 숨 가빴다. 그녀는 열띤 어조로 더듬거리며 말을 토해냈다.

"나이젤! 이제야 알았어요! 그러니까 내 말은 그게 누군지, 내 손수건 서랍에서 약병을 꺼내간 사람이 누군지 알았단 말이에요. 그러니까 뭐냐 하면, 이번 일에는 오직 한 사람만이……."

그녀의 목소리가 갑자기 뚝 끊겼다.

"패트! 이봐? 듣고 있어? 대체 그게 누구야?"

"지금은 이야기할 수 없어요. 나중에, 나중에 할게요. 빨리 오는 거죠?"

수화기는 경사와 경감에게서 아주 가깝게 있었기 때문에 경감도 패트와 나이젤의 대화 내용을 분명히 들을 수가 있었다. 나이젤이 뭐라고 대답해야 되겠냐는 표정으로 돌아다보자 경감은 고개를 끄덕이고 말했다.

"지금 '즉시' 간다고 해요."

"그래, 곧 갈 거야. 지금 이 길로 말이야."

나이젤이 수화기에 대고 대답했다.

"아, 그래 줘요. 그럼 내 방에서 기다리고 있을게요."

"그럼 나중에 봐, 패트."

경찰서에서 히코리 로로 가는 짧은 시간 동안 차 속의 사람들은 거의 말이 없었다. 샤프 경감은 속으로 중얼거렸다.

이제 이것으로 마침내 단서가 잡힌 것일까? 패트리셔 레인이 뭔가 뚜렷한 단서를 제공하려 하는 걸까, 아니면 그저 추측에 불과한 말을 하려는 걸까? 아마 그녀는 자신이 보기에 중요하다고 생각한 뭔가를 기억해 낸 모양이다. 그리고 보아하니 호스텔 안의 홀에서 전화를 했을 텐데, 그렇다면 우선은 그녀의 신변을 보호해야 한다. 저녁 이맘때쯤이면 홀 안에 많은 사람들이 오가고 있을 테니까.

나이젤은 열쇠로 히코리 로의 현관문을 열었다. 일행은 안으로 들어갔다.

공동 휴게실의 열린 문 너머로 샤프 경감은 레너드 베이트선이 빨간 머리를 헝클어뜨린 채 책에 고개를 박고 있는 것을 보았다.

나이젤은 일행을 데리고 위층으로 올라가 복도를 따라 패트의 방 앞에 섰다. 그러고는 짧게 노크를 한 뒤 방 안으로 들어갔다.

"패트, 이봐요, 우리가 왔소."

그때 그의 목소리가 얼어붙은 듯이 딱 멈추면서 그의 목구멍에서 흐윽 하고 길게 숨을 들이마시는 소리가 들려왔다. 그는 꼼짝 않고 그 자리에 서 있었는데, 그의 어깨너머로 샤프 경감은 나이젤이 보고 있는 것을 역시 볼 수 있었다.

패트리셔 레인이 마룻바닥에 쓰러져 있었다. 경감은 곧 나이젤을 슬쩍 옆으로 밀어젖히고는 앞으로 나가 여자의 쓰러진 몸 옆에 무릎을 꿇고 앉았다. 그러고는 그녀의 고개를 들어 맥박을 짚어보고는 다시 조심스럽게 그녀의 고개를 원래 있던 자리에 놓았다.

이윽고 그는 몸을 일으켰다. 그의 얼굴은 험상궂게 굳어 있었다.

"아니죠?" 나이젤이 기이한 목소리로 높이 외쳤다.

"아니죠? 아니죠? 아니죠!"

"아니오, 채프먼 씨. 죽었소."

"아니, 그럴 수 없어요. 패트는 안 돼! 아, 아, 가엾은, 가엾은 패트 어떻게 이럴 수가!"

"사인은 이거요."

살인에 쓰인 무기는 간단하고 즉석에서 생각해 내어 사용한 것이었다. 털실 양말 속에 집어넣은 대리석 문진―그것이 무기였다.

"머리 뒤통수를 때린 거요. 아주 쓸모 있는 무기지. 이런 말이 위로가 될지 모르겠지만, 아마 그녀는 무슨 일인지도 미처 모르고 당했을 거요, 채프먼 씨."

나이젤은 온몸을 부들부들 떨며 침대맡에 앉았다.

"저건 내 양말이에요. 양말을 기워주려고 했는데……, 오오, 하나님, 내 양말을 기워주려고 했어요!"

갑자기 그가 울음을 터뜨렸다. 어린아이처럼, 모든 것을 다 내버린 듯한 자포자기 한 몸짓으로 그는 격렬히 흐느꼈다.

샤프는 사건에 대한 설명을 계속했다.

"이건 그녀가 잘 아는 사람의 소행이오. 누군가가 들어와서는 양말을 집어 들고 문진을 그 안에 넣고는 내려친 거요. 이 문진이 누구 것인지 알아볼 수 있겠소, 채프먼 씨?"

경감은 이렇게 말하면서 양말 목을 뒤집어 문진을 내보였다.

나이젤은 여전히 흐느끼면서 그것을 바라보았다.

"패트가 언제나 책상 위에 놓아두던 것이었습니다. '루세른의 사자' 상(像)을 본뜬 거지요."

그리고 나서 그는 양손에 얼굴을 파묻었다.

"패트, 오오, 패트! 당신 없이 내가 뭘 어떻게 할 수 있단 말이오!"

갑자기 그는 벌떡 일어나더니 헝클어진 금발머리를 뒤로 쓸어넘겼다.

"누군지 죽여버리고 말 테야! 그놈을 죽일 거야! 살인광을 내 손으로 죽일 거야!"

"진정해요, 채프먼 씨. 그래, 알아요, 당신 마음. 정말 잔인한 짓이오."

"패트, 패트는 누구한테도 나쁜 짓이라곤 해본 적이 없었어요."

샤프 경감은 위로의 말로 나이젤을 달래면서 그를 데리고 방에서 나갔다.

곧이어 패트의 침실로 돌아온 그는 죽은 아가씨의 시체 위로 몸을 구부리더니 그녀의 손가락 사이에서 뭔가를 살며시 빼냈다.

2

제로니모는 이마에 땀이 송송 맺힌 얼굴로 눈을 휘둥그레 뜨고는 이 사람 저 사람을 둘러보았다.

"전 아무것도 못 보았습니다! 듣지도 못했습니다! 그리고 아무것도 모릅니다. 전 마리아하고 부엌에 있었습니다. 미네스트로네(이탈리아 수프의 일종)를 만들고 치즈를 갈면서……."

샤프 경감이 제로니모의 말을 끊었다.

"당신을 탓하는 게 아니오. 그냥 몇 가지, 시간을 정확히 알고 싶어서 그러는 거니까. 지난 한 시간 동안 이곳에 들어오거나 나간 사람이 누가 있었소?"

"모릅니다. 제가 어떻게 압니까?"

"하지만 부엌 창문으로 누가 들어오고 나가는지 똑똑히 보일 거 아니오?"

"예, 그, 그렇습니다."

"그러니 말해봐요."

"하지만 이 집에서는 온종일 사람들이 들락거리는데요."

"그럼 더 구체적으로 묻겠는데, 6시부터 우리가 도착한 6시 35분 사이에 이 집에 있었던 사람은 누구였소?"

"나이젤 씨하고 허바드 부인, 호브하우스 양을 제외하고는 전부 다 있었습니다."

"그 세 사람은 언제 집을 나갔소?"

"허바드 부인은 오후 5시 차 마시는 시간 전에 나가셔서 안 들어오셨습니다."

"그리고."

"나이젤 씨는 30분 전에, 6시 바로 전에 아주 당황해 하며 나갔고, 이제 방금 선생님들과 들어왔죠."

"바로 그렇소."

"그리고 발레리 양은 정각 6시에 나갔습니다. 그때 시보가 울렸으니까요. 칵테일파티에 가려고 옷을 근사하게 차려입고—아직 안 들어왔습니다."

"그렇다면 지금 그 밖의 다른 사람들은 모두 집 안에 있다는 거요?"

"예, 선생님, 그렇습니다. 모두 다 있는 거죠."

샤프 경감은 자기 메모 수첩을 내려다보았다.

패트리셔 양이 마지막으로 전화를 걸었던 시간이 적혀 있었다.

6시 8분.

"그러니까 그때는 발레리만 빼고 모두들 집 안에 있었다는 말이지? 그동안에 누구 돌아온 사람도 없었고?"

"샐리 양밖에 없었습니다. 우체통에 편지를 부치러 나갔다가 들어왔는데……."

"그 아가씨가 언제 들어왔는지 기억나시오?"

제로니모가 이마를 찌푸리며 생각에 잠겼다.

"뉴스가 진행 중일 때 돌아왔지요, 예."

"그럼 6시가 지나서?"

"예, 선생님."

"무슨 뉴스가 진행 중일 때였소?"

"기억이 안 납니다, 선생님. 하지만 분명히 스포츠 뉴스가 나오기 전이었습니다. 우린 스포츠 뉴스가 나오면 스위치를 끄니까요."

샤프는 엄격한 얼굴로 미소를 지었다. 일이 이렇게 되면 막연해진다. 이 집 안에 있던 사람들 중 용의자 선상에서 제외될 수 있는 사람은 그러니까 나이젤 채프먼과 발레리 호브하우스, 허바드 부인뿐이다. 그렇다면, 나머지 사람들을 심문하려면 시간도 오래 걸리고 지쳐버리고 말겠지. 누가 공동 휴게실에 있었는가? 그곳을 나간 사람은? 그 시각은? 누가 누구의 알리바이를 증명할 것인가? 게다가 학생들은 원래 시간관념이 희박하다. 특히 아시아, 아프리카 학생들은 더욱더. 정말 이거야 말로 맡고 싶지 않은 괴로운 일이었다.

하지만 그 반면에, 꼭 해야 할 일이기도 했다.

3

허바드 부인의 방안 분위기는 침통했다. 허바드 부인은 외출에서 막 돌아온 터라 아직 외출복을 입고 소파에 앉아 있었는데, 그녀의 선량한 동그란 얼굴은 잔뜩 굳어 있었고 불안에 가득 차 있었다. 그 옆의 작은 탁자 옆에는 샤프 경감과 코브 경사가 앉아 있었다.

샤프 경감이 입을 열었다.

"패트리셔는 이곳에서 전화를 했었던 것 같소. 6시 8분경 몇몇 사람들이 공동 휴게실을 들락거렸다고 합니다. 그런데 아무도 누가 홀 안의 전화를 쓰는 것을 보지 못했다고 합니다. 말소리도 듣지 못하고 말이오. 물론 그들이 말하는 시간은 신빙성이 없어요. 이곳 학생들 절반은 시계를 쳐다보는 법이 없으니까. 내가 보기에 패트리셔는 경찰서에 전화를 하러 이 방에 들어왔을 게 틀림없소. 그때 허바드 부인은 외출하시고 없었지만, 문을 잠그거나 하지는 않았겠지요?"

허바드 부인은 고개를 내저었다.

"니콜레티스 부인은 꼭꼭 문을 잠그고 다녔지요. 하지만 전 그런 적이 한

번도 없었어요."

"좋습니다, 그러면 패트리셔 양이 이 방으로 전화를 하러 왔던 게 틀림없습니다. 자신이 기억해 낸 일 때문에 온통 흥분해서 말입니다. 그런데 그녀가 전화를 하고 있자니까 문이 열리고 누군가가 들여다보았거나 들어왔습니다. 패트리셔는 말을 얼버무리며 전화를 끊었지요. 그건 그녀가 침입자의 얼굴을 보고 그가 자신이 이름을 말하려던 사람임을 깨달았기 때문일까요? 아니면, 그저 조심해 두는 것이 좋겠다고 생각해서일까요? 아마 둘 중 하나였을 겁니다. 내 개인적 생각으로는 첫 번째 추측이 유력할 듯싶습니다만."

허바드 부인이 과연 그렇다는 듯이 힘있게 고개를 끄덕였다.

"어쨌든 범인이 누구든 그는 패트를 이곳까지 따라와서 문밖에서 엿듣다가 패트가 더 이상 말하는 것을 막기 위해 방 안으로 들어왔을 게 틀림없어요."

"그런 다음엔……." 샤프 경감의 얼굴이 갑자기 침울해졌다.

"범인은 패트리셔 양과 함께 그녀의 방으로 가서 태연하게 이야기를 나누었을 겁니다. 그리고 패트리셔는 그녀에게 왜 자기 중탄산소다 병을 치웠느냐고 책망했을지도 모르지요. 그러자 상대편은 그럴 듯한 설명으로 둘러댔고요."

허바드 부인이 날카로운 목소리로 물었다.

"그녀라니요, 어떤 근거에서 '그녀'라고 하시는 거지요?"

"정말 우습지요, 하찮은 대명사의 차이가 말입니다. 우리가 패트리셔 양의 시체를 발견했을 때 나이젤 채프먼이 그랬죠, '누군지 죽여버리고 말 테야! 그놈을 죽일 거야!'라고 말이오. 나이젤 채프먼은 살인이 남자 짓이라고 믿었던 겁니다. 그건 아마 그렇게 힘세게 패트리셔 양을 내리치려면 남자 아니고는 안 된다는 생각 때문이었을 테죠. 또는 어떤 특정한 남자에게 의심을 품고 있었기 때문일지도 모르고 말입니다. 만일 후자라면, 우리가 할 일은 나이젤 채프먼이 왜 살인자가 남자라고 생각했는지 그 이유를 알아내는 일이오. 하지만 내 생각은 아무래도 여자의 범행이 아닌가 싶습니다."

"그건 왜지요?"

"그 이유는 바로 이겁니다. 누군가가 패트리셔와 함께 그녀의 방에 들어갔습니다. 패트리셔에게 아주 익숙하고 친한 누군가가. 그렇다면 이건 분명히 범인이 여자라는 사실을 가리키는 겁니다. 남학생들은 아주 특별한 이유가 없는 한 여학생들의 침실이 있는 층에는 올라가지 않으니까요. 그렇지 않습니까, 허바드 부인?"

"맞는 말씀이세요. 뭐 그렇게 해야 한다고 못박아둔 것은 아니지만 대체로 그렇게 잘 지키고 있는 편이지요."

"여자들 침실이 있는 곳은 1층만 제외하고는 이쪽 건물과는 격리되어 있습니다. 그리고 보면 나이젤과 패트가 그녀의 방에서 나눈 이야기를 누군가가 엿들었다고 칠 때 그 사람은 분명히 여자였을 거라는 결론입니다."

"예, 무슨 말씀인지 알겠어요. 더구나 여기 여학생들은 걸핏하면 남의 방문에 귀를 대고 엿듣는 게 일이거든요."

그녀는 이렇게 말하며 얼굴을 붉히다가 변명이라도 하듯 덧붙였다.

"정말 못된 버릇이죠. 사실 이 근처 집들은 새로 지은 것들이긴 해도 방을 여러 개 칸막이로 나누어 버리는 바람에 벽들이 모두 종잇장처럼 얇거든요. 그러니 벽 뒤의 얘기를 안 들으려야 안 들을 수가 없지요. 특히 진은 엿듣기가 아주 취미였답니다. 워낙 그런 아가씨니까요. 그러니까 주느비에브도 그 얘기를, 나이젤이 패트에게 자기 아버지가 어머니를 죽였다는 얘기를 하는 걸 우연히 듣고는 발을 멈추고 끝까지 들었던 거예요."

샤프 경감은 동감이라는 듯이 고개를 끄덕였다. 그는 이미 샐리 핀치와 진 톰린슨, 그리고 주느비에브의 증언까지 모두 들은 터였다.

이윽고 그가 다시 말했다.

"패트리셔 양의 방 안쪽에는 누가 있습니까?"

"주느비에브의 방이 그 너머 방이지요. 하지만 그쪽 벽은 원래부터 있는 아주 튼튼한 벽이에요. 그리고 계단 쪽으로 옆방은 엘리자베스 존스턴의 방이지요. 그쪽은 칸막이벽밖에는 없어요."

"그렇다면 수사범위가 조금 좁아지게 되는군." 경감이 말했다.

"주느비에브라는 프랑스 아가씨는 나이젤과 패트가 하는 이야기 끝부분을 들었고, 샐리 핀치는 그전부터 방에 있기는 했지만 나중에 편지를 부치러 밖으로 나갔습니다. 하지만 그 두 아가씨들이 그곳에 있었다는 사실은, 자동적으로 다른 사람들은 아주 잠깐이라면 몰라도 엿듣기가 불가능했다는 이야기가 됩니다. 물론 엘리자베스 존스턴도 자기 침실에만 있었다면 칸막이벽을 통해서 이야기를 전부 들었을 가능성이 있지요. 하지만 샐리 핀치가 편지를 부치러 나갔을 때 그녀는 이미 공동 휴게실에 있었던 것이 거의 틀림없습니다."

"엘리자베스는 내내 공동 휴게실에 있지 않았나요?"

"그렇지 않습니다. 무슨 책인가를 잊어버리고 왔다면서 잠깐 위층으로 올라갔었지요. 물론 학생들은 그게 언제인지 기억하지 못합니다."

"학생들이야 뻔하지요, 뭐."

허바드 부인이 안타깝다는 듯이 한숨을 쉬었다.

"학생들 진술만 들어선 그렇지요. 하지만 우린 그 밖의 증거를 잡았습니다."

이렇게 말하며 경감은 주머니에서 조그맣게 접은 종이봉투를 꺼내 들고는 싱긋 웃었다.

"그게 뭔가요?" 허바드 부인이 궁금한 듯이 물었다.

"머리카락 몇 올입니다. 패트리셔 레인의 손가락 사이에서 빼낸 거죠."

"그럼, 설마 그게……."

그때 문에서 노크 소리가 났다.

"들어오시오." 경감이 대답했다.

문이 열리자 거기에는 아키봄보가 서 있었다. 그의 검은 얼굴에 활짝 웃음이 피어 있었다.

"실례합니다."

샤프 경감이 초조하게 대꾸했다.

"아, 좋소. 그런데, 무슨 일이오?"

"예, 말씀드릴 게 좀 있습니다. 지금까지 일어난 슬프고 비극적인 일을 해명하는 데에 아주 중요한 일입니다."

제18장

"자, 자, 아키봄보 씨." 샤프 경감이 엄숙한 얼굴로 재촉했다.

"그게 다 무슨 소린지 얼른 들어보기로 합시다."

아키봄보는 경감이 권한 의자에 앉아 자신을 뚫어지게 바라보는 호기심 가득한 얼굴들을 바라보았다.

"고맙습니다. 그럼, 말을 시작할까요?"

"그래요, 어서."

"사실 전 이따금 복통이 일어나는 일이 있답니다."

"아, 그런가요."

"제 위(胃)가 병들어 있다나요. 샐리 양은 그렇게 부르죠. 하지만 저는 그렇게 느글거리지는 않습니다. 토하지는 않는다는 말이죠."

샤프 경감은 아키봄보가 의학적인 차이점을 늘어놓고 있는 동안 짜증을 억누르느라 꽤 힘이 들었다.

"아, 그렇소. 그것참 안되셨군요. 그런데 우리한테 하고 싶다는 말이……"

"아마 익숙지 않은 음식 때문일 겁니다. 여기 이 근처가 항상 불룩하거든요."

아키봄보는 태평스럽게 자기 배를 가리켰다.

"제 생각엔 고기를 많이 먹지 않고 그 뭔가, 탈수화물을 너무 많이 먹기 때문이 아닌가 합니다."

"탄수화물이오." 경감은 기계적으로 아키봄보의 말을 고쳐주었다.

"그런데 할 말은……"

"그래서 전 가끔 알약이나 소다 민트를 복용합니다. 가루약을 먹기도 하죠. 무슨 약이든 상관없습니다. 가스가 차서, 이렇게 말입니다."

그러고 나서 아키봄보는 그야말로 요란한 진짜 트림을 해보였다.

"이렇게 트림을 하고 나면 아주 기분이 좋아집니다. 아주 좋지요"

그는 말을 마치고 얼굴에 함빡 천진한 미소를 띠었다.

샤프 경감의 얼굴은 벌레라도 씹은 사람처럼 울긋불긋해졌다.

그때 허바드 부인이 위엄 있는 목소리로 아키봄보에게 말했다.

"자, 당신 말은 알겠으니 다음 얘기를 해봐요"

"예, 물론이죠. 사실 지난주 초에도 그런 일이 있었답니다. 어느 날이었는지는 정확히 기억이 안 나지만 말입니다. 마카로니가 아주 맛있어서 굉장히 많이 먹었어요. 그런데 그다음에 또 아주 속이 안 좋은 거예요. 교수님이 내준 숙제를 해보려고 했지만 여기가(아키봄보는 자기 배의 한 지점을 가리켜 보였다) 그렇게 그득한 기분이니 무슨 공부 생각이 나야지요.

그때가 저녁식사를 마친 뒤 공동 휴게실에서였는데, 엘리자베스가 혼자 있길래 제가 그랬죠. '중탄산소다나 가루약 가진 거 있어요? 내 건 다 먹었거든요.'라고요. 그랬더니 그녀가 하는 말이, '나한테는 없어요. 하지만 패트의 서랍에 조금 있더군요. 빌린 손수건을 집어넣다가 봤어요.' 그러는 거예요. '내가 갖다줄게요. 패트도 뭐라고 그러지는 않을 거예요.' 그러고 나서 엘리자베스는 위층으로 올라갔다가 중탄산소다 병을 가져왔죠. 병 바닥에 아주 조금 남아 있더군요. 그래 제가 고맙다고 하고 욕실로 가져가서 안의 것을 몽땅 쏟은 다음, 한 숟가락 가득 물로 개서 마셨습니다."

"숟가락으로 가득? 숟가락 가득히라고! 저런, 맙소사!"

샤프 경감은 놀라 그를 바라보았고, 코브 경사 역시 놀란 얼굴로 몸을 앞으로 기울였다.

허바드 부인은 끔찍스럽다는 듯이 중얼거렸다.

"라스푸틴(1864?~1916, 제정 러시아 시대의 사제로서, 독살로서 권력을 장악해 나갔음) 같잖아!"

"그래, 모르핀을 한 숟가락 가득히 마셨단 말이오?"

경감이 재우쳐 물었다.

"예, 당연하죠, 전 그게 중탄산소다인 줄로만 알았으니까요"

"그래, 알겠소. 정말 당신이 지금 이 자리에 앉아 있을 수 있다는 것이 믿어지지 않는군!"

"그렇게 해서 먹고 났더니 글쎄, 굉장히 아픈 거예요. 배가 더부룩한 게 아니고 위에 굉장한 통증이……."

"죽지 않은 게 다행이오!"

"정말 라스푸틴 같군요." 허바드 부인이 외쳤다.

"그 사내도 독을 자꾸자꾸 먹다 보니까 나중에는 독약을 먹어도 죽지 않더라지 뭐예요!"

아키봄보가 말을 계속했다.

"그래서 그 다음 날 배가 좀 낫길래 가루가 아주 조금 남은 병을 갖고 약제사한테 가서, '이걸 먹고 배가 너무 아팠는데 이게 뭡니까?' 하고 물었지요."

"그랬더니?"

"그랬더니 그 사람이 조금 뒤에 와서는 배가 아팠던 것도 무리가 아니라고 하면서 그 안에 들었던 것은 중탄산소다가 아니라 봉, 산……, 봉산이라는 거예요. 눈에다는 넣을 수 있지만 한 숟가락 먹으면 배가 아픈 게 당연하다고 하면서……."

"봉산?"

경감이 얼빠진 얼굴로 중얼거리며 아키봄보를 바라보았다.

"하지만 봉산이 왜 그 병에 들어가 있었단 말이지? 모르핀은 어떻게 되고?" 그는 신음하듯이 외쳤다.

"이거 대체 알 수 없는 일투성이니!"

"그래서 그동안 생각해봤습니다." 아키봄보가 여전히 계속했다.

경감이 다시 으르렁거리듯 물었다.

"생각해봤다고, 그래, 뭘 생각했단 말이오?"

"실리아 양에 대해서 말입니다. 그녀가 어떻게 죽었을까 하고요. 제 생각에는 누군가 그녀가 죽은 뒤에 그녀의 방으로 들어가서 빈 모르핀 병과 유서를 놓아둔 것 같습니다."

아키봄보가 잠깐 말을 멈추자 경감이 그렇다는 듯이 고개를 끄덕였다.

"그래서 제가 한번 속으로 물어보았죠. 그런 일을 할 수 있는 사람은 누구였을까? 그랬더니 만일 여자라면 일이 쉬웠겠지만 남자라면 그렇게 쉽지 않았을 거란 생각이 들더군요. 왜냐하면 이 집 구조 때문에 우선 아래층으로 내려왔다가 다른 쪽 계단으로 여자들 침실이 있는 층으로 올라가야 했을 테고, 그러자면 누군가가 잠을 깨서 그 사람 발소리를 듣거나 모습을 보았을지 모르니까요. 그래서 다시 생각해보았죠.

만일 이 집 안의 누군가가 실리아의 옆방에 들어갔다면—그녀의 방만이 이쪽 건물에 있으니까요. 제 말뜻 아시겠지요? 다음 방 창문 밖에는 발코니가 있고 실리아의 방 밖에도 발코니가 있거든요. 그리고 그녀는 창문을 열고 자니까요. 위생에 좋다는 이유로 말입니다. 그 때문에 범인인 그자가 체구가 크고 운동신경이 좋다면 훌쩍 뛰어서 건널 수 있었을 겁니다."

"실리아의 옆방은 다른 쪽 건물이에요." 허바드 부인이 말했다.

"가만있어라, 그게 나이젤방이고, 그리고⋯⋯."

"그리고 렌 베이트선의 방이지요."

경감이 대신 말했다. 그러고는 손가락으로 손 안에 쥐어져 있던 종이쪽지를 툭툭 건드려 보았다.

"렌 베이트선 말입니다."

"그 사람은 아주 훌륭한 사람이지요." 아키봄보가 침울하게 말했다.

"그리고 저한테도 아주 잘해줬죠. 하지만 심리학적으로 말해서 사람이야 겉모습만 보아서는 그 뒤에 무슨 생각을 하고 있는지 알 수 없잖습니까, 안 그렇습니까? 그게 최신식 이론이지요. 그리고 찬드라 랄 말인데요, 자기 눈에 넣는 붕산이 없어져서 아주 화를 냈답니다. 나중에 물어보니까 렌 베이트선이 가져간 걸로 알고 있더군요."

"그러니까 모르핀을 나이젤의 서랍에서 가져가고 붕산을 대신 넣어 놓는데, 패트리셔가 와서 그것을 모르핀이라고 생각하고서 중탄산소다를 바꾸어 넣었다. 그런데 그것이 실은 붕산 가루였다. 그런 말이죠. 그래⋯⋯, 이제 알겠소."

"제 말이 좀 도움이 되었나요?" 아키봄보가 정중하게 물었다.

"그렇소, 정말 뭐라고 감사를 해야 할지. 그렇지만, 아, 저, 이 말을 남들에게 다시 하지는 마시오."

"예, 그럼요, 경감님. 주의하겠습니다."

이윽고 아키봄보는 점잖게 인사를 하고 방을 나섰다.

"렌 베이트선이……." 허바드 부인이 침통한 목소리로 중얼거렸다.

"아, 아니, 그럴 수가!"

샤프 경감은 그러한 그녀의 모습을 바라보았다.

"범인이 렌 베이트선이 아니었으면 하고 바라시나요?"

"전 그 청년을 좋아했어요. 사실 좀 성깔이 있긴 해도 평소에는 아주 점잖고 훌륭한 청년이거든요."

"범죄자 중에는 남들이 그렇게 말하는 사람이 많습니다."

샤프 경감이 엄숙하게 말했다. 이어 그는 접힌 종이봉투를 가만히 폈다.

허바드 부인은 그의 손동작을 주시하고 있다가 그의 손동작에 따라 몸을 앞으로 기울여 그 속의 것을 들여다보았다.

흰 종이봉투 위에 놓인 것은 짧고 곱슬거리는 머리카락, 붉은 머리카락 두 가닥이었다.

"아, 이런!" 허바드 부인이 신음하듯 말했다.

"그렇습니다." 샤프 경감이 생각에 잠기며 대꾸했다.

"내 경험으로 비추어 볼 때 살인자는 일반적으로 적어도 한 가지 실수는 범하게 마련이지요."

제19장

1

"하지만 아주 근사하군요, 경감." 에르퀼 포와로가 감탄한 어조로 말했다.

"아주 분명해요, 대단히 근사할 만큼 분명하군요."

"무슨 수프 같은 것에 대해 얘기하시는 듯한 말투시군요."

경감이 투덜거렸다.

"포와로 씨는 콩소메(맑은 수프)처럼 다 분명해 보이실지 몰라도, 저한테는 아직도 가짜 자라 수프처럼 불투명합니다."

"하지만 이젠 그렇지 않을 게요. 모든 것이 정확하게 제자리에 다 들어맞고 있으니까."

"이것도 말입니까?"

경감은 허바드 부인에게 했던 것과 마찬가지로 붉은 머리카락 두 개를 포와로에게 보여주었다. 포와로의 대답 역시 샤프 경감이 허바드 부인에게 한 대답과 거의 마찬가지였다.

"아, 그렇소." 포와로의 말이었다.

"라디오 드라마에서 뭐라고 하더라? '고의적인 실수'라고 하던가?"

두 남자의 눈이 부딪쳤다.

이윽고 포와로가 입을 열었다.

"자신이 생각하는 것만큼 영리한 사람은 아무도 없다오."

샤프 경감은 이렇게 말하고 싶었지만 꾹 눌러 참았다.

"에르퀼 포와로도 말인가요?"

"그 아가씨 말이오, 일단 체포 준비는 했소?"

"예, 내일 체포영장이 발부될 겁니다."

"당신이 직접 갈 예정이오?"

"아닙니다. 전 히코리 로 26번지에 갈 예정으로 있습니다. 코브 경사가 그 일을 맡을 겁니다."

"그 사람한테 행운을 빌어야겠군"

에르퀼 포와로는 짐짓 엄숙한 얼굴로 박하를 넣은 리큐르 술이 든 술잔을 높이 치켜 올렸다.

샤프 경감 역시 위스키가 든 잔을 치켜 올렸다.

"그렇게 희망해야지요."

2

"이곳은 아주 근사하게 차려져 있군." 코브 경사가 말했다.

그는 '사브리나 페어'의 진열장 유리창을 감탄하는 눈길로 바라보았다. 유리 제조업자의 기술의 정수를 발휘한 호화로운 유리제품(녹색의 투명체 피(波))에 둘러싸인 한가운데에 사브리나가 단순하고 우아한 팬티를 걸치고서 아름답게 포장 된 가지각색의 화장품에 둘러싸인 채 한가롭게 가로누워 있었다. 그 팬티 말고도 사브리나의 몸에는 장식 보석들이 요란하게 걸려 있었다.

맥크래 형사가 심히 못마땅하다는 듯이 혀를 끌끌 찼다.

"이게 무슨 불경스러운 짓거리란 말입니까? 사브리나는 밀턴이 쓴 책에 나오는 사람인데?"

"불경이라니, 밀턴이 뭐 성경책인가, 이봐?"

"설마 《실낙원》이 아담과 이브며 에덴동산과 지옥에 관해 쓴 책인 걸 부인하시는 건 아니겠죠? 그게 종교적인 게 아니면 뭐겠습니까?"

코브 경사는 그 이야기를 더 이상 계속하지 않았다. 그러고는 용감하게 건물 안으로 들어섰다. 뒤에는 뚱한 얼굴을 한 형사가 따르고 있었다.

사브리나 페어 내부의 핑크빛 조개 장식들 사이에 서자, 경사와 형사는 마치 도자기 상점 안에 선 시골 황소처럼 그 장소와는 너무나도 어울리지 않게 보였다.

바로 그때 섬세한 연어 살빛의 핑크색 옷을 입은 우아한 여인이 땅에 발도

디디지 않는 듯한 가볍고 경쾌한 걸음으로 다가왔다.

먼저 입을 연 것은 코브 경사였다.

"안녕하십니까, 마담?"

이어 그는 자신의 신분증을 내보였다. 그러자 그 우아한 여인은 불안해하며 안으로 사라졌고, 이어 역시 우아하고 아름답긴 하지만 아까 그 여인보다는 조금 더 나이 들어 보이는 여인이 나타났다. 그녀는 또 그들을 아주 화려하고 당당한 모습의 기품 있는 공작부인에게 인도했다.

그 여인은 청회색 머리에 나이며 주름살의 흔적이라고는 전혀 찾아볼 수 없을 만큼 매끄러운 뺨을 가지고 있었다. 그리고 사람을 감정하는 듯한 그녀의 눈길은 코브 경사의 뚫어지게 바라보는 눈을 똑바로 마주 보았다.

"이건 정말 특별한 대우예요." 공작부인이 차가운 말씨로 내쏘았다.

"우선 이쪽으로 오세요."

그녀는 두 사람을 이끌고 널따란 살롱 안으로 걸어 들어갔다. 그곳에는 중앙에 탁자가 있었고, 그 위에 잡지며 몇몇 정기간행물들이 아무렇게나 쌓여 있었다. 그리고 벽에는 삥 둘러서 커튼이 쳐졌고, 그 뒤 깊숙한 곳에는 여인들이 나른한 자세로 분홍색 가운을 입은 서비스 걸들의 손길 아래 몸을 맡기고 누워 있었다.

공작부인은 경찰관들을 다시 이끌고 작은 사무실 분위기가 나는 방 안으로 들어갔는데, 그곳에는 커다란 원형 책상과 몇 개의 의자가 놓여 있었고, 북부 영국의 거친 햇빛을 가려주는 커튼은 전혀 없었다.

"전 루커스 부인이라고 해요. 이 건물 경영주죠."

이윽고 그녀가 입을 열었다.

"제 파트너인 호브하우스 양은 오늘 여기 없답니다."

"아니, 이러시면 안 됩니다, 마담." 코브 경사가 말했다.

그것은 이미 각오하고 있었던 대답이었다.

"당신들이 갖고 오신 수색영장은 아주 대단한 곳에서 발부되었나 보군요."

루커스 부인이 대꾸했다.

"하지만 여긴 호브하우스 양의 개인 사무실이에요. 정말이지 진심으로 부탁드리건대 두 분께서 우리, 저, 뭐랄까, 절대 우리 고객들을 당황하게 하는 일이 없도록 해주세요."

"그 점에 대해서는 전혀 걱정하지 않으셔도 됩니다." 코브 경사가 말했다.

"우리가 찾고 있는 것은 사람들이 많은 곳에는 있을 만한 물건이 아니니까요."

그러고 나서 그는 공작부인이 마지못해 물러가기까지 기다렸다.

부인이 나가자 그는 일단 발레리 호브하우스의 사무실 안을 둘러보았다. 좁은 창 밖으로 메이페어(런던 동쪽의 상류 주택지)의 다른 건물들 뒷면이 내다보였다. 사무실 안은 옅은 잿빛으로 벽면이 발라져 있었고, 마룻바닥 위에는 값비싸 보이는 페르시아 양탄자가 깔려 있었다. 경사의 눈이 작은 벽 금고에서 커다란 책상으로 옮겨갔다.

"금고에는 없을 테지. 너무 눈에 띄니까 말이야." 경사가 입을 열었다.

그 뒤 15분이 지나자, 그 방 안에 있는 금고와 책상 서랍의 내용물이 몽땅 쏟아져 나와 있었다.

"이거 괜한 곳을 뒤진 게 아닌가 모르겠네요."

선천적으로 찌푸린 얼굴에다가 뭐든지 못마땅해하는 맥크래 형사가 입을 열었다.

"이건 시작일 뿐이야." 코브 경사가 대꾸했다.

책상 서랍에서 내용물을 모두 꺼내 그것을 차례대로 늘어놓은 그는 이제는 서랍을 꺼내 그것을 뒤집어 보기 시작했다. 그리고 마침내는 기쁨의 탄성을 질렀다.

"여기 있어."

맨 밑 서랍 밑바닥에 반창고로 붙여져 있는 것은, 금박 글자가 박힌 작고 파란 수첩 여섯 개였다.

"여권이야." 코브 경사가 말했다.

"대영제국 외무성에서 발행된 것이지. 남 믿기 잘하고, 속기도 잘하는 외무성 관리들에게 하나님의 가호가 있기를."

맥크래는 흥미진진하다는 얼굴로 코브 경사가 여권을 펴고서 거기 붙여진 사진들을 비교해보는 것을 바라보고 있었다.

"이거 정말 같은 여자라는 생각은 도저히 들지 않는군요, 안 그렇습니까?"

맥크래가 감탄사를 발했다.

그 여권은 각각 다 실바 부인, 아이린 프렌치 양, 올가 콘 부인, 니나 르 메 수리에르 양, 글래드위스 토머스 부인, 모이라 오닐 양 등의 이름으로 되어 있 었고, 그 사진들은 검은 머리의 한 젊은 여인을 25세에서 40세까지 변형시킨 모습이었다.

"이 여러 가지 머리형 덕분에 매번 성공한 거로군."

코브 경사가 중얼거렸다.

"퐁파두르 형, 컬 형, 스트레이트 아웃 형, 페이지 보이 보브 스타일 등등. 그리고 올가 콘 부인으로 변신하기 위해서는 코에 손을 댔고, 토머스 부인으 로 변신하기 위해서는 뺨을 부풀렸어. 자, 여기 두 개가 더 있군. 외국인 여권 이야. 마담 마무디, 알제리아인으로 되어 있군. 쉴라 도노반, 에이레인이야. 아 마 은행에도 이런 여러 가지 이름으로 계좌를 텄겠지."

"좀 복잡하겠는데요, 그렇지 않을까요?"

"좀 복잡하지. 당연하잖은가, 이 친구야. 세무서 친구들이 기웃거리면서 자 꾸 질문을 해대 사람 당황시키기가 일쑤니까 말이야. 사실 밀수로 돈을 버는 건 어렵지 않지. 하지만 그렇게 돈을 벌었을 경우, 그 돈에 대해 설명하기란 그리 쉽지 않은 거야. 아마 이 메이페어의 도박 클럽을 차린 여자도 그런 이 유 때문에 차린 것일 테지. 도박으로 돈을 따는 건 소득세 감독관도 추적해 낼 수 없는 유일한 수입원이니까 말이야. 그 돈 중 대부분은 알제리니 프랑스, 에이레 등지의 은행에 도피시켜 놓았을 거야. 이건 치밀한 계획으로 짜인 커 다란 사업체 같은 거야. 그러던 어느 날, 이 여자는 위조 여권 중 하나를 히코 리 로 호스텔에 놓고 나왔는데, 그것을 바로 그 가엾은 실리아 양이 보게 된 거지."

제20장

"이번 일은 모두 호브하우스 양의 기막힌 계략에서 나온 것이었습니다."

샤프 경감이 서두를 뗐다. 그의 목소리는 열에 들뜬 것이었고, 어찌 보면 상대를 위로하는 듯한 자애로운 기색까지 있었다.

이어 그는 카드를 나누는 사람처럼 여권을 이 손 저 손에 나누어 주었다.

"돈 문제를 추적하는 게 좀 어려운 일이었습니다. 이쪽 저쪽 은행을 뛰어다니느라 좀 힘이 들었지요. 그녀는 자기 발자취를 아주 그럴 듯하게 감추었더군요. 재정적인 발자취 말입니다. 아마 2년만 더 버텼으면 그녀는 모든 것을 다 정리한 뒤 외국으로 건너가 소위 말하듯 '영원히 행복하게' 살았을 테지요. 범죄로 번 돈을 가지고 말입니다. 하지만 뭐 대단히 큰 사업은 아니었습니다.

밀수 다이아몬드니 사파이어 등을 들여오고 훔친 물건은 밖으로 내가는 일인데, 물론 한쪽으로는 마약도 취급하고 있었습니다. 아주 치밀하게 짜인 범죄인 점은 틀림없습니다. 우선 그녀는 본명을 쓰기도 하고 가명을 쓰기도 하면서 외국으로 나갔지요. 하지만 너무 자주 나가지는 않았습니다. 그 때문에 실제로 훔치거나 밀수를 맡은 것은 항상 다른 사람이었지요. 그녀는 외국의 대리인들을 시켜 배낭이 제 날짜에 교환되는지 살펴보라고 시키기도 했습니다. 예, 정말 교묘한 계획이었지요. 그 점에 착안하게 해주신 포와로 씨에게 감사를 드리는 마음입니다. 게다가 그 가엾은 오스틴 양에게 심리학이 어떠니 하면서 도벽 연기를 해보라고 시킨 것도 그녀의 교묘한 아이디어였지요. 당신은 그 점을 대번에 알아차리셨지요, 안 그렇습니까, 포와로 씨?"

포와로는 그런 겸연쩍은 소리 말라는 듯이 미소를 지었고, 허바드 부인은 존경스럽다는 듯이 그런 그를 바라보았다. 이 대화는 허바드 부인의 거실에서 비공식적으로 이루어진 것이었다.

"탐욕이 결정적인 파멸의 원인이었소." 포와로가 입을 열었다.

"그녀는 패트리셔 레인 양의 반지에 끼워져 있는 훌륭한 다이아몬드를 보고 유혹을 느꼈지. 그건 어리석은 행동이었소 왜냐하면 그녀가 보석을 다루는 데에 익숙해져 있는 사람임을 대번에 알려주는 일이었으니까. 다이아몬드를 빼내고 지르콘으로 대체한 일을 말하는 거요. 그렇소, 내가 발레리 호브하우스 양을 결정적으로 의심하게 만든 것은 바로 그 일 때문이었지. 하지만 내가 혹시 실리아에게 암시한 사람이 그녀 아니냐고 추궁했을 때 그 일을 대번에 인정하고 마치 동정심에서 그런 일을 한 것처럼 설명한 것은 정말 똑똑한 행동이었다오."

"하지만 그래도 살인까지 하다니요!" 허바드 부인이 신음을 하듯 말했다.

"그처럼 냉혹하게 살인을 저지르다뇨. 전 지금도 도저히 믿겨지지 않아요."

샤프 경감의 표정이 갑자기 우울해졌다.

"아직은 그녀를 실리아 오스틴 살해 혐의로 옭아맬 처지는 아닙니다. 물론 밀수 혐의로 벌써 영장을 발부해 놓았지요. 그건 어려운 게 아닙니다. 하지만 살인 혐의란 건 좀 까다로운 겁니다. 검사가 말을 듣지 않아요. 물론 그녀에게는 동기와 기회가 모두 있습니다. 아마 그녀는 남자들이 한 내기에 대해서 속속들이 다 알고 있었을 겁니다. 나이젤이 모르핀을 가지고 있었다는 사실도요. 하지만 지금 현재로서는 증거가 없습니다.

게다가 그 뒤에 일어난 두 살인사건도 어떻게 설명을 해야 할지 모르는 터입니다. 물론 니콜레티스 부인을 독살할 수도 있었겠지요. 하지만 그 반면 패트리셔 레인은 절대 그녀가 죽인 것이 아닙니다. 더구나 그녀는 분명히 혐의를 벗어날 수 있는 유일한 사람입니다. 제로니모는 그녀가 6시에 집을 나선 것을 분명히 보았다니까요. 그 사람 말이 그건 분명하다는 겁니다. 물론 그녀가 제로니모에게 혹시 뇌물을 썼는지는 알 수 없지만……."

"아니, 그렇지 않소." 포와로가 고개를 내저었다.

"그녀는 제로니모를 매수하지 않았소."

"게다가 길모퉁이 약국의 약제사가 증언한 바도 있습니다. 그는 발레리 양을 아주 잘 아는 처지인데, 분명히 그녀가 6시 5분에 와서 얼굴에 바르는 파우더와 아스피린을 사고는 전화를 했다더군요. 그러고 나서 6시 15분에 가게를 나서서 바깥쪽 길에서 택시를 잡아탔답니다."

그때 포와로가 자리에서 일어났다.

"그거 근사하군! 그거야 말로 우리가 바라던 일이었소!"

"그게 대체 무슨 말씀이신가요?"

"그녀가 약국에서 전화를 했다는 사실 말이오."

샤프 경감은 짜증이 나는 듯한 얼굴로 포와로를 바라보았다.

"아니, 이것 보세요, 포와로 씨. 이미 밝혀진 사실을 다시 한 번 생각해 보시란 말입니다. 패트리셔는 6시 8분까지는 분명히 살아 있었고, 또 이 방에서 경찰서로 전화를 걸었습니다. 그건 인정하시겠지요."

"난 그녀가 이 방에서 전화를 걸었다고 보지 않소."

"그럼 아래층 홀에서 걸었겠죠."

"홀에서 걸었다고도 생각하지 않소."

샤프 경감은 한숨을 내쉬었다.

"설마 경찰서에서 그녀의 전화가 걸려왔던 것까지 부인할 셈은 아니시겠지요? 설마 저하고 코브 경사, 나이 순경, 그리고 나이젤이 모두 환각 상태에 빠졌었다는 말씀은 아니시겠지요?"

"아, 그야 물론이오. 전화는 분명히 걸려왔소. 하지만 내가 말하고 싶은 것은 경찰서에 건 그 전화는 길모퉁이 약국에서 걸려온 것이었다는 사실이오."

샤프 경감의 입이 떡 벌어진 채 한동안 다물어질 줄을 몰랐다.

"아니, 그럼 발레리 호브하우스가 그 전화를 걸었단 말씀입니까? 그러니까, 그녀가 패트리셔 레인 양처럼 흉내를 내서 전화를 한 것이고, 그 시각에는 이미 패트리셔 레인이 죽어 있었단 말인가요?"

"바로 그렇소."

경감은 한동안 말이 없다가 이윽고 주먹으로 탁자 위를 쾅하고 내리쳤다.

"전 믿겨지지 않아요. 그 목소리를, 그 목소리를 내가 직접 들었는데……."

"그야 들었지. 여자의 목소리를, 숨 가쁘고 흥분해 있는 목소리를 말이오. 하지만 당신은 그게 패트리셔 레인의 목소리라고 알아들을 만큼 그녀의 목소리에 대해 잘 알고 있지는 못하지 않소"

"나야 그럴지 모르겠지만 그 전화를 받은 건 나이젤이었단 말입니다. 설마 나이젤이 패트리셔 레인의 목소리를 모르고 속았다고는 못하시겠죠. 전화로 목소리를 위장하거나 다른 사람의 목소리를 흉내 내는 건 사실 쉬운 일이 아니란 말씀입니다. 그렇기 때문에 만일 전화를 한 사람이 패트가 아니었다면 나이젤은 금방 알아차렸을 겁니다."

"그렇소" 포와로가 무심하게 대꾸했다.

"나이젤 채프먼은 알아차렸을 거요. 그리고 실제로 그는 패트리셔가 아니라는 것을 잘 알고 있었소. 조금 전에 패트리셔의 머리를 내리쳐서 죽인 것이 바로 그 사람인데 그가 알지 않으면 누가 알겠소?"

잠깐 동안의 침묵이 흐른 뒤에 경감은 가까스로 자기 목소리를 회복할 수 있었다.

"나이젤 채프먼이라고? 나이젤 채프먼! 하지만 그녀의 시체를 발견했을 때 그는 울었단 말입니다. 어린애처럼 엉엉 울었단 말입니다!"

"내가 보기엔⋯⋯." 포와로가 천천히 설명했다.

"나이젤은 다른 사람들을 좋아하는 거나 마찬가지로 그녀를 좋아했을 듯싶소. 하지만 그렇다고 그녀의 목숨을 건질 수는 없었지. 그녀가 그의 이익에 위배되는 위협거리가 되었다면 말이오. 사실 이번 사건에서 나이젤 채프먼은 줄곧 혐의의 가능성을 지니고 있던 인물이었소. 모르핀을 갖고 있었던 사람이 누구였소? 나이젤 채프먼이었지. 이번 사건을 계획할 만한 약팍하지만 재기 있는 지적 능력을 가진 사람, 그리고 살인과 사기 행위를 실행할 만한 뻔뻔스러움을 갖춘 인물이 누가 있소? 나이젤 채프먼이었지. 우리가 알고 있길 잔인하고 허영심 많다고 알고 있는 사람이 누구였소? 나이젤 채프먼이었소.

그는 살인자로서의 모든 특징을 지니고 있는 사람이오. 남한테 거들먹거리기 좋아하는 허영심, 원한, 그리고 점점 자라나는 잔인한 기질 등이 그로 하여금 여러 가지 상상할 수 있는 방법을 총동원하여 남들의 관심이 자신에게 쏠리게 한 거요. 대담하게 녹색 잉크를 사용하여 이중으로 사람들을 기만하고는 마침내 어리석게도, 패트리셔 양은 등 뒤에서 기습을 받았기 때문에 미처 암

살자의 머리칼을 움켜쥘 여유가 없었다는 사실을 잊은 채 렌 베이트선의 머리카락을 패트리셔의 손가락 안에 쥐여주는 고의적인 실수를 저질렀던 거요.

살인자들이란 원래 그런 게요. 자신들의 이기주의에 휩쓸려서, 그리고 자신이 얼마나 똑똑한 사람인가 하는 자아도취에 빠져서 엉뚱한 실수를 저지르는 거지. 여기에는 그들이 지닌 주문(呪文)도 작용을 한다오. 나이젤 역시 그러한 주문에 걸려 있소. 그는 과거에도 성장하지 못했고, 또 앞으로도 절대 성장하지 못할, 외고집 어린애의 주문에 걸려 있었던 게요. 즉, 오직 한 가지만을 보는 주문이자—자기 자신과 자신이 원하는 것만 눈에 보이는 주문!"

"하지만 왜, 포와로 씨! 왜 살인까지 해야 했단 말입니까? 실리아 오스틴은 그럴 수 있다 하더라도, 왜 패트리셔 레인까지 죽여야 했단 말인가요?"

"그걸 이제 알아내야 하오." 포와로의 말이었다.

제21장

"이거 정말 오랜만이군요."

엔디콧 노인이 에르퀼 포와로에게 말했다. 그러고는 포와로를 날카로운 눈길로 훑어보았다.

"이렇게 가는 길에라도 들러주니 고맙기도 하지."

"아니, 그건 아닙니다." 에르퀼 포와로가 대답했다.

"볼일이 있어서 온 겁니다."

"그야 좋고말고. 사실 난 당신한테 큰 빚이 있지 않소. 애버네시 사건을 해결해주었으니 말이오."

"그런데 여기 계시는 걸 보고 정말 놀랐습니다. 은퇴하신 줄로만 알았는데요."

늙은 변호사는 엄숙한 미소를 지었다. 그의 사무실은 명망이 드높은 오래된 것이었다.

"오늘은 특별히 오랜 단골 의뢰인의 일을 봐주려고 온 거라오. 지금도 옛 친구 한두 명의 일을 봐주고 있으니까."

"아서 스탠리 경 역시 옛 친구이자 의뢰인 아닙니까?"

"그렇지요. 그가 아주 젊었을 때부턴 그의 법적 사무를 맡아 보았소. 아주 똑똑한 사람이랍니다, 포와로. 정말 보기 드물게 머리가 좋은 사람이라오."

"어제저녁 6시 뉴스에서 그 사람의 사망소식이 발표되었다던데요."

"맞아요. 장례식은 금요일에 있지. 그동안 병으로 고생했다더구먼. 악성 종양이었다나 봐요."

"레이디(레이디'는 귀족 부인의 경칭) 스탠리가 사망한 건 오래전이지요?"

"2년 반 전일 게요, 아마."

숱이 많은 눈썹 밑에서 날카로운 눈길이 포와로를 뚫어지게 살펴보고 있었다.

"어떻게 죽었나요?"

변호사의 대답은 즉석에서 나왔다.

"수면제 과용이라오. 내 기억으론 메디날을 너무 많이 먹었다는 것 같았소만."

"검시는 있었겠죠?"

"그렇지, 실수로 수면제를 과용했다는 결과가 나왔지요."

"그게 사실입니까?"

엔디콧 씨는 잠시 말이 없었다. 이윽고 그가 다시 입을 열었다.

"당신을 모욕할 생각은 없소. 당신이 그렇게 묻는 건 다 그만한 이유가 있을 테니까. 메디날은 좀 위험한 약이지요. 약효를 나타낼 수 있는 용량과 치사량의 구분이 극히 작은 차이거든. 환자는 졸음이 오게 되면 자신이 이미 한 알을 먹었다는 것을 잊고 또 한 알을 먹을 수 있다오. 그렇게 되면 치명적인 결과를 가져올 수 있지요."

포와로는 고개를 끄덕였다.

"레이디 스탠리도 그랬습니까?"

"그런 걸로 보아집니다. 자살하겠다는 암시도 없었고, 평소 자살하기 쉬운 성향이 있었던 것도 아니었으니까."

"혹시, 다른 것을 암시하지는 않았습니까?"

이에 다시 한 번 날카로운 눈길이 포와로를 쳐다보았다.

"그녀의 남편이 증거를 댔소."

"그가 뭐라고 했나요?"

"아내가 수면제를 먹고 나서는 곧잘 혼동을 일으켜 또 하나를 달라고 했다는 게요."

"혹시 거짓말을 한 건 아니었을까요?"

"저런, 포와로! 정말 대단히 단도직입적인 질문이로군요. 그래, 대체 왜 그런 생각을 했는지 내가 알 수 있겠소?"

포와로는 싱긋 웃었다. 일부러 과장되게 호통을 치는 변호사의 태도도 그를 속여넘기지는 못했던 것이다.

"내가 왜 그런 질문을 했는지는 잘 알고 있을 텐데요. 하지만 지금으로선 이미 당신도 알고 있는 문제를 물어보아서 당황하게 해드리진 않겠습니다. 그 대신 의견을 하나 말해주시길 바랍니다. 한 남자로서 다른 남자에 대해 어떻게 생각하느냐 하는 의견이지요. 아서 스탠리는 다른 여자하고 결혼하려고 자기 아내를 없애버릴 그런 남자였습니까?"

엔디콧 씨는 마치 벌에라도 쏘인 사람처럼 자리에서 벌떡 일어섰다.

"터무니없는 소리!" 그는 노기를 띠며 소리쳤다.

"정말 상식을 벗어난 얘기라고! 다른 여자 같은 것 있지도 않았소! 스탠리는 자기 아내에게 충실했던 말이오!"

"예, 그렇겠지요." 포와로가 대꾸했다.

"나도 그럴 거라고 생각했습니다. 그러면 이제, 내가 여기로 온 목적을 솔직히 얘기하기로 하지요. 당신은 아서 스탠리의 유언장을 작성한 장본인이자 집행인이겠지요?"

"그런데……."

"아서 스탠리에게는 아들이 한 명 있었습니다. 그 아들은 자기 어머니가 죽었을 즈음에 아버지하고 대판 싸움을 벌이고는 집을 뛰쳐나갔습니다. 심지어는 이름까지 바꿀 정도였지요."

"그건 나도 모르는 사실인데, 아들 이름은 뭐라고 부르고 있소?"

"그건 나중에 얘기하기로 하고, 그전에 한 가지 가정을 해야 합니다. 내 말이 옳으면 그렇다고 하십시오. 내 생각으로는 아서 스탠리가 봉함 편지를 한 장 당신에게 남겨놓았을 듯싶은데—어떤 특별한 상황에 처했을 때나 자기가 죽은 뒤에 열어보라고 말입니다."

"이거야, 원, 포와로! 중세기에 태어났으면 당신은 아마 마술사로 지목되어 화형을 당했을 게요. 대체 그런 일들을 어떻게 알았소?"

"그럼 내 말이 맞는다는 말이로군요. 그리고 그 편지 속에는 두 가지 방법이 제시되어 있었을 겁니다. 내용물을 없애버리던가, 아니면 어떤 다른 행동을 취하라는 지시가 말이지요."

포와로는 말을 멈추었고 상대편은 잠시 말이 없었다.

"빌어먹을!" 포와로가 놀란 듯이 불어로 말했다.

"설마 벌써 없애버리지는……."

그는 엔디콧 씨가 아니라는 듯이 천천히 손을 내젓는 것을 보고는 안심하여 말을 멈추었다.

"우린 그렇게 성급한 사람이 아니라오." 변호사가 꾸짖듯이 말했다.

"일단 철저하게 조사를 해야 하니까─완전히 만족스러울 만큼 말이오……."

그러다가 말고 그는 문득 말을 멈추었다.

"하지만 이 일은 절대 비밀이오. 포와로, 당신한테도 마찬가지요."

그가 고개를 내저으며 말했다.

"그럼 당신이 입을 열어야 한다는 충분한 이유를 댄다면 어떻겠습니까?"

"그거야 당신한테 달렸지. 난 당신이 지금 우리가 이야기하고 있는 일과 관계가 있는 뭔가를 알고 있으리라고는 전혀 생각되지 않소."

"알고 있는 건 아닙니다. 그렇기 때문에 우선은 추측을 해야 하지요. 내 추측이 옳다면……."

"아마 옳지 않을 게요." 엔디콧 씨가 손을 내저었다.

포와로는 심호흡을 했다.

"좋습니다, 그럼. 내 생각으로는 당신이 받은 지시는 다음과 같은 거라고 생각합니다. 아서 경이 사망할 경우 당신은 그의 아들인 나이젤을 수소문해서 그가 어디에 살고 있는지, 그리고 어떻게 살고 있는지를 알아내도록 되어 있지요. 특히 그가 무슨 범죄에 연루되어 있는지, 또는 연루됐었는지를 말입니다."

이번에야말로 엔디콧 씨의 오랜 법조계 생활에서 닦은 침착한 태도가 완전히 무너졌다. 그의 입술 사이에서 이제까지 거의 들어보지 못한 감탄의 신음 소리가 새어나왔다.

이윽고 그가 입을 열었다.

"사실을 다 알고 온 것 같으니, 이제 당신이 알고 싶은 걸 다 얘기하겠소. 아마, 당신, 탐정 일을 하다 보니 우연히 나이젤 청년을 알게 된 모양이군? 그런데 그 청년은 지금 대체 뭘 하고 있소?"

"내 생각으로는 이야기가 이렇게 진전된 것 같습니다. 나이젤은 집을 떠난 뒤에 이름을 바꿨지요. 그리고 관계자들에게는 법적인 상황 때문에 그렇게 해야 한다고 설명을 했습니다. 그러다가 그는 우연히 밀수조직과 손이 닿게 됩니다. 마약이니 보석이니 하는 것을 밀수입하는 조직이지요. 그 조직이 학생들을 이용하게 된 것도 그의 머리에서 나온 것 같습니다. 사실 순진하고 '보나파이디(bona fide; 라틴어로 '진실한'이라는 뜻)'한 학생들을 이용한다는 건 대단히 교묘하고 훌륭한 생각입니다.

이렇게 해서 모든 것은 두 사람에 의해 조종되어 왔습니다. 한 사람은 나이젤 채프먼(이게 그가 지금 쓰는 이름이지요), 그리고 발레리 호브하우스라는 이름의 젊은 여자가 있습니다. 아마도 밀수조직을 통해 소개받은 여자인 것 같습니다. 이들이 일하는 조직은 조금 규모가 작고 개인이 운영하는 조직이고, 두 남녀는 거기서 커미션을 받고 일했습니다. 하지만 수입은 아주 좋았죠. 대신 취급되는 물건은 작은 부피여야 합니다. 수천 파운드어치의 보석이나 마약이라 해도 공간을 차지하는 건 얼마 되지 않으니까 말이지요.

그런데 모든 일이 다 잘되다가 뜻밖에 사고가 생기게 되었습니다. 어느 날 경관이 학생들이 묵는 호스텔로 와서 케임브리지 근처에서 있었던 살인사건에 대한 탐문수사를 벌이게 된 거지요. 그 일로 나이젤이 얼마나 공포에 질렸느냐 하는 건 능히 짐작하시리라 믿습니다. 그는 경찰이 자신을 쫓고 있다고 생각한 겁니다. 그래서 그는 홀의 전구를 다 빼버렸습니다. 불빛이 흐리면 경찰이 자신을 알아보지 못할 거라고 생각한 겁니다. 그러고 나서 그는 또 겁에 질린 채 배낭을 뒤뜰로 가지고 나가 갈가리 찢은 뒤에 보일러 뒤에다 내다버렸습니다. 혹시나 마약 가루가 배낭 밑바닥에 남아 있을까 봐 염려했던 거지요. 하지만 그의 불안은 근거가 없는 것이었습니다. 경찰이 온 것은 한 아시아 혼혈아 학생에 대해 탐문조사를 하기 위한 것이었으니까.

그런데 그 호스텔에 살고 있는 아가씨들 중 한 사람이 우연히 창밖을 내다보다가 나이젤이 배낭을 찢어버리는 것을 목격했습니다. 물론 그 일로 그녀가 즉각 사형선고를 받은 것은 아니었습니다. 그 대신 범인들은 치밀한 계획을 짰습니다. 그녀에게 바보 같은 행동을 취하게 함으로써 그녀를 오히려 불리한

위치에 처하게 했던 겁니다. 하지만 그들이 그 계획을 너무 지나칠 정도로 진척시킨 것이 잘못이었습니다. 그래서 내가 불려갔으니까요.

나는 경찰에게 도움을 요청하라고 충고했지요. 그러자 그 가엾은 아가씨는 갑자기 어쩔 줄 모르고 내게 고백을 했던 겁니다. 즉, 자신이 저지른 일을 일단 다 털어놓은 거지요. 그런데 그러고 나서 그녀가 나이젤에게 간 것이 결정적인 실수였습니다. 아마도 배낭에 대한 일과 다른 학생의 노트 위에 잉크를 쏟은 일에 대해 털어놓으라고 말하러 갔겠지요.

하지만 나이젤과 그의 일당인 아가씨는 배낭에 사람들의 관심이 집중되리라고는 미처 생각 못했습니다. 더구나 그 일로 자신들의 계획 전모가 망쳐지리라고는 더욱더 생각 못했고 말입니다. 게다가 그 문제의 실리아라는 아가씨는 또 하나 위험한 사실을 알고 있었는데, 그걸 그만 그녀가 죽던 날 저녁에 입 밖에 내고 만 겁니다. 즉, 그녀는 나이젤의 정체를 알았던 거지요."

"하지만 그래도……." 엔디콧 씨가 얼굴을 찌푸리며 입을 열었다.

포와로는 개의치 않고 계속했다.

"나이젤은 한 세계에서 다른 세계로 옮겨 살았습니다. 그전에 알던 친구들을 만났더라도 그 친구들은 그가 지금은 채프먼이라는 이름을 쓰고 있다는 것쯤은 알 수 있어도, 그가 무슨 일을 꾸미고 있는지는 모르는 겁니다. 게다가 호스텔에 있는 사람들은 모두 그의 본명이 스탠리라는 것을 모르고 있었습니다. 그런데 실리아가 느닷없이 자기가 그의 양쪽 이름을 다 알고 있다는 사실을 내보였던 겁니다. 또한 그녀는 우연한 기회에 발레리 호브하우스가 위조여권으로 외국에 다녀왔다는 사실도 알게 되었습니다.

범인들이 볼 때 그녀는 아는 것이 너무나 많았던 겁니다. 다음 날 저녁 그녀는 어딘가에서 나이젤과 만날 약속을 하고 나갔습니다. 그때 그는 그녀에게 모르핀이 들어 있는 커피를 권했고, 그녀는 결국 모든 상황이 자살처럼 보이게 만들어진 상황 속에서 잠자던 중 죽은 겁니다."

엔디콧은 몸을 떨었다. 깊은 절망의 표정이 그의 얼굴을 뒤덮었다. 이윽고 그의 입술에서는 알아들을 수 없는 말이 새어나왔다.

"하지만 그걸로 끝이 아니었습니다." 포와로가 계속했다.

"그 일이 있은 직후 몇 개의 호스텔과 학생 클럽을 운영하던 여인 한 사람이 의심스러운 상황에서 사망한 일이 있었습니다. 그리고 그 뒤에 또다시 마지막으로, 가장 잔인하고 비정한 범죄가 탄생했던 겁니다. 나이젤에게 헌신적인 애정을 바쳤고, 또 나이젤 역시 정말로 좋아했던 패트리셔 레인이라는 아가씨가 뜻하지 않게 그의 일에 끼어들어 나이젤에게 아버지가 돌아가시기 전에 화해해야 한다고 재촉했습니다. 이에 그는 그녀에게 거짓말을 늘어놓았고, 그녀가 원래 고지식한 성격이라 첫 번째 편지는 부치지 못했지만 계속해서 두 번째 편지를 쓸 것이라는 사실을 깨달았습니다. 그러니 나이젤 입장에서 그것이 얼마나 치명적인 것이 될 수 있는 일인지 능히 상상이 가시겠지요?"

엔디콧이 자리에서 벌떡 일어났다. 이어 그는 방을 가로질러 금고 앞으로 가더니 금고의 문을 열고는 손에 긴 봉투 하나를 들고 돌아왔다. 그 편지 뒷면에는 빨간 문장(紋章)이 찍혀 있었다.

변호사는 그 안에서 두 장의 편지를 꺼내어 포와로의 앞에 펼쳐놓았다.

친애하는 엔디콧

이 편지는 내가 죽은 뒤에 펼쳐보기 바라네. 우선 나는 자네가 내 아들 나이젤의 뒤를 추적해 그 아이가 무슨 범죄 같은 것에 연루되어 있지 않나 알아보기 바라네.

이제 내가 자네에게 이야기하려는 사실은 이 세상에 나만이 알고 있는 것이네. 나이젤은 성격상 심각한 결함이 있다네. 그 아이는 벌써 두 번이나 내 이름을 위조해 수표를 날렸지. 그때마다 나는 그 서명이 내 것임을 은행 측에 확인해주었다네. 그리고 그때마다 나는 그 애에게 다시는 그런 일을 해주지 않겠다고 경고했네. 그러자 그 아이는 세 번째에 가서는 자기 어머니의 이름을 위조하고 말았어. 그 애 어머니가 그 일에 대해 책임을 묻자 그 애는 제발 눈감아 달라고 애원을 했어. 하지만 그 애 어머니는 단호히 거절했다네. 그 애 어머니하고 나는 전에도 그 애 문제를 의논한 적이 있었는데, 그래서 그녀는 내게 나이젤이 한 짓을 알리겠다고 한 것이네. 그러자 나이젤은

자기 어머니에게 초과용량의 수면제를 건네주었어. 하지만 그 수면제가 효력을 내기 직전에 그 애 어머니는 나에게 와서 그 일에 대해 다애기했지. 그래서 다음 날 아침, 그녀가 죽은 채로 발견되는 순간 나는 누가 그런 짓을 했는지를 대번에 알았다네.

그 뒤 나는 나이젤을 심하게 꾸짖으면서 모든 진상을 경찰에 알릴 작정이라고 위협했지. 그랬더니 그 아이는 필사적으로 내게 애원을 하더군. 그럴 때, 엔디콧, 자네라면 어떻게 했겠나? 사실 나로서는 내 아들에 대해 아무 기대도 갖고 있지 않았네. 난 있는 그대로의 그 아이를 너무나 잘 알고 있었으니까 말일세. 그 아이는 흔히 말하는 위험한 부적응아 중 하나지. 양심도 동정심도 없는 그런 유형의 아이 말일세. 그렇기 때문에 나로서는 그 아이를 구원해야 할 아무런 명분도 없었네. 하지만 그때 나를 주춤거리게 한 것은 사랑하는 내 아내에 대한 생각이었지. 그녀라면 과연 내가 정의를 집행하는 것을 달가워했을까? 난 그 해답을 알 것만 같았네. 그녀라면 틀림없이 자기 아들이 교수대에 서는 것을 원치 않았을 걸세. 물론 그녀도 나처럼 우리 가문의 이름을 더럽히는 것을 원치 않았을 테지.

하지만 생각해야 할 점은 또 있었어. 난 한번 살인을 저지른 사람은 언젠가 또 살인자가 될 소지가 있다고 굳게 믿고 있는 편이라네. 그러니 분명히 앞으로 다른 희생자가 생길 걸세. 그래 결국 난 아들과 담판을 했지. 그게 잘한 일인지 잘못한 일인지는 나도 모르겠네. 그 애 보고 내가 보관할 수 있도록 자백서를 쓰라고 했다네. 그러고는 집을 떠나서 다시는 돌아오지 말고 새 삶을 시작하라고 일렀네. 그 아이에게 두 번째 기회를 주려고 한 거지. 그리고 그 애 어머니 돈은 자동적으로 그 아이한테 가도록 했어. 게다가 그 아이는 훌륭한 교육도 받았으니 성공하려면 얼마든지 할 수 있다네.

하지만 만일 그 애가 어떤 범죄 행위에 가담했을 경우 그 애가 내게 남긴 자백서를 경찰에 보내야 하네. 아울러 나는 내 죽음이 그 문제를 해결하지는 못한다는 설명을 남김으로써 나 자신에 대한 보호책을

강구해 놓은 거라네.

자네는 내 가장 오랜 친구야. 지금 나는 자네에게 무거운 짐을 지워
주고 있지만 자네의 친구이기도 했던 나이젤의 어머니의 이름을 빌려
부탁하는 거라네. 우선은 나이젤을 찾아주게. 그리고 만일 그 애에게
범행기록이 없다면 이 편지와 동봉한 자백서는 없애버리게. 하지만
그렇지 않다면 부디 정의를 수행해 주기 바라네.

자네를 사랑하는 친구
아서 스탠리로부터

"아야!"
포와로가 길게 한숨을 내쉬었다. 이어 그는 동봉한 종이를 펴보았다.

나는 1954년 11월 18일 나의 어머니에게 메디날을 치사량 투여해 살
해했음을 여기 고백하는 바입니다.

나이젤 스탠리

"호브하우스 양, 지금 당신의 입장을 충분히 이해하리라 믿소. 이미 경고했지만······."

발레리 호브하우스는 결연히 그의 말을 잘랐다.

"제 일 정도는 저도 알고 있어요. 이미 경고하셨잖아요. 제가 말하는 건 모두 증거로 사용될 수 있단 말이죠? 각오는 이미 했어요. 당신은 방금 저를 밀수 혐의로 체포했으니 이제 무슨 희망이 있겠어요. 바로 장기수(長期囚)를 뜻하는데. 게다가 이번에는 살인죄 공범으로 몰리게 되었으니······."

"물론 자진해서 진술하면 도움이 될 수 있을 게요. 하지만 어떤 약속이나 보장도 확실하게 할 수는 없소."

"그런 건 상관없어요. 어차피 감옥에서 늙을 때까지 갇혀 있을 텐데요. 하지만 전 공범일지는 모르지만 살인자는 아니에요. 살인 같은 건 할 생각도 없었고, 하고 싶은 마음도 없었으니까요. 전 그런 짓을 할 만큼 바보는 아니거든요. 제가 원하는 건 나이젤에 대해 분명한 심판이 있었으면 하는 것뿐이에요. 실리아는 너무 많이 알고 있었죠. 하지만 그 정도야 제가 어떻게 이럭저럭 처리할 수가 있었어요. 그런데 나이젤이 저한테 미처 틈을 주지 않고 일을 저질러 버린 거예요. 실리아에게 나와서 만나자고 하고는, 배낭하고 잉크에 대한 일을 고백할 거라고 얘기해 놓은 다음에 커피잔에 모르핀을 타서 먹였죠.

그전에 그는 실리아가 허바드 부인에게 보내는 편지를 손에 넣어서 자살을 의미하는 듯한 구절만 찢어내 유용하게 써먹었죠. 그 종이와 빈 모르핀 병을 (전날에 버리는 척하고는 다시 주워 들인 거지요) 침대 옆에 놔두었던 거예요. 이제 와서 생각해보니 나이젤은 살인을 아주 신중하게 계획했던 것 같아요. 그러고 나서 그는 제게 와서 자신이 한 짓을 자백했지요. 저는 저의 안전을 위해 그의 편을 들 수밖에 없었고요. 아마 닉 부인의 경우도 같았을 거예요. 나이젤은 그녀가 술을 많이 마신다는 것과 남들에게 호감과 신뢰를 사지 못한다는 것을 알아냈죠. 그러고는 그녀가 집에 돌아가는 길에 그녀를 만나서 술잔에 독을 넣은 거지요. 그는 그것을 부인하더군요. 하지만 전 그가 저지른 짓을 눈치 챘죠. 그다음에 저지른 것이 패트를 죽인 일이죠.

어느 날 제 방으로 오더니 패트 때문에 일이 생겼다고 하면서 저보고 이리저리 하라는 거였어요. 그래야 깨질 수 없는 알리바이가 생긴다고 하면서요. 결국 그때는 저도 꼼짝없이 덫에 걸려 있었기 때문에 어떻게 빠져나갈 도리가 없었죠. 사실 당신한테 붙잡히지만 않았던들 전 외국 어느 곳에 가서 새로운 생활을 시작할 작정이었죠. 그런데 당신이 절 붙잡았으니……. 이젠 한 가지 일이나 걱정하는 수밖에는 없군요. 그 겉으로는 미소 짓는 잔인한 악마를 꼭 붙잡아 교수형에 처하는 걸 확인하는 일 말이에요."

샤프 경감은 숨을 깊게 들이쉬었다. 이건 정말 뜻밖의 만족스러운 결과였다. 더구나 도저히 믿겨지지 않을 정도로 운 좋게 일이 끝났다.

그런데도, 그는 지금 웬일인지 당혹스러운 심정이었다.

순경이 연필로 책상을 톡톡 두들겼다.

"난 당신의 말을 이해할 수가 없는데……." 샤프 경감이 입을 열었다.

하지만 발레리는 단호하게 그의 말을 잘랐다.

"뭐 이해하려고 애쓰실 것도 없어요. 전 저대로 그를 그렇게 미워할 만한 이유가 있으니까요."

그때 에르퀼 포와로가 부드러운 어조로 입을 열었다.

"니콜레티스 부인 때문에 말이오?"

그 순간에 그녀가 갑자기 숨을 들이쉬는 날카로운 소리가 들렸다.

"부인은, 당신 어머니였지요?"

발레리 호브하우스가 마침내 말을 토해냈다.

"그래요. 제 어머니였어요……."

제23장

1

"난 대체 이해할 수가 없어요." 아키봄보가 중얼거렸다.

그러고는 호기심 어린 눈빛으로 빨간 머리의 사람에게서 다른 사람에게로 시선을 옮겼다. 샐리 핀치와 렌 베이트선이 아키봄보가 이해할 수 없는 내용으로 빠르게 대화를 나누고 있었던 것이다.

"어떻게 생각해요?" 샐리가 렌에게 물었다.

"나이젤이 용의자로 몰아넣으려던 게 나였을까요, 아니면 당신이었을까요?"

"둘 다였을 거요." 렌이 대답했다.

"아마 내 빗에서 머리칼을 뽑아 사용한 모양이오."

"정말 알아들을 수가 없어!" 아키봄보가 다시 말했다.

"그럼 발코니를 건너뛴 사람이 나이젤이란 말이에요?"

"나이젤은 고양이처럼 날쌔게 점프를 할 줄 알거든. 난 그렇게 넓은 곳은 못 뛰어넘었을 거야. 이렇게 무거운 몸으로는 말이야."

"전혀 부당한 의심을 해서 미안해요, 렌. 정말 진심으로 사과해요."

"아, 괜찮아요." 렌이 대답했다.

"그리고, 아키봄보, 당신도 이 일에 퍽 도움이 되었어요."

샐리가 이번에는 아키봄보에게 말했다.

"그 붕산에 대한 당신의 생각 말이에요."

아키봄보의 얼굴이 환해졌다.

"진작에 깨달았어야 하는데……." 렌이 말했다.

"나이젤이 부적응아의 완전한 전형이었다는 사실을 깨달았어야 했어. 그리고……."

"아이, 또, 또 저런 소리! 꼭 콜린 같은 소리군요. 솔직히 말하자면 난 나이젤을 볼 때마다 오싹했어요. 그리고 이제야 그 이유를 알았어요. 렌, 만일 그 가엾은 아서 스탠리 경이 감상적으로 처리하지 않고 곧장 나이젤을 경찰에 넘겼더라면 다른 세 사람은 지금 살아 있을 것 아녜요? 정말 생각만 해도 비참해요."

"하지만 그가 어떤 심정이었는지는 이해할 만도 해."

"샐리 양, 제발 부탁인데……"

"예, 왜요, 아키봄보?"

"혹시 오늘 밤 대학 파티에서 우리 교수를 만나면 얘기 좀 해주지 않겠어요? 내가 이번 사건에 훌륭한 생각을 해냈다고 말이에요. 교수는 가끔 내게 머리가 뒤죽박죽이고, 사고 체계가 엉망이라고 하거든요."

"그래요, 얘기해줄게요." 샐리가 쾌히 승낙했다.

렌 베이트선은 우울한 모습이었다.

"1주일 뒤면 당신은 미국에 돌아갈 테지."

잠시 침묵이 흘렀다.

"곧 돌아올 텐데요, 뭘." 샐리의 대답이었다.

"아니면 당신도 그리로 가서 학위 코스를 밟으면 되잖아요."

"그게 다 무슨 소리예요?"

아키봄보가 말했다.

"아키봄보, 당신 언제쯤 결혼식 들러리가 되어줄래요?"

샐리가 그에게 물었다.

"들러리가 뭐죠?"

"예를 들어, 여기 있는 렌이 신랑이라면 당신한테 결혼반지를 맡아달라고 부탁하는 거예요. 그러고 나서 렌하고 당신은 아주 멋진 옷을 입고 교회에 가죠. 교회에서는 때가 되면 당신에게 그 반지를 달라고 하고, 당신은 그때 가서 반지를 렌에게 주는 거예요. 그럼 렌이 나한테 그 반지를 끼워주고 오르간이 결혼행진곡을 울려대지요. 그러고 나면 모두들 환호성을 터뜨리고요. 이어서 우리 두 사람이 걸어나오는 거예요."

"그럼 당신과 렌이 결혼한다는 말이에요?"

"그럴 생각이에요."

"샐리!"

"물론 렌이 그 생각을 싫어하지 않는다면 말이에요."

"샐리! 이봐요, 당신, 우리 아버지에 대해 알잖소"

"그게 어쨌다는 거예요? 물론 알지요. 당신 아버지가 정신이상자라는 것은 사실이지만, 사실 알고 보면 정신이상자인 아버지가 세상에 한둘인가요?"

"하지만 그건 절대 유전되는 병은 아니오. 그건 장담할 수 있소. 아, 샐리, 내가 당신 때문에 얼마나 죽을 만큼 괴로워했다는 것을 당신이 알아준다면⋯⋯."

"나도 조금은 눈치 채고 있었어요."

그때 아키봄보가 끼어들었다.

"아프리카에서는 그 옛날 원자력시대니 과학적인 사고니 하는 것이 없던 시절에는 결혼 풍습이 아주 색다르고 재미있었어요. 그래서 말인데 당신들도⋯⋯."

"아니, 다음 얘기는 말아요." 샐리가 막았다.

"분명히 우리 얼굴을 빨갛게 만들 이야기를 할 테니까. 게다가 빨간 머리를 가진 사람은 얼굴을 붉히면 특히 더 눈에 띈다고요."

2

에르퀼 포와로는 레몬 양이 펼쳐놓은 마지막 편지에 서명을 했다.

"트레 비엥(Tres bien; 아주 훌륭해)." 그가 엄숙하게 말했다.

"오자가 하나도 없군."

레몬 양은 무슨 모욕이라도 받은 듯한 표정이었다.

"전 별로 실수한 적이 없었던 걸로 아는데요."

"자주는 아니지. 하지만 그런 일이 없었던 것도 아니잖소? 그런데 언니 되시는 분은 어떻게 지내시고 있지?"

"항해여행을 떠날까 하고 있답니다. 북쪽 도시들을 돌아볼 생각인가 봐요."

"아, 그래?" 에르퀼 포와로가 대꾸했다.

그는 생각했다. 나도 항해를 한번 떠나볼까? 하지만 그는 바다 여행은 별로 하지 않았다—어떤 유혹이 있어도.

그때 그의 등 뒤에서 벽시계가 1시를 쳤다.

"시계가 한 시를 쳤다.

생쥐는 달려간다.

히코리 디코리 독 위를……."

에르퀼 포와로가 중얼거렸다.

"무슨 말씀이세요, 포와로 씨?"

"아무것도 아니오."

포와로가 대답했다.

<끝>

■ 작품 해설 ■

여기 소개하는 《히코리 디코리 살인((英) Hickory Dickory Dock, (美) Hickory Dickory Death, 1955)》은 애거서 크리스티(Agatha Christie, 영국, 1890~1976)의 60번째 추리소설이며, 장편으로는 47번째 작품이다.

'Hickory Dickory Dock'이라는 이 제목은 자장가에서 유래한 그녀의 여러 작품의 제목들 중에서 마지막 것이기도 하다.

이 작품에는 학생들을 위한 호스텔을 경영하는 니콜레티스 부인이 등장하고 있는데, 실제로 이 부인과 똑같은 이름을 가진 인물이 존재하고 있어서, 그녀의 딸이 자기의 어머니에 대한 모욕이라고 비난했다고도 한다.

하지만 크리스티 여사는 자신의 작품은 사실에 바탕을 둔 것이 아닌 완전한 허구(虛構)일뿐이라고 밝혔다. 또한 만일에 자신이 창조해 낸 그러한 인물들이 실제로 존재한다면 정말로 끔찍한 일일 거라고 덧붙였다.

크리스티 여사는 《히코리 디코리 살인》을 출판하고 받은 인세로 그녀의 조카들 학비를 조달했다는 얘기도 전해지고 있다.